Quand la reine chante les abeilles dansent

Éditions Eyrolles
61, bd Saint-Germain
75240 Paris Cedex 05
www.editions-eyrolles.com

Cet ouvrage est paru pour la première fois en 2021
dans la collection
« Romans de développement personnel ».

Éditrice externe : Agnès Marot

ISBN : 978-2-416-00705-7

1

Mercredi 6 janvier 2021
20 h 35

— À table ! Baptiste, tu m'entends ?

Visiblement non.

Cela faisait cinq bonnes minutes que Marie s'égosillait du bas de l'escalier pour tenter de communiquer avec son fils aîné.

Un pigeon voyageur aurait sans doute eu plus d'effet.

Plutôt que de s'obstiner davantage, Marie décida de passer à une autre cible : Jade. La jolie blonde, captivée par un épisode de *Peppa Pig*, somnolait sur le canapé. Le pouce dans la bouche et le doudou sur la tête révélaient un état de fatigue avancé. Doucement, Marie vint s'asseoir à ses côtés et lui caressa le front.

— Le dîner est presque prêt, dit-elle avec tendresse.

Jade répondit un laconique « *Mmm, mmm...* » sans daigner lever les yeux. Retournant à ses fourneaux, Marie constata que la fillette ne la suivait pas. Elle l'observa du coin de l'œil, espérant qu'elle s'exécuterait rapidement.

Dans la cuisine, de délicieuses odeurs lui firent frémir les papilles. Son filet mignon était cuit à la perfection. Elle ajouta une pincée de muscade à sa sauce avant de porter le tout à ébullition. Transvasant sa purée de châtaignes dans un plat de service, elle coupa le pain puis regarda, satisfaite, le résultat de son labeur.

La table était mise, la soupe servie et la viande frétillait gaiement.

Tout semblait parfait.

Excepté le fait que, sur ses trois enfants, un seul avait répondu à ses appels.

— Baptiste ! À table !!! cria-t-elle de nouveau, passablement agacée.

Léo, sagement installé à sa place, n'eut pas le temps de protéger ses oreilles. Il supporta les abois de sa mère non sans une certaine crispation.

— Tu veux que j'aille le chercher, Maman ? demanda le garçonnet désireux de préserver ses tympans. Je crois qu'il est toujours dans son bain.

— Encore ? Ça fait une heure qu'il se lave... Il a intérêt à être propre. Oui, s'il te plaît mon cœur, dis-lui de sortir. Heureusement que tu es là ! Si seulement ton frère et ta sœur pouvaient être aussi responsables que toi... Jade ! Dépêche-toi de venir et éteins cette télévision !

Le ton de Marie s'était durci. Sa patience commençait à atteindre ses limites.

— Je *veux* un lait ! brailla Jade, toujours allongée sur son canapé.

— Pardon ?! rétorqua Marie.

Ni une ni deux, Marie partit chercher sa fille, bien décidée à ne pas se laisser faire. Elle la pria de s'asseoir dans un coin de la cuisine.

— Tu es punie, jeune fille, lança Marie, excédée. Je suis ta mère, pas ta copine, et quand je te demande quelque chose, tu obéis. Point. Je...

Marie fut interrompue par la sonnerie de son portable. Elle laissa Jade face au mur afin de découvrir son message.

Bonsoir ma chérie,

Je termine de boucler un dossier urgent, j'en ai encore pour une ou deux heures. Ne m'attendez pas pour manger.
Je me ferai un sandwich en rentrant.
Romain

Désabusée, Marie s'assit quelques instants sur une chaise de la cuisine. Après une journée fatigante, elle espérait passer un agréable moment en famille autour d'un bon repas. Raté !

Jade était punie, Baptiste ne daignait pas venir et voilà maintenant son mari qui se dérobait...

— Maman ! Ça sent pas un peu le brûlé ? s'inquiéta Léo en descendant l'escalier.

— Merde ! Ma viande !

Marie avait oublié sa casserole sur un feu vif. Son plat devait frétiller une minute, pas cinq ! Résultat : sa sauce s'était entièrement évaporée et la viande était maintenant... trop grillée.

— Merde, merde et merde ! C'est pas vrai !

— Je peux t'aider ? proposa Léo, compatissant.

— Tu m'aiderais si tu arrivais à faire venir ton frère à table !

— Je suis là, Mam's, *no panic* ! fanfaronna Baptiste en s'asseyant.

Cheveux dégoulinants et torse nu, le jeune imberbe portait une simple serviette de bain autour de la taille.

— Tardon Maman d'avoir été méchante, je teux venir moi auzi ? demanda Jade en se rapprochant de sa mère.

— Bon..., se radoucit Marie. Oui, assieds-toi. Commencez votre soupe, elle va refroidir, je découpe ce que je peux de la viande.

— Ça zent pas bon...

— Oui, je sais, Jade, se vexa Marie. Ça sent le brûlé. La viande est trop cuite. Si vous étiez venus plus rapidement, on aurait pu éviter ça.

— Non, c'est pas za. C'est la zoupe, poursuivit la petite fille en se pinçant le nez.

Marie prit une profonde inspiration pour masquer son exaspération, puis répondit le plus calmement possible :

— Tu veux retourner au coin, Jade ? J'imagine que non. Alors parle autrement. Tu as le droit de ne pas aimer, mais choisis tes mots pour le dire.

— Hein ?

— En gros, expliqua Baptiste en aparté, Maman aimerait bien que tu nuances tes propos. Garde le fond, pas la forme.

— Z'ai rien compris..., commenta la fillette.

— Tu pourrais dire un truc du genre : « Waouh, ta soupe a l'air super bonne, ma petite Maman chérie. Moi, je suis un peu difficile et je ne l'aime pas trop. Mais... merci quand même. » Tu piges le concept, sœurette ?

— Non... Mais moi je tréfère les zoupes de monsieur Knorr, murmura Jade à l'attention de son frère.

— Maman, moi j'aime beaucoup ta soupe, coupa rapidement Léo pour détourner l'attention. Je vais m'en resservir.

— Merci, mon chéri, fit Marie tout en apportant le plat de viande au centre de la table. Et toi, Baptiste, quel est ton verdict ?

— Alors... Ta soupe a l'air super bonne, vraiment, mais... je suis un peu difficile. Et puis, d'une manière générale, je ne suis pas très soupe. Tu me connais, hein ? En revanche, je suis certain qu'elle est géniale, genre... pour les autres. Tu sais, ceux qui aiment les légumes moulinés et tout ça. Tu me comprends ? répondit l'adolescent un brin ironique.

— Ce que je comprends c'est que ça ne vous plaît pas, souffla Marie en se laissant tomber sur sa chaise. J'ai travaillé pour rien. Vous, à part des saucisses et des frites, rien ne passe... Tant pis, vous vous forcerez.

Marie se tourna vers Baptiste, réalisant seulement maintenant sa tenue – ou plutôt son *absence* de tenue.

— Mais... Baptiste ! Comment es-tu habillé ? Tu aurais pu au moins mettre un tee-shirt !

— J'avoue... J'ai un peu froid, répliqua le jeune homme en souriant. Je peux retourner dans ma chambre ? De toute façon, j'ai pas trop faim. Et puis, j'ai des devoirs à finir...

— Maman, interrompit Jade, tu sais que Catucine a droit à trois histoires avant de se coucher ? Je peux avoir comme elle ?

Marie l'ignora pour répondre à Baptiste :

— Tu m'as dit que tu avais presque fini tes devoirs quand je t'ai quitté à 17 heures.

— Maman ! Je te tarle... Tu me rétonds ? s'impatienta Jade.

— Chut, Jade ! s'exclama Marie, agacée, en lançant un coup d'œil menaçant en direction de sa fille.

— Oui, c'est ça, poursuivit Baptiste, c'était *presque* fini. Il me reste juste un ou deux trucs à revoir.

— Mais Maman !

— Jade ! Arrête, maintenant ! s'écria Marie. Tu vois bien que je parle à ton frère, non ? Et je me fiche de savoir combien d'histoires lit Capucine avant de s'endormir... Mange ta soupe et tais-toi.

— Mam's, reprit Baptiste, j'aimerais bien te montrer le dernier TikTok de Maddy McFly après le repas. Cette fille, c'est une vraie *thug* !

— *Phug*, ça veut dire quoi ? demanda Jade.

— Baptiste..., murmura Marie dans un soupir. Fais un effort de vocabulaire s'il te plaît.

— Maman, *phug* ça veut dire quoi ? ! répéta Jade plus fort en tirant sur le pull de sa mère.

— Tu vas déformer ma manche, s'agaça Marie. Je ne sais pas ce que ça veut dire, vois avec ton frère.

— Ça veut dire « dingo », expliqua Baptiste. Une rebelle de la société, quoi !

— Moi aussi je suis une *phug* ? demanda alors Jade.

— Non. Allez, termine ta soupe et cesse d'écouter ton frère. Quant à toi, dit-elle à Baptiste, plutôt que de regarder des vidéos, pense à tes devoirs. Marty Mac Fly n'est vraiment mais vraiment pas la priorité...

— Maddy, Mam's, pas Marty... Et tu sais, j'ai eu un 16 en maths à mon dernier contrôle.

Marie se radoucit aussitôt. Ce genre de bonne nouvelle ne sortait que trop rarement de la bouche de son fils.

— Celui que tu avais révisé seul ? demanda-t-elle, pleine d'entrain.

— Oui !

— Ça, c'est super ! Je suis très fière de toi. Ton père sera très content. Pourquoi tu ne me l'as pas dit plus tôt ?

— Ça m'est sorti de la tête, répondit Baptiste, peu concerné. Du coup, je peux sortir de table ?

— Bien sûr, vas-y.

L'adolescent remonta dans sa chambre bien plus rapidement qu'il n'en était descendu.

— Maman, moi auzi je teux y aller ? questionna Jade tout en tirant une nouvelle fois sur les habits de sa mère.

Épuisée, Marie ne répondit pas.

— Je teux retourner voir Teppa Tig ? insista la petite.

Marie la regarda un instant en réfléchissant à l'attitude idéale à adopter. À ce stade, elle ne savait plus si elle devait rire ou pleurer. Elle en avait assez de crier et de passer toujours pour la méchante. Jade pouvait se révéler épuisante, avec son besoin d'attention constant, mais elle ne pouvait pas non plus passer son temps à être punie. Afin de terminer tranquillement son dîner et pour éviter une énième dispute, Marie décida de rendre les armes, non sans une certaine pointe de culpabilité.

— Bon, allez, je capitule…, déclara-t-elle en soupirant. Je n'ai pas la force de me battre avec toi ce soir. Retourne devant la télévision, je te prépare ton lait.

— Ouais ! Zuper ! Merci Maman, pu es la meilleure !

— Non, je ne crois pas…, répondit Marie, dépitée. Je suis surtout très fatiguée.

Tout en préparant le biberon de sa fille, elle sentit un mal de tête s'installer. Elle ferma les yeux quelques instants, se massant légèrement les tempes dans l'espoir de le dissiper.

— Ta soupe n'est pas trop froide, Maman ? s'inquiéta Léo lorsque sa mère revint à table.

— Soupe froide, viande grillée, mari en retard, enfants absents ou... fatigants... On n'est plus à ça près. Mais ne t'inquiète pas, se reprit-elle en voyant la mine déconfite de son fils. Ça va aller. Tu peux monter si tu veux, toi aussi.

— Je préfère rester avec toi. Et puis, je t'aiderai à débarrasser.

— Tu es vraiment adorable, confia Marie en souriant. On peut toujours compter sur toi.

Marie et Léo terminèrent leur repas en discutant des personnages de *Peppa Pig*. Ils venaient de remarquer que les amis de Peppa avaient des initiales identiques à leur nom d'animal. Ainsi, on pouvait retrouver Rebecca Rabbit, Suzy Sheep, Candy Cat ou encore Danny Dog. Une bonne occasion de faire réviser son anglais à Léo, actuellement en CE2. La soirée n'était donc pas complètement perdue.

*
* *

Baptiste venait juste de se coucher, après d'âpres négociations. L'adolescent de treize ans avait invoqué une récente étude autour de la mélatonine pour tenter de convaincre sa mère de le laisser veiller.

Mélatonine ou non, Marie lui avait rappelé que ses cours débutaient le lendemain à

8 heures, par un contrôle d'anglais qui plus est. Baptiste avait fini par s'incliner.

Heureusement, Léo s'était endormi sans difficulté peu après le repas. Marie appréhendait tout de même le reste de la nuit. Il arrivait en effet encore à son fils de faire pipi au lit, une à deux fois par semaine. Romain dormant d'un sommeil de plomb, c'est Marie qui se chargeait de changer les draps et de consoler son garçon. Elle-même avait souffert d'énurésie dans son enfance ; tout était rentré dans l'ordre au moment de l'adolescence. Elle attendait donc ce cap avec impatience.

Jade, fidèle à son habitude, avait insisté pour que sa mère lui raconte trois histoires, comme son amie Capucine.

Les enfants couchés, la cuisine rangée, Marie venait enfin de se poser.

Il était 22 h 40.

Confortablement allongée sur le canapé, lovée sous un plaid, elle se réchauffait les mains avec une infusion. Laissé sur la table, le dernier roman de Virginie Grimaldi n'attendait plus qu'elle.

Pour la première fois de la journée, Marie allait enfin pouvoir se détendre. Vraiment.

Elle n'eut pourtant pas le temps de porter sa tasse à ses lèvres.

— Bonsoir, ma chérie, la salua Romain en rentrant. Je vois que tu te fais plaisir…, lança-t-il avec une pointe d'envie.

— Je viens tout juste de m'asseoir, se justifia Marie en se redressant.

— Je suis épuisé, je n'ai pas arrêté de la journée, déclara Romain en s'affalant sur le canapé.

— Parle un peu moins fort. Baptiste vient juste de s'endormir.

— Seulement ? s'indigna Romain. Il est bientôt 23 heures !

— Je sais, murmura Marie. Mais, tu le connais, toujours à négocier.

— Ce garçon m'épuise...

— La bonne nouvelle, c'est qu'il a eu 16 à son dernier contrôle de maths !

— Comme quoi... Quand il veut, il peut.

Marie hocha la tête, heureuse de partager un moment en tête-à-tête avec son mari. Parfois, son rôle de maman lui pesait.

— En revanche, Jade a été infernale ce soir, confia-t-elle. Tu sais ce qu'elle a eu le toupet de me sortir ?

— Je suis désolé, ma chérie, mais je suis exténué..., coupa Romain. On peut reparler de Jade demain matin ? Sylvain a démissionné de la boîte en emportant un gros client avec lui. Je te laisse imaginer l'ambiance au bureau...

— Merde... Tu veux qu'on en discute ?

— Pour être honnête, non. Tout ce que je veux, c'est dormir. Je file sous la douche et je vais directement me coucher.

— Tu montes déjà ? s'étonna Marie, déçue. Je t'avais gardé une assiette.

— Merci, ma chérie, reprit Romain en embrassant sa femme sur le front, mais j'ai déjà grignoté au travail. Allez, profite de ta soirée tranquille.

En entendant la porte de la salle de bains se refermer, Marie se rallongea sur le canapé. Romain n'avait peut-être pas envie de raconter sa journée, mais elle, oui. Discuter avec un adulte lui aurait fait le plus grand bien, elle qui passait le plus clair de son temps avec des enfants.

Tant pis.

Elle délaissa son infusion qui avait refroidi et ouvrit son livre. Après avoir relu trois fois le même passage, elle décida d'en rester là. Son cerveau semblait indisponible à toute tâche intellectuelle. La fatigue l'emportait.

Repliant son châle, elle ramassa la veste que Romain avait laissée sur le fauteuil puis monta se coucher. Lorsqu'elle arriva dans sa chambre, son mari était déjà au lit. Ses ronflements indiquaient qu'il dormait à poings fermés.

Adossée à son mari, la tête penchée sur l'oreiller, Marie ferma les yeux. Son mal de tête s'était maintenant bien installé et une profonde lassitude l'envahit soudainement.

Cette nuit-là, comme depuis plusieurs jours, elle s'endormit en laissant couler quelques larmes.

En silence.

2

Jeudi 7 janvier
8 heures

Baptiste, enfermé dans la salle de bains, se battait avec une mèche de cheveux rebelle. Près d'un quart du pot de gel coiffant y était passé sans que cela fasse la moindre différence.

— Baptiste ! appela Marie du bas de l'escalier. Ton père t'attend pour partir au collège.

— Une minute, j'arrive...

La notion de minute chez Baptiste n'étant pas la même que celle du commun des mortels, Romain s'impatienta immédiatement :

— C'est tous les matins le même cinéma... Aujourd'hui, je ne peux vraiment pas l'attendre. J'ai une réunion importante et je ne veux pas être en retard. Bertrand est sur les dents depuis le départ de Sylvain.

— Je comprends bien, mais comment je fais si tu t'en vas ? s'inquiéta Marie.

— Pour une fois, tu peux bien l'amener, non ? suggéra Romain en enfilant son manteau.

— Je suis encore en pyjama, protesta Marie, embêtée. Je ne serai jamais prête à temps.

— Ce n'est pas comme si tu allais à un défilé de mode... Laisse-le juste devant le collège, personne ne te verra. J'ai vraiment besoin d'être à l'heure ce matin, supplia-t-il.

— C'est bon, abdiqua Marie. Pars au travail, je vais le déposer.

— Merci, tu es la meilleure !

Il déposa un baiser sur sa joue et fila sans demander son reste.

Une fois la porte d'entrée refermée, Marie poussa un soupir. Plus le temps passait, moins Romain se rendait disponible pour l'aider avec les enfants. La situation commençait réellement à l'affecter, mais elle n'arrivait pas à en discuter posément avec lui. Accaparé par son travail, il avait du mal à en sortir et une fois à la maison, il ne l'écoutait que d'une oreille distraite.

8 h 03.

— Baptiste, descends immédiatement ! Papa est parti. C'est moi qui dois t'emmener alors dépêche-toi ! On part *maintenant* !

— C'est bon..., rétorqua négligemment l'adolescent en descendant l'escalier. Pas la peine de s'exciter. Papa avait un train à prendre ou quoi ?

Marie demanda à Léo de surveiller sa sœur le temps qu'elle conduise son frère au collège. Il faisait un froid glacial ; la veste qu'elle avait choisie ne la couvrait guère. En crocs et les gambettes à l'air, elle monta rapidement dans sa voiture pour allumer le moteur. Ils arrivèrent au collège juste avant que les grilles ne se referment.

Ouf !

Il était 8 h 10 et Marie était déjà épuisée.

Et… toujours en pyjama.

Elle allait repartir lorsqu'elle aperçut Sybille, la mère d'une amie de son fils, qui descendait de son véhicule pour venir la saluer.

— Marie, ma belle ! Comment vas-tu ? héla-t-elle en s'approchant.

Gérante d'une boutique de décoration, toujours tirée à quatre épingles, Sybille s'impliquait activement dans la vie locale du village. Tout le monde la connaissait et l'appréciait. Marie se laissait souvent impressionner par sa prestance et son franc-parler. Elle enviait son énergie et sa capacité à mener de front sa vie professionnelle et personnelle.

Elle resserra rapidement les pans de sa veste, honteuse, en espérant que Sybille n'aperçoive pas sa chemise de nuit.

— Dis-moi, Marie, demanda-t-elle, c'est toujours bon pour toi, demain soir chez Sophie ?

— Oui, j'ai prévenu Romain, il devrait rentrer plus tôt.

— Ce serait chouette, car la dernière fois on a dû faire le vote du budget de l'asso sans toi, c'est quand même dommage.

— Je suis vraiment désolée..., s'excusa Marie en rougissant. Romain avait eu un contretemps au travail et je ne pouvais pas laisser les enfants seuls. Mais pour demain, promis, je tâcherai d'être ponctuelle.

— Tant mieux, conclut Sybille en s'éloignant. Allez, je te laisse, j'ai une boutique à faire tourner ! À demain alors ! Je compte sur toi, insista-t-elle avant de s'engouffrer dans sa voiture.

Marie regarda Sybille dans le reflet de son rétroviseur. Brushing impeccable, maquillage parfait, pantalon moulant et veste cintrée.

Comment faisait-elle ?

Commerçante efficace, elle dirigeait également d'une main de maître la seule association du village, Les Galopins de Brinville. La structure organisait de nombreuses actions afin de récolter des fonds pour l'école primaire. Marie y était bénévole.

S'observant dans son miroir de courtoisie, elle blêmit. Cheveux en bataille, teint blafard, yeux cernés... Le spectacle n'était pas des plus réjouissants. *J'ai une tête affreuse*, songea-t-elle. *Je ne travaille pas et je suis débordée... La honte. En ce moment, je ne suis bonne à rien.*

Marie cessa de se lamenter lorsque son regard se posa sur l'horloge de la voiture.

— Oh, non, il est déjà 8 h 15 !

De retour chez elle, Marie pressa Léo et Jade. Comme bien souvent, elle dut habiller elle-même sa fille pour aller plus vite. Elle troqua ensuite rapidement sa nuisette contre un ensemble sportwear et déposa ses enfants à l'école.

De nouveau dans sa voiture, Marie lista mentalement ses obligations matinales. Lessives, rangement des chambres des enfants, préparation du déjeuner. La matinée serait vite écoulée. Absorbée par son organisation, Marie percuta le trottoir en se garant devant chez elle. Elle sortit en trombe, anxieuse, pour inspecter sa voiture. Pneu avant gauche crevé.

— Il ne manquait plus que ça !

Ne voulant pas embêter Romain, elle appela son garagiste et opta pour un remorquage en début d'après-midi. Elle pourrait ensuite récupérer sa voiture le soir même. N'ayant pas le temps de réfléchir à une meilleure option, Marie acquiesça avant de s'activer dans la chambre de Baptiste. Elle trouva son bureau encombré de déchets. Après avoir trié quelques cours et jeté une dizaine de boulettes de papier, elle tomba sur sa dernière évaluation de mathématiques, celle qu'il avait révisée seul. Retrouvant son sourire, Marie prit la copie pour y découvrir l'appréciation du professeur.

Copie identique à celle du voisin.

Triche savamment orchestrée. Note non méritée.

Avertissement de travail.

Marie se laissa tomber à terre.

Baptiste aurait menti ? Et triché ?

Ses mains se crispèrent sur la feuille. Elle ne savait pas encore quelle attitude adopter mais une chose était sûre : Baptiste allait avoir affaire à elle !

Toc, toc, toc.

Quelqu'un frappait à la porte.

Le facteur ?

Toujours énervée, Marie descendit ouvrir. Une inconnue, le visage rond et souriant avec deux petits yeux marron pétillants se tenait sur le seuil.

Comme si c'était le moment !

— Bonjour ! Je suis Rose Baudry, votre nouvelle voisine, se présenta-t-elle. Enfin, « semi-voisine », pour être exacte, je suis de l'autre côté de la rue, au numéro 13. J'ai emménagé la semaine dernière.

Marie dut prendre sur elle pour paraître polie.

— Ah oui..., répondit-elle, encore sous le choc de sa découverte. Enchantée, je suis... Marie, Marie Limo. J'avais aperçu un camion de déménagement dimanche dernier. Je pensais venir me présenter, mais... le temps m'a manqué.

Elle cherchait déjà un moyen de congédier gentiment l'intruse, mais celle-ci continua gaiement :

— Eh bien, c'est chose faite ! Je me suis permis de venir car j'ai entendu un bruit sourd venant de votre maison tout à l'heure. Tout va bien ?

Il fallut un moment à Marie pour comprendre.

— Ah oui ! se rappela-t-elle enfin. Ça doit être mon pneu. J'ai bêtement manqué le bateau du trottoir et j'ai crevé.

Rose se retourna pour constater l'incident.

— Vous ne vous êtes pas ratée, constata-t-elle, compatissante. Il est à plat… Et à mon avis irréparable. Vous voulez que je vous aide ?

— C'est gentil, mais j'ai déjà appelé le garagiste. La remorqueuse vient cet après-midi.

— Pour une roue crevée ? s'étonna Rose. Ça va vous coûter un bras ! Je peux vous dépanner en installant votre roue de secours si vous voulez. Ça vous laissera quelques jours pour acheter un pneu neuf.

— Euh…, balbutia Marie. C'est que…

— Je vous le fais en quinze minutes, montre en main ! enchaîna la pétulante quadragénaire.

Marie hésita. Elle n'avait pas vraiment le temps de s'occuper de ça ce matin et n'était pas d'humeur à faire la conversation. D'un autre côté, ce serait ça de pris sur l'après-midi, et Rose lui semblait sympathique. Avoir de bonnes relations avec ses voisins était toujours appréciable.

— J'avoue que cela m'aiderait beaucoup, en effet, concéda-t-elle finalement.

Sa voisine trouva aisément les outils nécessaires dont elle avait besoin. Romain, fin bricoleur et mari avisé, avait savamment tout bien rangé dans le coffre. La roue fut en effet changée en moins de quinze minutes. Marie remercia sa voisine, admirative.

— Waouh… Impressionnant ! Et quelle rapidité !

— Et encore, j'ai perdu de la dextérité avec l'âge ! lança Rose dans un éclat de rire. Vous avez une petite Clio, c'est tout simple. La chose aurait été moins aisée avec le Land Cruiser de votre mari !

— Je ne sais pas quoi dire…

— « Merci » serait approprié, s'amusa Mme Baudry.

— Oui, oui, bien sûr…, s'excusa Marie en rougissant. Évidemment, un immense merci.

— Je plaisante ! taquina la voisine en lui tapant sur l'épaule. En revanche, si vous n'êtes pas trop occupée, je ne serais pas contre un petit café pour faire connaissance.

Marie était tentée de refuser, sa *to-do list* inachevée brillant en lettres rouges dans son cerveau. Mais elle lui devait bien ça.

— Avec plaisir ! Je vous en prie, entrez.

En ouvrant sa porte d'entrée, Marie balaya rapidement du regard sa salle de séjour. Aucun de ses trois enfants n'avait débarrassé son petit-déjeuner, et quelques jouets traînaient encore au salon.

Elle essaya de les rassembler rapidement, mal à l'aise. Elle s'organisait toujours pour que sa maison soit impeccable lorsqu'elle recevait des invités.

— Veuillez m'excuser pour le désordre. J'ai été un peu dépassée ce matin. Je fais couler votre café et je range ce capharnaüm.

— Un capharnaüm ?! À côté, ma maison ressemble à un immense foutoir. Moi aussi, j'ai des enfants. Les Legos qui vous piquent les fesses dans le canapé et la table de salle à manger transformée en cabane géante, je connais !

— Merci pour votre indulgence, répondit Marie, soulagée.

— « Si la vue d'un bureau encombré évoque un esprit encombré, alors que penser de celle d'un bureau vide ? », cita Rose.

— C'est de qui ?

— Einstein.

— Eh bien, j'aurais aimé avoir son assurance. Tenez, votre café.

Rose la remercia avec chaleur.

— On pourrait peut-être se tutoyer ? proposa-t-elle. Je me sens vieille quand on me vouvoie. En plus, on doit avoir à peu près le même âge.

— Je suis de 1981, j'aurai quarante ans le mois prochain.

— Jeunette, va ! s'amusa Rose. Je suis de 1979.

La lumière ayant envahi l'espace, les deux femmes s'installèrent dans le coin salon avant d'échanger à bâtons rompus pendant plus d'une heure et demie. Tout semblait extrêmement fluide entre elles. Marie, de nature plutôt réservée, apprécia la compagnie de sa voisine si dynamique et enjouée. Elle en oublia même ses tâches matinales.

Rose lui raconta qu'elle était fraîchement divorcée et maman de deux grands adolescents de 17 et 19 ans. Comptable dans la société de nettoyage de son mari, elle l'avait quitté après avoir découvert qu'il entretenait une liaison avec sa nouvelle secrétaire.

— Je suis désolée pour ton divorce, s'émut Marie. J'espère que tu arriveras à te reconstruire rapidement.

— Oh, c'est déjà fait ! Ça faisait belle lurette que notre couple battait de l'aile. Mais bon... j'aurais aimé une fin un peu moins moche, c'est tout. Les mensonges, je déteste ça !

— Je te comprends, déclara Marie, repensant soudain au contrôle de maths de Baptiste. Et sinon, comment te sens-tu à Brinville ? Es-tu heureuse d'avoir emménagé ici ?

Rose hésita un instant avant de répondre plus sérieusement :

— Pour être honnête, je n'ai pas encore tout à fait pris mes marques. Je crois que j'ai eu tort de déménager en hiver. Il fait froid, ça limite les rencontres et je ne peux pas profiter de mon jardin.

— On est tous un peu « ermites » en ce moment, mais sois rassurée : au printemps, le village reprend vie. Tu viens de loin ?

— Oh, non, j'habitais à Melun avant mais, après le divorce, j'aspirais à davantage de tranquillité. Brinville, ses champs, ses bois et ses 500 habitants m'ont tout de suite séduite. C'était le cadre idéal pour démarrer ma nouvelle vie sans être trop éloignée de l'ancienne.

— Sauf en hiver...

— Sauf en hiver, convint Rose. Mais je vais me bouger ! Il suffit que je me trouve quelques activités et tout ira bien.

Marie envia son optimisme à toute épreuve. Comme ça devait être bien d'avoir le temps de faire ce genre de choses !

— Moi, je n'aspire qu'à dormir, affirma-t-elle dans un profond soupir. Je suis tout le temps fatiguée...

— Ce n'est pas évident d'élever des enfants.

— Oh tu sais, confia Marie, un brin honteuse, je suis mère au foyer, c'est plus simple. Je n'ai pas trop à me plaindre.

— Alors, là, permets-moi d'en douter ! objecta Rose. Tu es mère à 100 %, c'est épuisant. Je l'ai été un temps, après la naissance de Jérémy, mon second. Je voulais prendre un congé parental de trois ans... La blague ! J'ai tenu six mois ! Les enfants à temps plein, pas de cantine le midi, la maison à faire tourner, un mari aux abonnés absents... Je n'en pouvais plus. On peut vite se laisser entraîner dans une spirale infernale. Et comme on est « au foyer », tout le monde compte sur nous pour tout. On n'a jamais de vrai jour de repos.

Marie hocha la tête en souriant. Elle ne connaissait pas d'autre mère au foyer dans son entourage, et avait parfois l'impression que personne ne comprenait sa fatigue. Rien que de pouvoir en parler avec Rose, sans être jugée, la faisait se sentir déjà un peu moins seule.

— Tu as deux grands garçons, c'est ça ?

— Oui. Jérémy termine sa terminale en internat sur Paris au lycée Louis-le-Grand. Quant à Joachim, il est saisonnier. Il travaille actuellement comme moniteur de ski à Megève.

— J'imagine que tu n'es plus comptable pour ton mari ?

— Grand Dieu, non ! s'exclama Rose. Tu imagines ? L'ex-femme, la maîtresse et l'ex-mari partageant un même bureau ? J'ai préféré négocier un licenciement à l'amiable. (Elle marqua une pause, songeuse.) J'ai envie de prendre un peu de temps pour moi avant de chercher de nouveau du travail. La comptabilité, ce n'était pas vraiment mon rêve de petite fille... Et toi ? Tu bossais avant d'avoir tes enfants ?

— Je travaillais chez Masson Éditions au secteur biographie.

— Ah oui ? C'est original !

— C'était plutôt chouette, reprit Marie en souriant, ravie de pouvoir parler de son ancien métier. Je m'occupais des mémoires des starlettes de la télé-réalité. Enfin, « mémoires » est un bien grand mot puisque ces vedettes n'avaient généralement pas plus de trente ans, s'amusa-t-elle. Je les aidais à faire un résumé de leurs parcours.

Elle se rappela cette époque qui lui semblait déjà si lointaine, un brin nostalgique. Elle était plutôt douée dans son domaine. Les biographies faisaient de très belles ventes, et elle adorait rencontrer tous ces gens, écouter leurs témoignages, partager leur vie l'espace de quelques pages. Avec la naissance de Léo, elle avait cependant dû faire un choix : ses déplacements fréquents devenant inconciliables avec sa nouvelle vie de famille. Elle n'avait jamais repris.

— En tout cas, chapeau ! la félicita Rose. Je n'aurais pas eu le courage de rester auprès de mes enfants aussi longtemps que toi. J'adore mes gars, entendons-nous bien, mais quel boulot ! Joachim était un enfant hyper difficile, il nous en a fait voir de toutes les couleurs, surtout pendant l'adolescence. Je ne suis pas fâchée que tout ça soit derrière moi.

— Tu me fais peur, s'inquiéta Marie. Baptiste, mon aîné, vient d'avoir 13 ans.

— Tu n'auras peut-être aucun problème, la rassura Rose. Chaque enfant est différent. L'adolescence de Jérémy, mon second, est passée comme une lettre à la poste.

Marie n'ayant toujours pas digéré la tricherie de Baptiste, elle ne put s'empêcher de penser que cela commençait mal. Pour une fois que Baptiste avait travaillé en autonomie, il avait voulu obtenir une bonne note sans lever le petit doigt, et il allait devoir en répondre. La confrontation l'épuisait d'avance.

— Joachim détestait l'école, avoua Rose. Il ne trouvait pas sa place et la prise de notes était compliquée pour lui. Il voulait en finir au plus vite. Je ne me suis rendu compte de son mal-être qu'au milieu de sa troisième.

— Baptiste, lui, aime apprendre, il n'aime juste pas trop se fouler. Enfin, je crois... Comment tu as fait, pour ton fils ? Je veux dire... quand tu t'es rendu compte de ses difficultés ?

— Il a terminé l'année scolaire en prenant des cours par correspondance avec un rythme moins soutenu et qui lui convenait mieux. Il s'est ensuite formé aux métiers du tourisme en lycée professionnel, et il s'est épanoui au possible !

— C'est super qu'il ait trouvé sa voie.

Quelle serait celle de Baptiste ? Pas les maths, en tout cas...

— Mais assez parlé de nos enfants ! trancha Rose. Aurais-tu quelque chose d'amusant dans les environs pour remotiver une jeune divorcée comme moi ?

— Euh... Bonne question, répondit Marie, prise de court.

— Toi, que fais-tu pour t'amuser à Brinville ?

Il lui fallut réfléchir avant de trouver une réponse :

— Je suis bénévole pour Les Galopins de Brinville.

— Le nom me parle...

— C'est l'association du village, la seule d'ailleurs, déclara Marie. On organise des petits événements locaux pour récolter des fonds pour l'école. Ça permet aux maîtresses de faire davantage de sorties ou d'acheter du matériel pour les classes.

— Tu ne me vends pas du rêve ! ironisa Rose. Tu n'aurais pas un truc plus *fun* ?

— Non, désolée, regretta Marie. Mais… zut ! s'exclama-t-elle en consultant sa montre. Je n'ai pas vu le temps passer… Je vais devoir te congédier. J'ai encore le déjeuner des enfants à préparer.

— Tu les récupères le midi ?

— Oui, et Jade reste avec moi les après-midi.

— Ah oui… Tu es vraiment une *warrior,* toi ! conclut Rose.

Marie n'en était pas si certaine : elle avait plutôt le sentiment d'être constamment débordée et… épuisée.

3

Jeudi 7 janvier
14 heures

Marie venait de coucher Jade pour sa sieste après avoir redéposé Léo à l'école. La petite fille n'avait pas demandé son reste. Marie venait de la réprimander pour une nouvelle bêtise et Jade n'avait qu'une seule envie : se faire oublier.

Restée seule, Marie soupira en voyant l'état des chambres de ses enfants. Elle avait adoré discuter avec Rose, mais avait pris beaucoup trop de retard sur son emploi du temps. Remettant le rangement à plus tard, elle s'attela au plus urgent : trouver un orthophoniste pour Jade. Vu ses difficultés d'élocution, son médecin de famille lui avait recommandé de réaliser un bilan afin de débuter une rééducation si le spécialiste identifiait un retard. Obstacle : tous les orthophonistes de la région affichaient complet… pour deux ans ! Un seul avait accepté d'inscrire Jade en liste d'attente. Après un sixième échec, Marie finit par abandonner, du moins pour l'instant.

Ôtant ses lunettes pour se frotter les yeux, elle pensa une fois de plus au contrôle de maths de Baptiste. Après son échange avec Rose, sa colère avait laissé place à une immense tristesse. Elle avait compris que hurler contre Baptiste ne servirait probablement à rien. Il lui fallait comprendre pourquoi il avait triché pour ne pas laisser leur relation s'enliser dans le mensonge. Ce matin, juste après avoir découvert la copie, elle avait envisagé de coller l'objet du délit sur la porte d'entrée en entourant en rouge l'appréciation du professeur. Mais privilégier le dialogue lui semblait à présent plus judicieux. Baptiste cachait peut-être un mal-être derrière cette histoire, elle ne voulait pas passer à côté.

*

* *

Ce soir-là, Romain rentra avant l'heure du dîner. Il embrassa ses enfants et partit se doucher rapidement avant de rejoindre sa femme en cuisine. Marie surveillait la cuisson de ses lasagnes, bien décidée à ne pas les laisser griller comme son repas de la veille.

— Encore dix petites minutes et le repas sera prêt, affirma-t-elle à son mari.

— Super, j'ai une faim de loup ! répondit Romain, son portable à la main. Dis-moi, pourquoi Léo fait la tête ? Il m'a à peine décroché un bonsoir quand il m'a vu. Lui qui est si mignon d'habitude, c'est étonnant ! Je lui ai d'ailleurs fait la remarque.

— Il est contrarié, expliqua Marie. Je lui avais promis que nous irions au parc après l'école.

— Et ?

— Et finalement nous n'y sommes pas allés... À cause de Jade.

— Qu'est-ce qu'elle a encore fait ? râla Romain.

— Ce midi, juste avant de redéposer Léo à l'école, elle est allée fouiller dans mes affaires pour prendre mon rouge à lèvres préféré. Elle s'en est barbouillé la bouche. Je te laisse imaginer le résultat.

— Un peu clown ? tenta Romain.

— Complètement..., convint Marie. Et elle a cassé mon tube, il a coûté une fortune. J'étais folle de rage. Du coup, je l'ai mise à la sieste sans histoire et je l'ai punie de parc.

— Logique. Du coup, Léo n'a pas pu y aller non plus.

— Jade a puni tout le monde avec ses bêtises. Moi aussi j'avais envie d'aller me promener. Je ne sais pas pourquoi Léo m'en veut, ça m'agace d'ailleurs.

Son mari la prit dans ses bras, et l'embrassa tendrement sur la joue.

— Il te pardonnera. Au fait, j'ai vu que ta voiture avait une roue de secours. Qu'est-ce qui s'est passé ?

— Un autre imprévu de la journée… Je me suis pris le trottoir en rentrant de l'école ce matin.

— Marie… Sois plus attentive la prochaine fois.

La remarque l'irrita.

— Je m'en veux déjà assez, pas la peine d'en rajouter. C'est la voisine qui m'a aidée à changer la roue.

— Madame Besserve ? supposa Romain tout en consultant ses derniers mails.

Déjà, son attention lui échappait. Cinq minutes : c'était tout ce qu'elle pouvait espérer ces derniers temps. Elle tenta quand même :

— Non, l'autre, la nouvelle, celle d'en face, Mme Baudry.

— Ah bon ? répliqua Romain, toujours les yeux rivés sur son portable.

— J'ai passé près de deux heures à discuter avec elle sans voir le temps passer. Tu te rends compte ?

— Et qu'a-t-elle de si spécial pour te faire perdre la notion de temps ? demanda Romain, daignant enfin lever le regard vers sa femme.

Les yeux dans les yeux, Marie eut spontanément envie de lui répondre : « Elle, elle m'écoute vraiment. » Néanmoins, elle n'osa pas aller jusqu'au bout de sa pensée de crainte de blesser son mari. Elle le savait préoccupé par son travail.

Avant, ils pouvaient passer des heures à échanger sur leur journée sans qu'aucun écran ne vienne s'immiscer entre eux. Mais, depuis quelques mois, Romain rentrait de plus en plus tard. Fatigué par ses journées, il préférait surfer sur son téléphone plutôt que de prendre le temps de discuter avec sa femme.

— Elle est extravertie, drôle, positive… Elle m'a donné envie de m'occuper un peu plus de moi. De moi… toute seule, je veux dire.

Romain sembla étonné, réfléchit un instant, puis acquiesça.

— C'est vrai que tu n'as pas beaucoup de temps pour toi, concéda-t-il, lâchant enfin son téléphone. Les caprices de Jade, les devoirs de Baptiste, la maison… Ça occupe.

— Je te remercie de le reconnaître, répondit Marie avec un sourire.

Elle l'embrassa, soulagée d'un poids. Le simple fait de sentir que son mari la comprenait lui faisait un bien fou. Resserrant son étreinte, Romain la berça doucement, avant de poser une main sur sa joue pour la regarder droit dans les yeux.

— Je me rends compte également que je n'ai pas été très présent ces derniers temps et je m'en excuse, confessa-t-il. C'est tellement tendu au boulot en ce moment. Je vais faire des efforts, je te le promets.

Il marqua une pause, puis proposa :

— Je pourrais peut-être poser une journée ? Ça te plairait ? Je m'occuperais de la maison, des enfants, et toi… tu ferais ce que tu voudrais.

Sa charge mentale lui sembla soudain plus légère.

— Merci, dit-elle doucement. Je crois que ça me ferait du bien, oui.

Il l'embrassa de nouveau, la serra brièvement avant d'être interrompu par une notification sur son téléphone.

— Beaucoup de bien…, ajouta Marie, tout bas.

*

* *

Marie n'avait pas encore rencontré le moment opportun pour discuter avec Baptiste : elle attendait de se retrouver seule avec lui pour aborder cette histoire de contrôle de maths. Elle n'avait pas averti Romain de sa découverte du matin, espérant dénouer seule cette situation. Le dîner terminé, Romain s'occupa du coucher de Jade et Léo ; Baptiste allait monter, lorsqu'elle prétexta avoir besoin d'aide pour ranger la cuisine.

— Baptiste, assieds-toi s'il te plaît, insista Marie une fois seule avec son fils. Je voudrais te parler de quelque chose.

Il s'exécuta sans broncher, sentant immédiatement que quelque chose n'allait pas.

Marie déposa l'évaluation sur la table. Baptiste devint exsangue. La tête baissée, il n'osa pas soutenir le regard de sa mère. Devant son mutisme, Marie enchaîna :

— Je ne suis pas en colère, Baptiste, expliqua-t-elle sur un ton qui se voulait bienveillant.

Enfin, je ne le suis plus. Je suis juste... triste. Je ne veux pas de mensonges entre nous.

Son fils semblait réellement mortifié. Pour autant, il ne chercha pas à s'expliquer : il resta tête baissée, visage fermé, bras croisés sur le torse. Elle aurait mis sa main à couper qu'il n'aurait pas agi ainsi par simple paresse. Marie insista doucement :

— Parle-moi, Baptiste. Je te jure que je ne me mettrai pas en colère. J'aimerais seulement comprendre.

— Comprendre quoi ? demanda Romain qui venait de faire irruption dans la cuisine. Je prends un verre d'eau pour Jade et je remonte. Qu'est-ce qu'elle boit, cette petite ! plaisanta-t-il. Pire qu'un chameau !

Marie et Baptiste échangèrent un regard furtif sans dire un mot.

— Je vous dérange ? s'étonna Romain.

— Non... Enfin... Oui, un peu, avoua Marie. J'ai juste une petite chose à régler avec Baptiste. Va t'occuper de Jade, on en reparlera après.

Trop tard : Romain avait vu la copie posée sur la table.

— « Triche savamment organisée. Avertissement de travail. » C'est quoi cette histoire ?! s'écria Romain.

Marie posa une main sur son bras, essayant de le calmer.

— Justement, j'essayais de comprendre, dit-elle fermement.

— Il n'y a rien à comprendre, coupa Romain. Ce gamin a véritablement un poil dans la main, c'est tout. Tu voulais quoi ? lança-t-il à Baptiste. Traîner plus de temps sur Internet ? Jouer à la console jusqu'à pas d'heure ?

— Non... C'est juste que..., tenta Baptiste.

Marie était ravie qu'il prenne enfin la parole, mais Romain ne le laissa pas poursuivre :

— Ben tu sais quoi ? Tu as gagné ! l'interrompit-il. Maintenant, je vais jouer au méchant flic. Je te coupe ta connexion Internet et plus de portable pendant trois semaines.

— Papa ! s'insurgea l'adolescent. C'est énorme trois semaines !

— Continue comme ça et je te confisque ton téléphone pour deux mois.

L'adolescent rendit les armes, déposant son portable sur la table avant de monter dans sa chambre. Marie assista à la scène, complètement impuissante.

— C'est dingue ! s'écria Romain. Ce gamin n'a vraiment peur de rien.

— J'aurais préféré que tu me laisses gérer, tenta-t-elle. Je voulais qu'il m'explique pourquoi il avait fait ça.

— Ma chérie, ça n'aurait rien changé, assura Romain. Il a trop de libertés, c'est tout, il a besoin qu'on lui serre la vis. Il nous remerciera plus tard.

Marie ne répondit pas, consciente que Romain ne changerait pas d'avis. Elle eut tout de même envie de rétorquer que si elle avait estimé que

Baptiste avait besoin de plus d'autorité, elle était tout à fait capable de s'en charger sans que son mari lui coupe l'herbe sous le pied, mais elle se retint. Pour une fois qu'il l'aidait, elle n'allait quand même pas le lui reprocher.

— Allez, ne te prends plus la tête avec cette histoire, tu as déjà bien assez à faire avec Jade, assura Romain. Je prends le relais sur les devoirs avec Baptiste. Je demanderai un rendez-vous avec son professeur pour faire une mise au point.

Marie acquiesça. Après tout, Romain avait peut-être raison ? Et puis, elle avait déjà tellement à faire...

4

Jeudi 28 janvier
9 h 20

— Jeudi prochain, tu viens prendre le café chez moi, insista Marie. Ça fait deux jeudis de suite que tu m'invites.

— Mon café est meilleur, ironisa Rose.

— Tu deviens vexante, s'amusa Marie. Alors, as-tu enfin trouvé une activité à faire dans le coin ? Ou un projet professionnel ?

— Les deux, mon capitaine ! Je suis actuellement en train de réaliser un bilan de compétences avec Pôle emploi. J'ai besoin d'y voir plus clair sur mes forces, mes faiblesses et surtout mes envies.

— Et pour l'activité ?

— Un cours de yoga du rire et…

— Un cours de quoi ? pouffa Marie.

Vu la tête de Rose, elle devait s'attendre au scepticisme de sa nouvelle amie. Ce qui ne l'empêcha pas de répéter avec aplomb :

— Du yoga du rire. Tu ne connais pas ?

— Laisse-moi deviner... Tu mélanges des postures de yoga et tu rigoles en même temps ?

Rose leva les yeux au ciel, amusée, avant d'expliquer :

— C'est une sorte de thérapie de groupe pour sortir de la morosité ambiante. On se force à rire, on fait des jeux de mime, on joue des rôles... Les rires aigus, gras, faux se transforment rapidement en un immense fou rire général. Les tensions du corps se libèrent, c'est incroyable !

Marie rit. Sa nouvelle amie était adorable, mais elle avait décidément des lubies étranges. Enfin, tant que ça la rendait heureuse !

— Et puis, j'ai trouvé une petite association de bricoleurs amateurs à deux pas d'ici : Les métalleux au grand cœur. J'y suis allée pour la première fois hier. Je t'ai déjà dit que j'adorais la mécanique ?

— J'ai pu m'en apercevoir quand tu as changé ma roue, oui. En revanche, « Les métalleux au grand cœur »... Tu es sûre que ce n'est pas un groupe de hard rock jouant pour des œuvres caritatives ?

C'était quelque chose que Marie appréciait chez Rose : elle pouvait la taquiner sans craindre de la vexer. Son amie était douée pour l'autodérision, et elle avait très vite compris que Marie ne cherchait pas à la blesser. Un jeu de réplique du tac au tac qui lui faisait du bien, elle qui devait toujours assumer le rôle de l'adulte sérieux.

Rose saisit la balle au bond et enchaîna sur sa plaisanterie :

— Ce sont des virtuoses du métal, mais le métal type... carrosserie ! Ils aident des particuliers à réparer et rénover leurs voitures, neuves ou anciennes.

— Je ne savais même pas que ça existait.

— C'est à peine à une heure d'ici. Si l'aventure te tente, je t'embarque avec moi, mercredi prochain ?

Marie ne put s'empêcher d'éclater de rire.

— Euh... non merci, sans façon. Je crois que je serais davantage tentée par un spa !

— Tu as pris rendez-vous ? demanda Rose en trempant son sucre dans le café. Si tu en connais un sympa, je m'en ferais bien un aussi de temps en temps.

Marie y avait pensé. Plusieurs fois, même. Mais, après sa discussion avortée avec Baptiste, elle n'était pas vraiment d'humeur à prendre soin d'elle.

— Je n'ai pas le temps, prétendit-elle, ce qui n'était de toute façon pas loin de la vérité. Ménage, cuisine, enfants, judo, escrime, baby gym, devoirs...

— Encore mieux que métro-boulot-dodo ! plaisanta Rose.

— C'est ma réalité du moment, confia Marie, un peu désabusée. Donc pas de spa pour l'instant, mais une recherche d'orthophoniste pour

Jade qui prend des allures de chasse au trésor impossible…

— Elle en a besoin pour quoi ?

Marie lui raconta comment la petite transformait les P en T, les S en Z, et inversement. Ce n'était pas forcément très grave mais préoccupant pour Romain. Dyslexique diagnostiqué sur le tard, il avait peur de passer à côté de quelque chose. C'était d'ailleurs au détour d'un rendez-vous anodin qu'ils avaient découvert que Baptiste était un enfant précoce. Personne ou presque n'était au courant : Marie refusait qu'on mette son fils dans une case, surtout qu'il ne répondait pas aux stéréotypes du genre, avec des 20/20 dans toutes les matières. Le résultat du test l'avait confortée dans ce qu'elle savait déjà : son fils était loin d'être stupide, son cerveau fonctionnait juste différemment des autres. Il comprenait rapidement, mais travailler pour s'améliorer était un concept qui lui échappait totalement. L'effort relevait pour lui du véritable défi.

C'était toujours compliqué de discuter de ça avec lui… sans parler de son hyperkinesthésie, qui ne leur facilitait pas la tâche.

— Son hyper quoi ? coupa Rose.

— Hyperkinesthésie, expliqua Marie. Il est très sensible au toucher.

— Tu veux dire, comme les étiquettes qu'il faut couper au ras de chez ras pour éviter que ça gratte ? Joachim était focalisé là-dessus.

— Plutôt comme… les chaussettes ! s'exclama Marie en soupirant.

Rose la regarda sans comprendre.

Elle hésita un instant. Confier cette particularité n'était pas dans ses habitudes, mais parler avec Rose, qui ne la jugeait pas, lui faisait vraiment du bien. Après tout, elle passait son temps à prendre sur elle… Elle pourrait peut-être aussi partager ses problèmes pour s'en soulager un peu. Observant son amie du coin de l'œil, elle finit par expliquer :

— Il ne tourne qu'avec deux paires depuis deux ans. Il est très sensible à leur texture, à la matière du tissu, il faut qu'il soit juste assez usé pour ne pas le gêner. J'ai beau lui en acheter de nouvelles paires, il n'utilise que ses deux vieilles…

— Mais en deux ans… elles doivent être toutes trouées !

— Je n'arrête pas de les recoudre. J'ai honte quand on est invités chez des gens, tu ne peux pas savoir…, se lamenta Marie. Je lui demande souvent de garder ses chaussures. Je préfère passer pour une personne mal élevée que pour une mère qui ne prend pas soin de son fils. (Marie baissa les yeux, honteuse.) Tu dois me prendre pour une folle.

Rose fit aussitôt « non » de la tête et posa une main sur ses genoux.

— Au contraire, je suis ravie que tu me confies ça. Et je te prends juste pour une maman soucieuse du bien-être de ses enfants.

Marie sourit, touchée. Tout était toujours compliqué avec Baptiste. Ses vêtements étaient toujours trop grands, trop serrés, les traits de couture mal placés… Elle qui avait adoré faire du shopping plus jeune, c'était désormais une véritable corvée. Six heures dans les magasins, à regarder Baptiste toucher, scruter, sentir, pour finalement ne rien choisir, la laissaient complètement épuisée nerveusement. Sans compter que, vu le peu de vêtements qui lui convenaient, même en prenant plusieurs exemplaires identiques de chaque, elle devait faire des machines très régulièrement.

— Au fait, tu savais qu'Einstein était précoce ? s'enquit soudain Rose.

— Tu lui voues un culte, ou quoi ? demanda Marie, amusée.

— C'est un personnage assez fascinant… Mais bon, Einstein ou pas, ne parlons plus des enfants. Je voudrais savoir comment s'était passée ta semaine à *toi*, rien qu'à toi !

Marie rougit de nouveau. Sa vie tournait tellement autour de ses enfants qu'elle avait parfois du mal à parler d'autre chose. Pourtant, elle ne demandait que ça. Et pour une fois, elle avait quelque chose à répondre !

— Je suis allée chez Sophie, une maman de l'école, pour la réunion mensuelle des Galopins de Brinville, dit-elle, toute contente.

— L'association de Sybille ?

— C'est ça.

— Cette femme est incroyable. J'ai dévalisé sa boutique ! (Marie grinça des dents, peu désireuse d'entendre encore des louanges de cette mère parfaite, mais Rose ne parut pas le remarquer.) Je crois que toutes les pièces de ma maison contiennent un accessoire de son magasin, s'enthousiasma-t-elle. Du coup, on a pas mal papoté. Elle est vraiment charmante.

— Oui, convint Marie. Tout est merveilleux chez Sybille...

— On dirait que tu l'envies, devina Rose.

Marie ne put s'empêcher de grimacer.

— Un peu, j'avoue. J'aimerais bien sa recette magique pour être une mère parfaite. Les problèmes semblent glisser sur elle.

— Tu crois sincèrement qu'il y a des parents pour qui tout est simple ? demanda Rose en pouffant de rire.

— En tout cas, elle donne cette impression.

— C'est une façade. Moi aussi, j'ai longtemps joué à ce jeu-là. C'est parfois plus facile de dire que tout va bien plutôt que d'étaler tes problèmes sur la place publique.

Marie hocha la tête. C'était un sentiment qu'elle connaissait bien.

— Sybille a quelques difficultés avec sa fille, avoua doucement Rose.

— Avec Margot ? s'étonna Marie. C'est la meilleure élève de sa classe !

— Elle répond très mal à sa mère, ce qui la fait souffrir, surtout que son père s'absente souvent.

— Je ne savais pas, se désola Marie. Sybille a l'air tellement enjouée tout le temps.

— Elle donne le change, assura Rose. Comme beaucoup…

17 h 30

Marie était décidée à reparler à Baptiste de cette histoire de tricherie. Romain l'avait puni, certes, mais elle n'avait jamais pu avoir le fin mot de l'histoire. Et si Baptiste cachait quelque chose, comme le fils de Rose ?

Lorsque son fils rentra du collège, elle prit donc le temps d'échanger avec lui sur ce sujet. Léo avait gentiment accepté de jouer avec sa sœur pour leur permettre de discuter en paix. Baptiste commença par pincer les lèvres, mais, quand il comprit qu'elle ne cherchait pas à le punir plus qu'il ne l'était déjà, il sembla soulagé d'avoir une occasion de s'expliquer. Il avoua s'être mal organisé pour réviser et avoir manqué de temps pour tout apprendre. Paniqué à l'idée de décevoir ses parents, il avait imaginé se partager le travail avec son meilleur ami. Alors que Baptiste avait appris l'algèbre, Théo s'était concentré sur la partie géométrie et sur les formules de calculs de volumes.

— Sur ma partie, j'ai eu tout bon, expliqua Baptiste. 10/10. En revanche, je ne sais pas ce que Théo a foutu mais toutes ses formules étaient fausses… J'ai recopié comme un gros naze et on s'est fait prendre. Mais je te jure, Maman, c'est la première fois qu'on faisait ça. Je ne voulais pas que vous soyez déçus, c'est tout.

— Je te crois, Baptiste. Et je te remercie pour ton honnêteté. J'aurais vraiment préféré que tu ne triches pas et que tu aies 10/20.

— Tu parles..., murmura l'adolescent.

Marie arqua un sourcil, blessée.

— Tu en doutes ?

— Ça ne vous suffit jamais avec Papa, protesta son fils. Vous voulez toujours que j'aie plus. Avoue que tu étais contente quand je t'ai dit que j'avais eu 16 en maths !

— J'étais contente que tu aies enfin une note à la mesure de tes compétences, tout simplement.

— Y a que les notes qui comptent pour vous, s'agaça Baptiste.

— Pas du tout ! On veut juste que tu fournisses plus d'efforts.

— Mouaip..., fit-il pas convaincu. Du coup, je peux récupérer mon portable ?

— Non. Ton père te l'a confisqué pour trois semaines, il te faut patienter encore un peu. C'est une sanction pour t'expliquer que la triche n'apporte jamais rien de bon.

— Je ne vois pas le rapport..., conclut Baptiste.

Marie le laissa avoir le dernier mot. Peu importait qu'il comprenne l'utilité ou non de sa punition. L'essentiel était qu'elle ait pu avoir une discussion à cœur ouvert avec lui.

Vendredi 5 février
18 h 45

Jade tentait de remettre de l'ordre dans son puzzle de Mickey pendant que Marie s'activait en cuisine. Sa persévérance était aussi grande que son inefficacité. La petite souris de Walt Disney avait le nez au milieu du pied gauche et une oreille à la place du nombril... Néanmoins, Marie était ravie que Jade soit capable de s'occuper toute seule.

— Maman, pu viens m'aider ? supplia la petite fille.

— Non ma puce, je termine de préparer le repas. Demande à tes frères.

— Je teux tas, ils se distupent...

— Ils se dis quoi ? demanda Marie en fronçant les sourcils.

Elle ne mit pas longtemps à comprendre ce qui se passait quand des cris lui parvinrent du salon.

— Vas-y, t'es chiant ! File-moi la télécommande ! lança Baptiste.

— Baptiste ! Comment parles-tu à ton frère ?! interrompit Marie.

— Je veux mater ma série et il regarde un truc de bébé.

— Non, c'est pas un truc de bébé ! Et j'étais là avant ! protesta Léo.

Les deux garçons s'énervèrent de plus belle ; des noms d'oiseaux volèrent. Marie, les observa l'un après l'autre, sentant la moutarde lui monter au nez. Après une ou deux tentatives pour les rappeler à l'ordre, elle cria plus fort qu'eux. Effet immédiat : un silence pesant s'abattit sur le salon. Elle arracha la télécommande des mains de Léo et conclut :

— J'éteins la télé, comme ça plus de dispute. Chacun dans sa chambre.

Léo et Baptiste échangèrent un regard furtif, puis disparurent rapidement. Marie entendit quelques grognements et deux portes claquer.

— Voilà, souffla Marie. Au moins, on est tranquilles...

Elle aurait préféré ne pas élever la voix, mais, pour une fois, elle s'en était sortie à bon compte : les garçons n'avaient pas essayé de négocier, et elle avait préservé sa soirée. Si ce n'était sans doute pas la solution parfaite, ce n'était déjà pas si mal.

Elle repensa également à sa discussion avec Baptiste.Finalement, elle ne se débrouillait pas si mal comme maman. Et pourquoi pas prendre le temps de se programmer un petit tour au spa comme elle l'espérait tant ? Elle l'avait bien mérité.

Samedi 6 février
11 h 15

— Marie, c'est Maëva. Ça va ?

— Ça va, et toi ?

D'humeur particulièrement joyeuse, elle se réjouit d'avoir l'occasion de discuter avec sa sœur. Elles ne s'étaient pas appelées depuis longtemps.

— Pas terrible, confessa cette dernière. Gaspard a une bronchite depuis lundi, j'ai dû poser des jours *enfant malade* au boulot. C'étaient mes derniers. Demain, il faut que je retourne travailler. Je le remets à l'école. Pas le choix.

— Pauvre cœur, il va mieux, quand même ? s'inquiéta Marie.

— Le traitement antibiotique commence à faire effet, oui. Il tousse beaucoup moins.

— Tu lui diras que Tata l'embrasse fort. Je suis désolée pour lui.

— Et moi donc ! Depuis le début de l'année, il a dû manquer à trois reprises l'école et à chaque fois je galère pour le faire garder... Toi, c'est cool, tu n'as pas à gérer ce genre de problème.

L'enthousiasme de Marie s'envola aussitôt. Sa sœur avait tendance à croire qu'être mère au foyer revenait à bronzer au pied de la piscine avec les doigts de pied en éventail, ce qui l'agaçait prodigieusement. Pour autant... Cette fois-ci, elle n'avait pas tout à fait tort.

— C'est vrai, concéda-t-elle, un peu sur la défensive. Ça a ses bons côtés d'être à la maison.

— À ce propos... J'aurais besoin d'un service. Tu sais que Maman me prend Gaspard la deuxième semaine des vacances de février ?

— Oui, je me rappelle. Et la première, vous partez tous ensemble au ski, c'est ça ?

— Ça *devait* être ça, mais les plans ont changé. Gabriel s'est cassé le bras.

— Mince ! Il s'est fait ça comment ?

— Il a voulu montrer à son fils qu'il savait grimper aux arbres comme un singe, ironisa Maëva.

— Et ?

— Et il a surtout montré qu'il savait retomber comme une merde.

— Merde…

— Oui, c'est le cas de le dire, confirma Maëva. Bref… Du coup, plus de semaine à Tignes en février.

— Vous attendiez tellement ces vacances !

— Oh, ce n'est pas perdu. On les reportera à Pâques. Et justement… comme j'ai reporté ma semaine de congé, je travaille en février.

Évidemment, soupira intérieurement Marie. *J'aurais dû m'y attendre.* Elle sut immédiatement ce que sa sœur allait lui demander.

— Tu pourrais… garder Gaspard quelques jours ? Je ne peux pas tout de même pas le laisser quinze jours à Maman…

Marie aurait préféré que sa sœur l'appelle par réelle envie de discuter plutôt que par intérêt… Cela dit, les enfants n'avaient pas vu leur cousin depuis longtemps, et ça leur ferait sûrement plaisir.

— Tu penses à combien de temps ? demanda-t-elle à sa sœur.

— Seulement trois jours. Il sera tellement content de retrouver ses cousins ! On pourrait venir déjeuner chez vous le dimanche midi pour vous le déposer. Je reviendrais ensuite le chercher le jeudi matin. Tu es ma dernière chance Marie… S'il te plaît, s'il te plaît, s'il te plaît !

Elle avait pris sa voix irrésistible, celle dont elle avait largement abusé pendant toute leur enfance pour obtenir ce qu'elle voulait. Marie ne pouvait rien lui refuser.

Après tout… elle s'en sortait plutôt bien, ces derniers jours avec les enfants. C'était peut-être le bon moment pour accueillir Gaspard.

— OK, je te le garde.

— Oh merci ! Tu es la meilleure ! Il jouera avec Léo ou Jade. Tu as de la chance d'avoir plusieurs enfants, ils peuvent s'occuper ensemble.

— Pas vraiment. Ils n'ont pas les mêmes âges, tu sais, ni les mêmes jeux. Et puis, il y a les disputes…

— Ils doivent quand même trouver des terrains d'entente, assura Maëva. Gaspard est tout le temps sur moi… Ça, plus le boulot, je n'en peux plus ! Parfois, je me dis que j'aimerais bien rester à la maison comme toi, pour avoir plus de temps pour moi.

Marie faillit s'étrangler. Plus de temps pour elle ? Sa sœur avait-elle la moindre idée de ce à quoi ressemblaient ses journées ?

— Bon, on se voit dimanche midi, coupa-t-elle un peu sèchement.

Si sa sœur remarqua qu'elle l'avait agacée, elle n'en montra rien.

— Allez, je t'embrasse. Passe le bonjour aux enfants et à Romain !

— Fais un bisou à Gaspard de ma part. Et bon courage à Gabriel pour son bras cassé.

— Souhaite-moi plutôt bon courage à moi ! Deux hommes malades à la maison et je suis limite en burn-out parental. Je gère tout, tu imagines ?

— Un peu…, conclut Marie.

5

Lundi 8 février
9 h 55

— Marie ! Ouvre-moi vite !

Quelqu'un tambourinait à la porte avec acharnement. Marie soupira : elle n'était pas trop d'humeur à discuter. Elle devait préparer la venue de Gaspard, sans compter toutes ses tâches habituelles. Qu'est-ce qui lui avait pris d'accepter ? Sa sœur avait vraiment le chic pour lui faire faire ce qu'elle voulait.

On frappa encore, plus fort cette fois.

— Marie ! C'est Rose !

Sa voisine semblait essoufflée. Soudain inquiète, Marie se précipita pour ouvrir.

— Tout va bien ? s'affola-t-elle.

— Oui, mais dépêche-toi d'allumer ta télé !

— Quoi ? s'étonna Marie. Pourquoi ?

— Pas le temps de t'expliquer, mets la cinq.

Rose s'était déjà installée dans le salon, la télécommande dans sa main.

Voyant son amie rester figée, perplexe devant son attitude, Rose expliqua :

— Tout va bien, ne t'en fais pas. J'ai même trouvé *ta* solution.

— Ma solution ? Mais à quoi ?

— Zut, le reportage est terminé..., poursuivit Rose en regardant l'écran face à elle. Ah, super, il y a une interview !

— Rose, de quoi tu parles ? s'irrita Marie.

Un agacement qui s'envola bien vite devant le sourire enthousiaste de son amie.

— Écoute ! Tu vas comprendre.

Sa curiosité attisée, Marie prit place à côté de Rose. Celle-ci augmenta le son. L'animatrice interviewait une certaine Angélique Levalleu.

« Bonjour, et merci d'être avec nous ce matin dans *La Maison des maternelles*. Vous êtes la créatrice et directrice du Repos de Gaïa, dont on vient de voir quelques images en exclusivité. Comment vous est venue l'idée d'une telle structure ?

La jeune femme, une grande brune élancée ressemblant à s'y méprendre à Carole Bouquet, arborait un sourire satisfait. Installée au centre d'un grand canapé, elle débuta d'une voix assurée et bienveillante à la fois :

— J'ai tout simplement pensé à ce que j'aurais aimé avoir lorsque je suis devenue jeune maman. Un endroit pour me ressourcer, un lieu pour me faire chouchouter, pour me redonner confiance en moi, et surtout un espace sécurisé pour apprendre à devenir le parent que je souhaitais être. »

Marie glissa un regard en coin à Rose. Elle ne pensait quand même pas... ?

« Je rappelle que le Repos de Gaïa propose un concept innovant et unique en son genre, enchaîna la présentatrice. Une cure anti burn-out parental ! C'est un lieu d'accueil pour les mamans un peu dépassées...

— Les mamans, mais aussi les papas et les grands-parents, précisa Angélique Levalleu. On peut être dépassé, *overbooké*, en burn-out ou simplement lassé par la routine quotidienne. Nous accueillons tous ceux qui éduquent les enfants et qui auraient besoin d'un petit coup de pouce pour vivre au mieux leur parentalité.

— Et ce coup de pouce, vous le proposez sous forme d'une cure de sept jours, c'est bien cela ?

— Pour l'instant oui, nous verrons comment le décliner autrement un peu plus tard. Je pense qu'une semaine est le délai minimal pour se reposer et prendre du recul. »

— Je suis d'accord avec elle, chuchota Rose. Une bonne nuit de sommeil ne répare pas tout. Une semaine *off*, c'est le minimum.

— Je ne suis pas en burn-out, objecta Marie.

— Justement, si tu veux l'éviter, il faut te prendre en main maintenant. Tu as besoin de te délester de ta charge mentale et de trouver du soutien. Si tu ne le fais pas, le burn-out viendra à toi.

— Sympa…, fit Marie, la mine déconfite.

Que son amie lui parle ainsi la blessait un peu – avait-elle passé tant de temps à se plaindre pour qu'elle ne la croie plus capable de s'occuper de ses enfants ?

— Je suis simplement réaliste, trancha Rose. Tu en fais beaucoup et je pense que tu as besoin de repos.

Comme si elle les avait entendues, l'animatrice poursuivit :

« Une semaine sans enfant ni tâche domestique ou obligation familiale… C'est un peu le rêve, non ?

— J'espère ! plaisanta la créatrice de la cure. En tout cas, c'est le but. L'objectif de cette pause est de se reconnecter à soi, mais aussi de trouver des outils pour sublimer sa vie de famille une fois le programme achevé. De nos jours, les parents sont oppressés de toutes parts, on leur fait miroiter la perfection. C'est impossible, épuisant et surtout contre-productif ! Une pause s'impose. »

— Et bam ! Qu'est-ce que je te disais ? fanfaronna Rose. C'est exactement ce qu'il te faut.

— Évidemment que ça fait rêver, c'est la télé, s'agaça Marie. Ça doit coûter un bras, une cure pareille. Allez, éteins ça. Viens plutôt m'aider à éplucher des légumes si tu t'ennuies. Je prépare une purée pour les enfants.

— Attendons la fin de l'interview, rétorqua Rose en attrapant le bras de son amie pour l'empêcher de partir. Ça ne coûte rien, ça.

Marie céda. Elle commençait à connaître assez son amie pour savoir qu'elle ne lâcherait pas si facilement le morceau.

À l'écran, l'animatrice parlait toujours avec ce sérieux détaché propre aux journalistes télévisés.

« Angélique, pouvez-vous nous expliquer comment se déroulent les journées au Repos de Gaïa ? Que proposez-vous concrètement ?

— Les plannings sont entièrement personnalisés selon les besoins de chacun. On alterne ateliers parentaux, sport, balades méditatives et activités cocooning. Les parents auront également un suivi individualisé avec un coach. »

— Balades méditatives ? ricana Marie. Ça a l'air encore plus étrange que tes cours de yoga du délire.

— On ne se moque pas ! Et puis, un peu de méditation n'a jamais fait de mal à personne. Au contraire. Mais taisons-nous, elles parlent du prix.

— C'est toujours la même chose, s'irrita Marie. Qui peut se payer un luxe pareil ?

« C'est bien moins coûteux que vous le pensez ! répondit Angélique Levalleu. Tout au plus 200 euros. Notre programme est en grande partie remboursé par la Sécurité sociale. La CAF complète le reste en fonction du coefficient familial. »

— Tu vois ? 200 euros, maximum, pour sept jours de cure où tu es logée et nourrie. Ne me dis pas que c'est hors de prix.

— Chut ! coupa Marie, dont l'intérêt pour l'émission s'était maintenant accru.

Rose ne dissimula pas un petit sourire satisfait.

« Vous dites que vous vous occupez de tout, qu'en est-il de la garde des enfants ? »

— Excellente question ! bougonna Marie. Romain ne pourra jamais poser toute une semaine de congés en ce moment. Et je ne parle même pas des familles monoparentales…

« Nous proposons une solution adaptée à chaque famille. Ça peut aller de l'aide temporaire à la nourrice à domicile. Là encore, tout est pris en charge. »

— Ils ont pensé à tout ! exulta Rose.

« Nous accueillons 30 personnes par session, précisa Angélique.

— Mon petit doigt m'a dit que vous étiez presque complets pour la première semaine des vacances de février…

— Effectivement, il ne nous reste que trois places. Le délai étant trop court pour s'inscrire avec un accord de la Sécurité sociale, nous avons décidé d'offrir ces dernières cures, voyage compris.

— Je crois bien que je vais tenter ma chance, plaisanta l'animatrice.

— Nous avons créé une ligne téléphonique spécialement dédiée. Les parents doivent nous contacter et nous y laisser un message. Nous leur demandons de décrire brièvement leur situation et leurs motivations pour intégrer le centre. Les trois profils que nous jugerons les plus compatibles avec les objectifs de la cure seront sélectionnés. »

— Vite, notons le numéro ! s'enthousiasma Rose, exaltée.

Devant l'apathie de son amie, la pétulante voisine se leva précipitamment pour chercher de quoi écrire. Marie étant très organisée, Rose n'eut pas de mal à trouver un bloc de Post-it dans la cuisine. Elle y inscrivit le numéro de téléphone sous le titre :

Ton salut : le Repos de Gaïa !

— Alors ? questionna Rose en agitant le feuillet jaune devant son amie. Tu vas appeler ?

— Je ne sais pas trop, réfléchit Marie. Il faut que je me renseigne. Je n'ai jamais entendu parler de ce centre avant. Tout ça a l'air trop beau pour être vrai. Si ça se trouve, c'est une grosse arnaque. Et puis, le nom sonne un peu faux, non ? On dirait une sorte de secte.

— Tu as loupé le reportage, mais je t'assure que rien ne semblait étrange. Le nom du programme fait référence à Gaïa, la déesse mère dans la mythologie grecque. C'est une belle image. En plus c'est subventionné par la Sécu et la CAF. Impossible que ce soit bidon.

Là-dessus, elle n'avait pas tort. Toutefois… une semaine, c'était quand même long. Elle n'avait jamais laissé Romain seul avec les enfants pendant aussi longtemps. Même avec une nounou la journée, il devrait toujours gérer les soirées en plus de son travail.

Pourtant... Marie devait avouer que l'idée la tentait bien. Une semaine de repos lui ferait un bien fou. Et, qui sait ? Peut-être qu'elle y apprendrait deux ou trois choses utiles.

— Je pourrais peut-être voir pour m'inscrire cet été ? réfléchit-elle. Ce sera probablement plus simple, je pourrai laisser les enfants à ma mère ou mes beaux-parents viendront donner un coup de main à Romain. Je me renseignerai auprès de ma CAF.

Le sourire vainqueur de Rose valait tout l'or au monde.

— Toi, quand tu as une idée en tête..., s'amusa Marie.

— Quand tu reviendras fraîche et dispose, tu m'offriras le diplôme de meilleure copine. (Elle tendit le numéro de téléphone.) Appelle maintenant, non ? Le concours, ce serait encore mieux !

Elle commença à composer les premiers chiffres du numéro sur son portable.

— Non ! répliqua machinalement Marie. En février, je ne peux pas. J'ai accepté de garder le fils de ma sœur, et Romain a énormément de travail ces temps-ci. Ce n'est pas le bon moment. Et puis je ne saurais pas quoi dire. On verra une autre fois.

— Si tu ne le fais pas maintenant, tu ne le feras jamais, je commence à te connaître... Tu trouveras toujours des excuses pour faire passer les besoins des autres avant les tiens.

— Il me faut du temps. Je n'aime pas me précipiter dans la vie. Je vais me renseigner sur ce centre. J'aviserai après.

— Marie…

— Je vais y réfléchir, assura-t-elle.

— Promis ?

— Promis.

6

Vendredi 12 février

Ces derniers temps, les maux de tête de Marie s'étaient accentués, sa patience avait faibli et son aigreur augmenté.

Elle en avait assez.

Elle ne savait pas pourquoi, c'était un tout.

Un rien l'agaçait, même l'empathie de Léo.

Savoir que Gaspard se joindrait à eux dimanche avait fini de l'achever.

Aujourd'hui, plus encore que ces derniers mois, son spleen semblait prendre davantage d'espace. Elle n'avait plus envie de rien et ne voyait pas comment sortir de cette spirale infernale. Depuis lundi, elle n'avait pas revu Rose, préférant annuler leur dernier café pour se reposer. Cette semaine, Léo avait fait pipi quatre nuits de suite et Jade avait piqué de nombreuses crises. La petite fille avait notamment fait une terrible scène dans un magasin de jouets alors que Marie avait refusé de lui offrir une poupée sachant dire bonjour en vingt-cinq langues. Jade hurlait comme une folle devant le poupon qui répétait en boucle « *Good morning, Buenos días, Buongiorno, Kaliméra*... » Tous les clients avaient les yeux braqués sur elle. Folle de rage, elle avait fini par arracher de force le jouet des mains de sa fille tout en prenant Jade sous son bras. La petite fille se débattait tellement que Marie lui avait collé une fessée pour la faire taire. Elle n'était pas fière d'elle, mais ne voyait vraiment pas comment se sortir de cette impasse autrement. Si elle cédait en achetant la poupée, c'était la porte ouverte à de nouvelles scènes à chaque désir contrarié de Jade.

Quant à Baptiste... Il restait Baptiste.

Rien n'était vraiment grave, et pourtant Marie n'en pouvait plus. Elle avait beau essayer de se raisonner, de dresser des listes de tout ce qui allait bien dans sa vie, rien n'y faisait.

Elle se sentait mal. Et nulle.

Elle repensa aux paroles de Rose : « Tu as besoin de te délester de ta charge mentale et de trouver du soutien. Si tu ne le fais pas, le burn-out viendra à toi. »

Et si c'était vrai ?

Si une dépression commençait à s'immiscer en elle sans qu'elle s'en soit rendu compte ?

Dans un de ces moments d'épuisement, elle avait ajouté sur sa *to-do list* « se renseigner sur le Repos de Gaïa ». Elle ne l'avait pas encore fait. En avait-elle vraiment envie ?

Elle éprouvait déjà tellement de culpabilité alors si en plus elle *abandonnait* ses enfants pendant les vacances, comment pourrait-elle se regarder dans la glace ?

Elle avait décidé d'être mère, ses enfants avaient besoin d'elle. Elle devait relever la tête.

Dans quelques jours à peine, elle aurait quarante ans.

Quarante ans…

Ce chiffre résonnait en elle comme un boomerang lancé à pleine vitesse. Sur le papier, Marie avait tout pour être satisfaite : trois enfants en bonne santé, un mari, une belle maison…

Et pourtant.

Ses maux de tête à répétition, la boule au ventre qui la réveillait en pleine nuit lui causant tant d'insomnies, son moral à fleur de peau, son apathie, le vide qu'elle ressentait en elle… Tous ces troubles semblaient hurler : « Non ! Non, tu n'es pas heureuse. » Même Rose l'avait perçu, de toute évidence.

Bon Dieu ! Mais pourquoi donc était-elle dans cet état ?

N'était-elle pas capable de se satisfaire de ce que la vie lui offrait ?

*

* *

— Tata est rentrée ! Tata est rentrée ! Touettttte ! Z'est les vacanzes, z'est les vacanzes !

— Bonsoir ma Jade, fit Romain en refermant la porte. Bonsoir Marie.

Sa femme se tenait dans l'encablure de la porte, regardant sa montre.

— Je croyais que tu devais rentrer à l'heure, ce soir ? demanda-t-elle d'un ton inquisiteur. Il est 19 h 30 passées.

— Tu penses que je l'ai fait exprès ? s'irrita Romain en accrochant son manteau. Il y a eu un accident sur la route. Et puis, comme j'ai posé trois jours de congé cette semaine, je devais laisser au propre les dossiers en cours. Je ne m'amuse pas, crois-moi. Et je te rappelle que j'ai posé ces RTT pour te soulager avec la venue de Gaspard. Pourquoi tu m'agresses dès que je rentre ?

— Je ne t'attaque pas, riposta Marie. C'est juste que j'ai très mal à la tête et que j'aurais eu besoin que tu rentres plus tôt. Les enfants sont surexcités ce soir... Léo et Baptiste se sont encore disputés pour la télévision et Jade me réclame sans cesse ! J'imagine que ce doit être l'effet « vacances scolaires ».

Marie sentit un frisson la parcourir à l'évocation de ces deux derniers mots. Elle avait l'impression de signer son arrêt de mort.

— Ça t'arrive de plus en plus en ce moment, fit remarquer Romain. Les maux de tête et... (Il hésita un instant avant d'ajouter :) d'être agressive, aussi.

— Merci, rétorqua Marie, vexée. Je fais au mieux.

— Je ne te reconnais plus…, se radoucit Romain en s'approchant d'elle. J'ai l'impression que tout t'agace. J'aimerais juste savoir ce qui se passe. Depuis quelque temps, quoi que je dise ou que je fasse, je t'énerve. Pareil pour les enfants.

Il disait ça sans colère, en marchant sur des œufs. Son inquiétude fit prendre conscience à Marie de la tension qui l'habitait. Elle ne se rappelait même plus quand elle s'était sentie détendue pour la dernière fois.

Elle inspira profondément, s'appuya contre l'épaule de son mari, soulagée de pouvoir compter sur lui pendant les prochains jours. Romain avait raison : elle n'avait pas été tendre avec lui ces derniers temps.

— Je ne fais pas exprès, murmura Marie, les larmes aux yeux. Je dois être très fatiguée…

— Ce n'est pas grave, ma chérie. Je m'inquiète pour toi, c'est tout. Et puis, Gaspard arrive dimanche… Il ne faudrait pas que tu rejettes ta mauvaise humeur sur lui. Il n'y est pour rien.

— Je n'aurais pas dû accepter de l'accueillir, confessa Marie. Maëva a tellement insisté.

— Tu as toujours du mal à dire non, dit-il avec un sourire tendre. Mais on va gérer ça, d'accord ? Je serai là.

Marie avait envie d'y croire, mais ne pouvait s'empêcher de douter. Même si Romain la soulageait quelques heures, il avait tellement l'habitude qu'elle s'occupe de tout qu'il n'était pas très… *proactif*. Il jouerait avec les enfants, mais ne penserait pas à ranger la maison – ou ferait une lessive mais oublierait la vaisselle sale dans l'évier. Même avec les meilleures intentions, il n'avait pas tous les réflexes. Et ce serait encore à Marie de veiller sur…

Soudain, quelqu'un frappa à la porte. Surprise, Marie alla ouvrir. Sa voisine se tenait sur le seuil, une enveloppe dans les mains.

— Rose ! s'étonna Marie. Tu as besoin de quelque chose ?

— Bonsoir… et pardon de vous déranger à une heure si tardive, commença-t-elle avant de serrer la main de Romain. Ravie de vous rencontrer !

— Moi de même ! Marie m'a parlé de vous et de vos cafés hebdomadaires. C'est une très jolie habitude, convint Romain en souriant. Mais je vous en prie, entrez.

Ils s'installèrent tous les trois au salon pendant que Jade somnolait devant un nouvel épisode de *Peppa Pig*. Romain baissa le son de la télévision.

— Il s'est passé quelque chose ? s'inquiéta Marie.

Son amie n'avait pas l'air mal en point… mais, comme Sybille, elle était douée pour conserver sa bonne humeur de façade.

Cette fois, pourtant, elle était sincèrement heureuse.

— Je suis venue donner une lettre à Marie et des billets de train. C'est pour demain ! fit-elle, à mi-chemin entre la gêne et l'excitation.

— Tu… *quoi* ?

Rose garda le silence quelques secondes, les yeux brillants de malice, un sourire vainqueur sur le visage. À la façon dont elle se trémoussait sur le fauteuil, elle semblait à deux doigts de taper des pieds de bonheur, comme une gosse. N'y tenant plus, elle finit par exploser :

— Le Repos de Gaïa ! s'exclama-t-elle, euphorique. Tu as été choisie pour intégrer leur programme de remise en forme réservé aux parents. Je… J'ai appelé pour toi, et ils t'ont sélectionnée. C'est fou, non ?!

Ça pour être fou, c'était fou.

Totalement sonnée, elle ne sut quoi répondre.

Romain, lui, avait besoin d'explications. Sa femme ne lui avait absolument pas parlé du Repos de Gaïa, et encore moins du concours. Il pressa Rose de questions, qui se fit un plaisir de tout lui raconter.

— C'est un peu culotté d'avoir inscrit Marie en secret, j'avoue, mais j'ai pensé qu'une telle opportunité ne pouvait pas être laissée de côté, se justifia Rose. Non seulement les parents qui participent à cette cure seront chouchoutés, mais en plus ils seront formés. Et de nos jours, ce n'est pas du luxe ! Et puis, je ne crois pas au hasard. Si Marie a été choisie, c'est qu'elle devait y aller. Et comme ça, elle pourra me faire un compte rendu, parce que je compte bien m'inscrire à la prochaine session !

Marie lança un regard en coin à Romain, stressée par sa réaction. Elle s'attendait à un refus immédiat, voire à un éclat de rire. Il ne fit rien de tel. Il la regarda longuement, un reste de son inquiétude de tout à l'heure sur les traits, et sembla peser le pour et le contre.

Il n'allait quand même pas... ?

— Cela aurait été une excellente idée, avança-t-il enfin en pesant ses mots. Mais... ce sont les vacances scolaires. Je n'ai pu poser que quelques jours de congés. Si Marie s'absente, qui s'occupera des enfants ?

— Le centre ! le rassura Rose. En plus de remporter sa place, Marie a aussi gagné une nourrice gratuite ! Elle s'appelle Sandrine Martines. Je crois qu'elle habite dans le village.

— Je la connais, c'est une maman de l'école, répondit Marie machinalement. Jade est amie avec sa fille, Clotilde.

— La maman de Clopilde va z'occuter de moi ? s'excita Jade en s'immisçant dans la conversation. Elle est prot gentille !

— On ne sait pas encore ma puce, la tempéra Romain. On en discute avec Maman.

— Moi je veux qu'elle vienne ! Comme za je tourrais jouer avec Clopilde ! Oui, oui, oui !!! cria Jade, survoltée tout en sautant sur le canapé.

— On verra, ma puce, coupa Marie. Allez, calme-toi et va plutôt jouer dans ta chambre. Laisse-nous parler entre grands, s'il te plaît.

La petite s'exécuta dans une tornade de pirouettes et de hurlements.

— Quand je te dis qu'elle est surexcitée par les vacances, s'amusa Marie.

À cette idée, pourtant, elle ne put s'empêcher de ressentir une pointe d'inquiétude. Soudain fatiguée, elle confia à son amie avec un petit sourire :

— Rose, c'est adorable d'avoir fait ça pour moi et ça me touche beaucoup, je t'assure. Mais je ne peux pas laisser Romain tout seul du jour au lendemain.

— Tu insinues que je ne suis pas capable de m'occuper de nos enfants ? se vexa l'intéressé.

Marie bafouilla :

— Non ! C'est juste que...

— ... que tu cherches une excuse pour ne pas y aller, compléta-t-il à sa place.

Elle ne sut pas quoi répondre.

— C'est ton choix, poursuivit-il posément. Mais je ne te servirai pas d'alibi.

Malgré elle, le visage de Marie s'étira d'un léger sourire. Savoir que Romain était prêt à la laisser partir quelques jours la surprenait, et dans le bon sens.

Son mari la détailla longuement, soucieux, puis posant une main sur son bras, reprit :

— Ce serait une belle manière de fêter tes quarante ans.

— Alors ? pressa Rose. Qu'en penses-tu ?

Tous deux la regardaient avec impatience. Un instant, elle s'imagina faire sa valise, prendre le train, pour une semaine de cure rien que pour elle. Mais… Romain pourrait-il réellement tout assumer à sa place ? Elle en doutait.

Sentant son hésitation son mari ajouta avec douceur :

— Tu devrais y aller. En ce moment, les choses ont l'air… compliquées pour toi. Si ça peut rendre ma femme plus heureuse, je suis preneur.

— Et Gaspard ? s'exclama Marie brusquement. On l'a oublié ! Il arrive dimanche !

— Ce n'est que pour trois jours. Ça devrait le faire. Je comptais bricoler, deux bras de plus me seront bien utiles.

Marie eut du mal à ne pas rire.

— Parce que tu penses sincèrement pouvoir faire du bricolage avec les enfants ?

— Bien sûr ! Pourquoi pas ? Ce ne sont plus des bébés. On va passer de bons moments, c'est sûr ! Je n'ai pas beaucoup vu les enfants ces derniers temps, ça me donnera l'occasion de profiter d'eux.

— OK, OK… Apparemment tu as envie de te débarrasser de moi pendant les vacances.

— Il a surtout envie que tu prennes soin de toi ! intervint Rose, sentant un malaise naître dans le couple. Tu le mérites.

Un nouveau blanc s'installa, n'attendant plus que la réponse de Marie. Elle ne savait plus si elle était agacée que tout le monde semble vouloir décider pour elle, ou touchée qu'ils se préoccupent de son état de santé. Après tout… Peut-être que c'était le signe qu'elle était plus fatiguée qu'elle le pensait. Si même Romain s'inquiétait, lui qui la connaissait par cœur… C'était peut-être un peu plus qu'une simple passade. Elle avait peut-être *vraiment* besoin de cette cure.

— Très bien ! Je capitule, déclara Marie. Je vais y aller.

7

Samedi 13 février
17 heures, gare de Strasbourg

Un chauffeur attendait Marie à la gare de Strasbourg. Rochefort-les-Bains se situait à une vingtaine de kilomètres de la capitale. Le conducteur proposa à Marie un léger détour afin de lui donner un aperçu du massif vosgien. Tout en regardant le paysage verdoyant et vallonné qui s'offrait à elle, Marie repensa à ses dernières vingt-quatre heures. Tout était allé si vite… De l'annonce de Rose à son départ de Brinville, elle n'avait pas vu les heures passer. L'essentiel de son temps avait été consacré à la création de listes qu'elle avait confiées à Romain : les tâches ménagères, les devoirs de Baptiste, les rendez-vous à ne pas manquer, les menus pour la semaine…

Même si Romain et elle avaient beaucoup discuté du bien-fondé de son départ, la culpabilité la rongeait encore. Léo semblait le plus contrarié par son départ. Il aurait aimé s'y préparer un peu plus. Néanmoins, sur le quai, il avait fait bonne figure, comme s'il voulait éviter d'inquiéter davantage sa mère. Jade n'y voyait qu'un amusement, enthousiaste à l'idée de passer du temps avec son amie Clotilde. Elle avait simplement demandé à Marie dans combien de dodos elle reviendrait. Baptiste, avec son flegme légendaire, avait lancé un « T'inquiète, Mam's ! On va gérer » au moment des embrassades. Marie s'était retenue pour ne pas pleurer.

La tête posée contre la vitre du taxi, le regard dans le vague, Marie repensait à eux.

Avait-elle réellement pris la bonne décision en partant ?

N'était-elle pas en train de fuir ses responsabilités ?

Comment sa famille allait-elle s'en sortir sans elle ?

Elle fut tirée de ses pensées par le claquement de la portière. Face à elle se dressait un immense bâtiment aux allures de temple grec. « Bienvenue au centre du Repos de Gaïa ! » pouvait-on lire sur une pancarte affichée devant l'entrée. Marie s'avança timidement ; elle ne s'était pas attendue à un endroit aussi élégant.

En pénétrant dans le hall, elle fut frappée par la hauteur des murs et les nombreuses colonnes alignées. Une immense statue de Gaïa trônait au centre du hall. La pièce semblait démesurée, et l'absence de mobilier imposant renforçait cette impression. Il n'y avait qu'un poste d'accueil, quelques canapés aux tons clairs dispersés çà et là et un aquarium rempli de fleurs de lotus. Le sol blanc contrastait avec les murs bleus. Un bleu intense et profond, qui donnait à Marie la sensation d'être en bord de mer. Plusieurs lustres en cristal de Baccarat ornaient le plafond. Une petite musique zen résonnait en fond. Marie observait tout avec admiration. Elle se sentit toute petite, ici, et pas sûre d'être à sa place. S'était-elle trompée sur l'ambiance qu'elle avait imaginée pour la cure ? C'était très beau, tout ça, mais ça ne la mettait pas particulièrement à l'aise... Un peu décontenancée, elle se concentrait sur un tableau accroché au mur pour faire bonne figure lorsqu'une voix guillerette retentit derrière elle :

— C'est une reproduction de Vénus et Cupidon par François Boucher.

Marie détailla la nouvelle venue. Malgré son jeune âge, vingt-cinq ans tout au plus, elle était habillée de manière plutôt désuète. Sa jupe longue couleur bleu canard, assortie aux murs, couvrait ses jambes jusqu'aux mollets. Elle la portait avec un chemisier blanc à dentelles orné d'une lavallière saumon. La jeune femme lui offrit un sourire à la dentition parfaite. Brossage intensif ou facettes ? Marie aurait donné cher pour avoir la même.

— Je connais l'artiste de nom, répondit-elle histoire d'engager la conversation, mais pas particulièrement ses œuvres. En tout cas, j'aime beaucoup.

— Tant mieux : tu verras beaucoup de ses reproductions en arpentant les couloirs du centre. J'avoue que je préfère plutôt l'abstrait, style Kandinsky. Tu connais ?

— Un peu…

— Au fait, je m'appelle Manon. (Elle lui tendit la main avec entrain.) Je suis l'animatrice du centre. J'accueille les hôtes et je propose quelques activités ludiques pendant la cure. Au fait, ici tout le monde se tutoie, c'est plus simple.

Marie saisit la paume tendue.

— D'accord… et enchantée, Manon, je suis…

— Marie ! Oui je sais, s'exalta la jeune fille. Je t'attendais.

— Ah… bon ?!

Manon rit.

— Facile : tu es la dernière arrivée, les autres curistes sont là depuis ce matin. Je connais chacun d'entre vous. Vous n'êtes que trente, après tout.

Marie aurait été bien incapable de retenir trente prénoms en si peu de temps, mais elle se garda bien de le dire. Elles échangèrent encore quelques banalités, Manon s'efforçant de lui expliquer le déroulement de son installation avant de lui proposer une visite du centre. Marie lui emboîta le pas sans dissimuler sa curiosité.

Elle apprit que le centre était une ancienne station thermale spécialisée en phlébologie, construit au début des années 2000. La concurrence faisant rage dans la région et faute de clientèle, le centre avait été contraint de fermer ses portes quatre ans à peine après son ouverture. De nouvelles activités s'étaient créées autour du complexe afin de le faire revivre autrement. Manon parlait vite. Très vite. Son débit de parole traduisait une envie d'en dire beaucoup en peu de temps. Néanmoins, son discours restait fluide et très bien organisé.

— C'est rigolo tout ce bleu, remarqua Marie. C'est pour faire penser à l'océan ?

— Non, mais ça aurait pu ! rétorqua Manon. En réalité, c'est un hommage à Yves Klein.

— Ah... euh... qui est-ce ?

— Un artiste français du XXe siècle spécialiste de la peinture monochrome. Il n'aimait et ne peignait qu'une seule couleur...

— Laisse-moi deviner : le bleu ?

— Bien vu ! déclara en souriant Manon. Il a même créé sa propre teinte, le bleu IKB. Le premier propriétaire du centre en était fan. (Elle désigna une porte dans le couloir avec enthousiasme.) Voici ta chambre...

— Elle est bleue ?

— Raté ! pouffa Manon. C'était le cas avant, mais les chambres ont été repeintes le mois dernier. Certains curistes frôlaient l'indigestion...

— Je peux comprendre !

— Ta chambre est la suite Myosotis, précisa l'animatrice. Tu séjourneras avec les deux autres gagnantes du concours, Christiane et Jennifer.

Marie marqua un temps d'arrêt. Elle n'avait pas une chambre individuelle ?! Elle avait besoin de repos, pas d'une colonie de vacances… La perspective de se retrouver avec deux mamans exténuées ne l'enchantait guère.

Insensible à son trouble, Manon lui remit un prospectus contenant le plan des locaux et les activités possibles. Elle lui indiqua l'heure du pot de bienvenue, où elle pourrait rencontrer la fameuse Angélique Levalleu, la créatrice du centre, qu'elle avait pu découvrir en interview.

Manon la laissa ensuite s'installer. Marie s'apprêtait à découvrir sa chambre lorsqu'une voix l'interpella du bout du couloir :

— Salut ! Tu dois être Marie ? Moi, c'est Christiane ! Je suis ta collègue de chambrée, ravie de te rencontrer.

— Bonjour… Christiane. Oui, je suis bien Marie. Enchantée également.

En réalité, elle ne l'était pas, enchantée, elle aurait préféré s'installer tranquillement avant de devoir faire la conversation. La nouvelle venue lui faisait toutefois plutôt bonne impression.

Elle devait avoisiner les soixante-dix ans. Petite, mince, les yeux d'un bleu cristallin avec des cheveux blancs et permanentés, Christiane lui rappelait à s'y méprendre la comédienne Denise Grey. La ressemblance était si frappante que Marie ne put s'empêcher de le remarquer :

— On ne t'a jamais dit que…

— La grand-mère de Sophie Marceau dans *La Boum* ? Oui, je sais ! lança Christiane en riant.

— Même ta voix est la même, c'est fou ! Tu as un lien de parenté avec elle ?

— Non, aucun. Ce qui est amusant c'est que je me suis mise à lui ressembler en vieillissant. Avant mes soixante ans, personne ne m'a jamais rien dit de tel. En tout cas, c'est une actrice que j'apprécie beaucoup. Je préfère qu'on me compare à elle plutôt qu'à Tatie Danielle ! Mes petits-enfants m'appellent même Poupette, comme son surnom dans le film.

— C'est mignon. Tu en as beaucoup ?

— Deux ! répondit gaiement Christiane. Ce sont mes petits chéris d'amour : Lorenzo et Lucas. Je vais te montrer une photo d'eux. On rentre dans la chambre ? Jennifer doit y être. Tu l'as vue ?

— Non, j'allais poser mes bagages quand tu es arrivée.

— Viens, fit Christiane en insérant sa clef dans la serrure, je vais te faire faire le tour du propriétaire. En même temps c'est rapide, s'amusa-t-elle, ce n'est pas une suite du Carlton !

En pénétrant dans la pièce, Marie fut éblouie par le paysage vosgien. La chambre, située au second étage de l'établissement, disposait d'une superbe baie vitrée et d'un balcon dominant la vallée. Elle effectua un rapide tour sur elle-même pour mieux appréhender l'aménagement de la pièce. La chambre, plutôt spacieuse, était relativement spartiate : trois lits, trois commodes, un canapé et un minuscule bureau. Le sol était recouvert d'une moquette beige clair.

En sentant son contact sous ses bottines, Marie se déchaussa rapidement. Réflexe de maman : les taches sur ce type de revêtement sont très difficiles à nettoyer.

La chambre sentait la peinture fraîche. De grandes arabesques marron dansaient sur les murs aux tons pastel, orange et vert.

— Apparemment Jennifer n'est pas là, fit remarquer Christiane en regardant la pièce. Cette petite est mignonne mais un peu tristoune. Elle est là pour un baby blues à ce que j'ai compris mais nous n'avons pas pu discuter longtemps. Elle est assez fuyante. Alors ? Ton verdict ?

— Cosy et désuet à la fois.

— Désuet ? Tu es gentille. Je dirais plutôt vieillotte. Il ne manque plus que les napperons de grand-mère sur les tables de chevet pour compléter le tableau ! La déco, l'uniforme du personnel… tout est décalé. Depuis que je suis arrivée, j'ai l'impression d'être dans le temple d'Artémis avec l'équipe de *Frou-Frou les Bains* aux commandes, s'esclaffa Christiane. Je m'attends d'un instant à l'autre à ce qu'on nous annonce une coupure d'eau !

— Ouh là là, je ne te suis pas du tout…, avoua Marie, un peu gênée et dépassée par le débit de paroles de sa collègue. *Frou-Frou les Bains*, une coupure d'eau… ?

— Tu ne connais pas *Frou-Frou les Bains* ?! s'exclama Christiane. Il faut refaire ta culture, jeune fille. (Cela faisait bien longtemps que personne n'avait appelé Marie ainsi.) C'est l'une des meilleures comédies musicales que je connaisse. L'action se déroule dans une cure thermale où le directeur fait face à un problème de taille : une pénurie d'eau ! Il y a plus de vingt ans, j'avais gagné deux places sur Océane FM pour l'avant-première. Béber n'avait pas envie d'y aller mais, pour une fois, je l'avais forcé.

Marie ouvrit des yeux ronds, complètement perdue, cette fois. Si Christiane était toujours aussi bavarde, la semaine à venir risquait de paraître plus longue que prévu…

— Béber ? tenta-t-elle.

— Mon mari. Quarante-neuf ans qu'on est mariés, pas mal, hein ? On s'est rencontré à dix-neuf ans.

— Bientôt les noces d'or, commenta Marie en souriant.

Elle ne savait pas trop quoi dire d'autre. Heureusement, Christiane semblait capable de mener la conversation pour deux :

— Tu es mariée, toi ?

— Oui, depuis quinze ans.

— C'est lui qui s'occupe de tes petits pendant que tu es là ?

— Oui, fit Marie, un peu coupable.

— Bien joué ! poursuivit Christiane en lui donnant un coup de coude. Moi, si à ton âge j'avais pu laisser Sylvie et Bertrand à mon Béber pour aller me reposer en cure, je l'aurais fait sans hésiter !

Mine de rien, Marie fut soulagée d'un poids. Elle avait craint le jugement de la part de sa nouvelle colocataire, et appréciait de se sentir soutenue.

— J'ai beaucoup de chance, admit-elle.

— Au fait, je ne t'ai toujours pas montré la photo de mes petits-enfants. Ce sont des jumeaux, ils ont eu deux ans en décembre.

Marie espérait que sa nouvelle camarade ne lui proposerait pas de visionner toute une batterie de photos sur son téléphone. Elle aurait aimé pouvoir se rafraîchir et se reposer un peu avant d'assister au cocktail de bienvenue. Heureusement, Christiane ne lui tendit qu'un seul cliché, sorti de son portefeuille, sur lequel deux petits rouquins faisaient les pitres.

— Ils sont très mignons ! Et roux, comme moi. Ils ont un air plutôt coquin. Tu ne dois pas t'ennuyer !

— Ça, tu peux le dire ! confirma Christiane. Ils me font tourner en bourrique. Mais bon, c'est normal, ils sont petits. Je les bichonne, je les chouchoute mes diablotins ! Ils vont terriblement me manquer cette semaine.

La voyant si épanouie, Marie se demanda ce qui l'avait poussée à venir à la cure. Elle tenta discrètement d'en savoir plus :

— Tu as l'air d'être une mamie, enfin, une poupette très présente.

— C'est moi qui les garde en semaine quand leurs parents travaillent. Mais... plus pour très longtemps, peut-être, confia Christiane, dont le regard s'était assombri.

— Pourquoi ? Ils déménagent ? demanda Marie.

— Non, mais ma fille n'a plus trop envie de me confier ses enfants. Elle dit que je les gâte trop. Mais comment peut-on « trop » gâter des enfants ? Elle a peur que je les transforme en rois omnipotents. Elle m'a posé un ultimatum : sois je fais des efforts pour être plus ferme, soit je ne passe plus autant de temps avec eux.

Voilà qui expliquait sa présence ici.

— C'est à ce point-là ?

— J'ai peut-être quelques torts, c'est vrai..., bougonna Christiane. Mais je n'arrive plus à m'en sortir. Je leur ai toujours tout cédé, alors revenir en arrière me paraît compliqué maintenant. Ma fille voudrait qu'ils aient plus de règles, de contraintes, de cadres... Moi, je pense que c'est elle qui les bride trop. Bon... il existe sûrement un juste milieu. Et je reconnais que les jumeaux sont de plus en plus épuisants. Béber ne veut d'ailleurs plus s'occuper d'eux tout seul. Bref, j'ai accepté de m'inscrire à cette cure pour montrer ma bonne volonté.

— Je rêverais que ma mère soit autant impliquée que toi dans l'éducation de ses petits-enfants, concéda Marie. J'espère que tu trouveras ici les réponses à tes problématiques.

— Et toi, pour quelle raison es-tu ici ?

— Je ne sais pas trop... C'est une amie qui m'a inscrite à ce programme. Elle me trouve très fatiguée.

Marie hésita un peu avant d'avouer :

— Plus j'y pense, plus je me dis qu'elle n'a pas tout à fait tort. Je suis mère au foyer, j'ai trois enfants, et… ce n'est pas tous les jours évident. Un peu de repos et quelques outils éducatifs ne peuvent m'être que bénéfiques.

— En espérant que la fameuse Angélique Lavalleu tienne ses promesses ! conclut Christiane, pas encore tout à fait convaincue elle non plus. D'ailleurs, c'est l'heure du pot de bienvenue. Je suis curieuse de la rencontrer. On y va ensemble ?

8

19 heures
Salle de réception

— Bonjour à tous et bienvenue au Repos de Gaïa. J'espère que vous avez fait bon voyage et que vous êtes prêts à prendre soin de vous. *Prendre. Soin. De. Vous*.

La directrice articula lentement ces quatre mots, comme pour les ancrer durablement dans la mémoire de chacun. Angélique Levalleu se tenait fièrement sur une petite estrade installée pour l'occasion, face à l'ensemble des participants de la cure. Tous s'étaient réunis dans la salle de réception pour le discours de bienvenue.

Marie se sentait comme une enfant à sa première colonie de vacances, très stressée. Une boule au ventre la tenaillait ; ses proches lui manquaient déjà beaucoup, et elle craignait d'avoir mis les pieds dans un endroit qui ne lui convenait pas du tout. La présence de Christiane à ses côtés la rassurait un peu.

Avant d'entrer dans les détails de la cure, Angélique Levalleu se présenta brièvement. Ancienne responsable des ressources humaines dans un groupe pharmaceutique, elle s'était reconvertie voilà plus d'une quinzaine d'années dans l'accompagnement parental. Mère de quatre enfants, autrice de plusieurs ouvrages éducatifs, elle proposait régulièrement des conférences à travers toute la France. Le Repos de Gaïa, son programme de remise en forme pour parents, était son nouveau pari. Son éloquence et son assurance étaient fascinantes.

— Lors de mes conférences, je vous donnerai de nouveaux outils éducatifs pour faciliter votre vie de parents, expliqua Angélique. Je proposerai des interventions chaque matin. Libre à chacun de venir en fonction des thématiques qui vous intéressent. Vos après-midi seront dédiés à la détente, au sport, aux activités ludiques ou encore à vos projets personnels. Vous serez aidés dans votre quête du mieux-être par un coach de vie. Chacun aura un planning entièrement personnalisé. Nous voulons vous aider à remettre du *bon* sens dans votre vie de parents. Pour votre bien, mais aussi celui de vos proches. On fait mieux quand on se sent mieux !

Angélique était vêtue d'un tailleur cintré azurin accompagné de ballerines blanches. Du haut de son mètre quatre-vingt, la directrice n'avait pas besoin de chausser des talons pour impressionner davantage.

— D'ici quelques instants, continua-t-elle, nous pourrons profiter d'un superbe cocktail dînatoire préparé par notre chef cuisinier. Je vous rappelle cependant que l'usage des téléphones portables est interdit dans l'enceinte du centre pendant la cure. Merci de les remettre à Manon ou à votre coach, au plus tard demain. Le buffet est maintenant ouvert, bon appétit et bon Repos de Gaïa à tous !

— Donner mon téléphone à un coach ? protesta Marie durant la salve d'applaudissements qui suivit.

— Tu n'as pas lu le règlement ? demanda Christiane en se dirigeant vers le buffet.

— Euh… non, confessa-t-elle, embarrassée. Tout est allé assez vite.

— Le principe du centre est que tu te reposes « vraiment », que tu fasses une pause dans ta vie de parent ou… de grand-parent, se reprit-elle en souriant. Il faut que tu aies du temps pour toi sans interférences, et que tes proches apprennent à se débrouiller sans te consulter tout le temps. Portables, tablettes, ordinateurs, et même la télé : tout est interdit. Ça a beaucoup fait rire Béber… Il m'a dit : « C'est pas *Loft Story* mais *Loft Mummy* ta cure ! »

— Mais comment vais-je faire pour contacter ma famille ? s'angoissa Marie.

— Tu pourras leur envoyer des mails ou leur parler en visioconférence, la rassura Christiane. C'est pour cela qu'il y a une salle informatique.

Manon a dû te la montrer tout à l'heure. On peut se connecter une heure par jour.

— Ah parce qu'en plus on est limités ? s'agaça Marie. C'est le bagne, ou quoi ? Comment fera mon mari s'il y a une urgence ?

— Il peut appeler le centre qui nous prévient immédiatement, précisa Christiane. Tout était très expliqué dans le règlement. Tu n'avais pas vu le reportage à la télé ?

— J'avais juste entendu l'interview d'Angélique, répondit Marie. Je pensais pouvoir appeler mes enfants quand je voulais.

Marie était très énervée. Contre le centre, mais aussi contre Rose qui avait omis de lui préciser ce *petit détail* quand elle lui avait apporté ses billets.

— Tu pourras les joindre une heure par jour. (Christiane hésita un instant.) Et puis... si je peux me permettre, poursuivit-elle, si tu pleures à chaque fois que tu leur parles, ça ne va pas aider tes enfants.

— Je ne comptais pas pleurer, s'irrita Marie.

— Vraiment ?

— Évidemment !

— Alors pourquoi tu as déjà les yeux tout brillants rien qu'en les évoquant ?

Marie rougit et cligna des yeux pour chasser les larmes qui menaçaient de se former. Elle n'avait pas du tout envie de se justifier devant une inconnue, aussi gentille fut-elle.

— Je suis lasse, c'est tout. Excuse-moi, il faut vraiment que j'appelle mon mari. Je dois le prévenir de cette histoire de portable.

— Bien sûr. À tout à l'heure !

Marie partit discrètement aux toilettes pour téléphoner. Elle avait l'impression d'être une lycéenne enfreignant le code de bonne conduite de son établissement, ce qui l'énerva encore plus. Fébrile, Marie composa le numéro de téléphone de Romain en guettant le moindre bruit. Au bout de la cinquième sonnerie, le répondeur s'enclencha. Déçue, Marie laissa un message.

Son dernier appel à Romain, et il n'avait même pas décroché ! Cette cure commençait bien mal…

*

* *

Dimanche 14 février
9 h 05, chambre Myosotis

— J'ai faim…, protesta Christiane, allongée sur son lit, la main sur son front. Tu entends mes gargouillis ? Mon ventre appelle à l'aide.

La veille, Christiane était tombée des nues en découvrant que toute la nourriture qu'on leur servait était bio, sans viande et sans alcool. D'abord sceptique sur la colère de Marie, elle était finalement convenu que cette dernière avait raison : la cure s'annonçait comme un véritable enfer.

— Mais quelle comédienne tu fais ! répondit

Marie, amusée malgré elle. J'avoue être agacée pour mon téléphone mais j'ai trouvé le buffet d'hier soir parfait. Les smoothies étaient délicieux.

— Je ne vais pas tenir, se lamenta Christiane. Il me faut de la vraie nourriture.

— Ce n'était pas du plastique, la taquina Marie.

— Tu crois sérieusement que des graines de céréales et du tofu vont me donner l'énergie suffisante pour vivre ? demanda Christiane en se redressant. Je suis de la génération des blanquettes de veau, des bœufs bourguignons et des coqs au vin… Et je ne te parle pas des desserts.

— Allez, haut les cœurs. C'est bien ce que tu me disais hier soir, non ?

— Tu as raison ! lança prestement Christiane en se levant. Je suis là pour ma fille, pour mes petits-fils, pour être une meilleure grand-mère !

Marie acquiesça, un peu envieuse de sa capacité à rebondir. Elle ne cessait de penser à Romain. Elle n'avait toujours pas pu l'avoir au téléphone, mais il lui avait répondu par texto que le centre l'avait prévenu qu'elle devrait remiser son portable.

Apparemment, rien n'était laissé au hasard.

« Les enfants vont bien, avait-il ajouté. On a fait un McDo pour bien commencer les vacances, ils étaient fous de joie. » Marie n'avait pas pu s'empêcher de sourire. Elle espérait tout de même qu'il ne les nourrirait pas de fast-food tous les jours.

— Bon, c'est pas tout mais on va au petit-déj ?

Pas la peine d'attendre Jennifer, elle a joué son asociale et est partie avant même qu'on ne se réveille.

— J'imagine qu'elle a besoin d'être tranquille, avança Marie. Être dans une chambre à trois, ça n'est pas évident. Le collectif ce n'est pas forcément mon truc non plus.

— Tu aurais préféré être seule ?

— Pour tout t'avouer, au départ oui. J'étais très contrariée quand Manon m'a appris que je devais partager ma chambre. Mais ça va mieux depuis que je sais que c'est avec toi, ajouta-t-elle aussitôt. Ta compagnie m'évite de broyer du noir en pensant à mes enfants.

— « Seul on va vite, mais ensemble on va plus loin », cita Christiane.

— En parlant d'aller vite... Il ne nous reste plus que trente-cinq minutes avant la fin du petit-déjeuner.

— Qu'est-ce qu'on attend ? Courons !

*
* *

9 h 45
Salle de conférence

Le petit-déjeuner terminé, Marie était partie directement s'installer dans la salle de conférence. Angélique Levalleu allait arriver d'ici peu pour sa première intervention autour du thème : « La discipline positive au cœur de l'éducation ». Marie était assise au premier rang, son planning de la semaine posé sur ses genoux. Cet après-midi, elle était attendue pour un cours de yoga avec Guillaume suivi de deux heures de piscine avec Michaël. La journée se terminait par un massage du dos effectué par Samantha.

Et ses enfants ? Que faisaient-ils, en ce moment ? Baptiste dormait probablement encore. Léo aussi. En général, les garçons profitaient des vacances pour faire des grasses matinées. Jade, quant à elle, était sûrement levée depuis longtemps, courant partout dans la maison. La petite fille était toujours très matinale, au grand dam de ses parents. Romain devait préparer la venue de Gaspard. Sa sœur et son beau-frère venaient le déposer aujourd'hui. Avait-il déjà préparé son lit ? Qu'avait-il prévu pour le déjeuner ? Marie lui avait suggéré de commander un poulet chez le boucher. Il pourrait accompagner la viande avec des pommes de terre et une salade. Pour le décharger, Maëva avait suggéré de s'occuper du dessert. Cela avait d'ailleurs agacé Marie : c'était bien la première fois que sa sœur proposait d'apporter quelque chose.

— Coucou, me revoilà ! lui lança Christiane, qui venait de la rejoindre après un passage éclair aux toilettes. Ouh là là, ton planning est si nul que ça pour que tu t'acharnes sur lui ?

Marie baissa les yeux sur la feuille qu'elle tenait entre les mains. Elle avait effectivement crispé les poings dessus au point de la froisser.

— J'ai juste un petit coup de cafard, confia-t-elle en dépliant sa feuille. Je pensais à Romain, aux enfants…

— Tu ne devrais pas plutôt penser à toi ? la taquina Christiane. C'est tout de même le but de cette cure. Et puis la peur n'enlève pas le danger, comme on dit, mais elle nous fait bien chier !

— Très classe.

— Blague à part, j'espère qu'on va nous apprendre à dire non aujourd'hui. Je crois que c'est mon plus gros problème avec les jumeaux…

— Tu leur cèdes vraiment tout, tout le temps ?

— Euh… oui, avoua Christiane en rougissant.

— Je peux te comprendre… J'accepte beaucoup plus de choses de ma petite Jade que je ne l'ai fait avec ses frères. J'achète ma tranquillité…

— Moi c'est juste parce que mon petit cœur de mamie se serre quand ils pleurent ou crient.

— Le mien ne se serre pas, garantit Marie, il se remplit d'agacement !

Elle se rappelait notamment la dernière crise de Jade avec sa poupée polyglotte.

— Ah ! Angélique arrive, s'enthousiasma Marie. On sera bientôt fixées.

— Si ça ne te dérange pas, je vais m'installer plus au fond pour la conférence. Les premiers rangs, ça n'a jamais été mon truc. J'étais plutôt du genre à rester près du chauffage, bien planquée au fond de la classe.

— Je crois surtout que tu meurs d'envie d'aller d'installer près du buffet d'appoint, contra Marie en pointant du doigt une grande table chargée de mignardises.

— Tu me connais déjà trop bien, concéda Christiane d'un air coquin. Un petit café et quelques viennoiseries supplémentaires ne seront pas du luxe.

Marie observa Christiane prendre place juste à côté de jolies douceurs sucrées. Elle s'amusa de la gourmandise de sa camarade, qui lui offrit un clin d'œil complice en croisant son regard. Non loin de là elle aperçut son autre compagne de chambrée. Seule dans un coin, les genoux repliés sur elle, Jennifer ne semblait nullement intéressée par le buffet. La jeune mère âgée d'à peine vingt ans attendait avec impatience le début de la conférence.

Comme Marie.

Les conseils d'Angélique seraient-ils réellement bénéfiques ?

Ou allait-elle perdre une semaine de vie loin de sa famille ?

9

10 heures
Conférence d'Angélique

Marie regardait la directrice se tenir sur scène telle une idole prêchant parmi des convertis. Le public lui semblait déjà tout acquis. Son charisme était indéniable. Sa physionomie rappelait celle d'une danseuse : fine, élancée, toujours bien droite. Son long nez fin, ses grands yeux noisette et ses joues rebondies lui conféraient un petit air espiègle. Âgée d'une cinquantaine d'années, d'après sa biographie que Marie avait consultée avant de venir, elle en paraissait bien moins, quarante tout au plus. Lorsqu'elle se mit à parler, la salle devint silencieuse. Chacun avait à cœur d'écouter la créatrice d'un programme censé les aider dans leur épanouissement familial et personnel.

Angélique prit le temps de saluer l'ensemble des participants avant de débuter sa conférence.

— Fermez les yeux et imaginez que vos enfants sont maintenant tous adultes, commença-t-elle. Vous vous tenez sur le seuil de votre maison en regardant votre dernier-né partir. Il vous sourit et agite la main pour vous saluer. Aujourd'hui, il est prêt. Prêt à quitter le nid familial pour voler de ses propres ailes. Vous portez sur cet enfant devenu grand un regard empli de tendresse et d'amour. Vous êtes fier de lui et… fier de vous. Vous avez fait de votre mieux pour l'éduquer tout au long de ces années. Vous repensez à tous les obstacles rencontrés sur votre chemin, aux doutes, aux inquiétudes, aux disputes, aux nuits blanches… Tout ça semble bien loin maintenant : face à vous se tient un adulte heureux et épanoui.

Marie, émue, sentit un frisson lui parcourir l'échine. La voix d'Angélique résonnait en elle avec une douceur et une force qui la surprenait tout autant qu'elle la rassurait.

Pourrait-elle regarder un jour ses enfants partir avec la satisfaction du travail bien fait ? Marie en doutait. La perfectionniste qu'elle était aurait probablement toujours des erreurs à regretter. En tout cas, ses enfants grandissaient plus vite qu'elle ne l'aurait cru, c'était certain. Plus les années passaient et plus le temps s'écoulait rapidement. Ses « bébés » n'en étaient plus vraiment. Même Jade ne semblait plus avoir besoin d'elle comme avant.

Tout en écoutant Angélique, Marie se remémora l'arrivée de Baptiste, son aîné, qui avait fait d'elle une mère. Leur premier regard échangé, l'odeur de sa peau sucrée, la douceur de ses cheveux bruns... Tout lui revenait en tête, tel un parfum enivrant.

La directrice continua :

— Je veux que vous regardiez cet adulte qui s'éloigne en réfléchissant aux compétences de vie que vous êtes fier de lui avoir transmises.

La directrice nota alors, sur un immense tableau blanc accroché derrière elle, le mot « Compétences ».

— Des compétences de vie ? interrogea une maman au fond de la salle. Je ne comprends pas bien...

Marie fut soulagée que la question soit posée : elle non plus n'avait pas bien saisi l'exercice.

— Par compétences, j'entends « qualités ». Celles qui vous paraissent essentielles pour le bien-être et l'épanouissement de votre enfant. Réfléchissez en termes d'adjectifs qualificatifs. Qu'est-ce qui pourrait l'aider, à coup sûr, à se débrouiller dans la vie et à être heureux ? Comment rêveriez-vous que votre enfant soit, une fois devenu grand ?

— Autonome ! cria une mère assise au fond de la salle. J'ai un Tanguy[1] à la maison et je n'en peux plus !

1. *Tanguy* : titre d'un film d'Étienne Chatiliez datant de 2001, qui relate l'histoire d'un jeune homme bientôt trentenaire refusant de quitter le nid familial, au grand désespoir de ses parents.

Des éclats de rire se firent entendre dans la salle : visiblement, la situation parlait à plus d'un participant.

— L'autonomie est en effet un point important pour un grand nombre de parents, poursuivit la conférencière en haussant la voix pour faire cesser le brouhaha ambiant. Je le note. Quoi d'autre ? Allez... Ne soyez pas timides, lancez-vous ! Il n'y a pas de bonne ou de mauvaise réponse. Toutes les idées sont pertinentes. Vous devez simplement vous concentrer sur ce que vous croyez être utile dans une vie d'adulte.

Au bout de quelques minutes, les langues se délièrent, et Angélique dut demander aux parents de freiner leurs ardeurs pour pouvoir tout noter. Marie ne participa pas, mais écouta chacun énoncer des qualités de vie qu'elle trouvait tout à fait judicieuses.

À la fin de l'exercice, Angélique dévoila le tableau blanc rempli d'une liste d'adjectifs.

Autonome
Ouvert
Responsable
Respectueux
Empathique
Drôle
Joueur
Compréhensif
Altruiste
Attentionné
Enthousiaste

Créatif
Persévérant
Patient
Téméraire
Travailleur
Réfléchi
Curieux

— Et qu'il sache cuisiner ! ajouta Christiane du fond de la salle, déclenchant les rires de l'assemblée.

— Désolée, je n'ai plus de place ! déclara Angélique. Mais s'il est curieux, j'imagine qu'il devrait s'intéresser à la cuisine assez facilement, rassura malicieusement la conférencière. Alors ? demanda-t-elle en regardant le groupe. Que pensez-vous de cette liste ? Vous convient-elle ?

L'ensemble de la salle acquiesça, Marie la première. Si elle arrivait à aider ses enfants à développer toutes ces qualités, elle pourrait être, en effet, extrêmement fière d'elle !

— Très bien, reprit Angélique. Cette liste sera votre « GPS éducatif ». C'est ce qui va vous permettre de voir si, oui ou non, vous êtes sur le bon chemin avec vos enfants. Je vous conseille de vous créer individuellement le vôtre, avec dix qualités. Ensuite, gardez-le dans un coin de votre tête ou, mieux encore, écrivez-le sur un Post-it et affichez-le.

La conférencière marqua un temps de pause, ferma les yeux, puis continua d'une voix toujours posée :

— À chaque difficulté rencontrée avec vos enfants, à chaque fois que vous décidez quelque chose pour eux, demandez-vous toujours : « Est-ce que ce que je dis, ou ce que je fais, aide réellement mon enfant à développer ces compétences de vie qui sont si chères à mes yeux ? » Si la réponse est oui, restez sur votre lignée. Si la réponse est non, cherchez une autre voie.

Cette dernière phrase piqua Marie. Elle repensa aux fois où elle s'agaçait contre Jade, lui criait dessus...

Est-ce que les propos qu'elle tenait durant ces moments-là pouvaient aider sa fille à devenir meilleure ? Probablement pas.

Sa culpabilité grimpa d'un cran. Décidément, elle était très loin de la mère parfaite qu'Angélique devait être...

— Ce qui me fatigue, souleva une grand-mère, assise derrière Marie, c'est l'acharnement de mon petit-fils. Quand il veut quelque chose, il insiste, il insiste... Je finis toujours par céder pour me faciliter la vie. Je ne suis pas certaine de suivre la *bonne* voie, comme vous dites, mais je ne trouve pas d'alternative.

Marie se retourna pour voir Christiane. Sa compagne de chambrée avait posé son pain au chocolat dans une assiette et semblait maintenant tout ouïe. Marie, repensant à la poupée polyglotte de Jade, était également impatiente d'entendre la solution d'Angélique.

— Eh bien, moi, je trouve ça super ! certifia pourtant cette dernière.

Super ?! songea Marie, dépitée.

Christiane, parut tout aussi étonnée. Angélique, visiblement ravie de susciter autant d'émoi, poursuivit :

— Ton petit-fils t'a bien analysée, et il a compris qu'à force de persuasion il obtenait toujours ce qu'il voulait avec toi. Ce petit bonhomme me semble persévérant et réfléchi. Oh, mais... Attendez..., fit la conférencière d'un air faussement innocent. J'ai l'impression que ce sont deux aptitudes que vous avez tous validées en début de conférence, non ?

Marie eut un rire jaune. Toutes deux étaient belles et bien écrites en gros sur le tableau blanc.

— Demander, insister et persévérer sont des qualités bien utiles dans la vie, affirma Angélique. Surtout de nos jours. Je pense que le problème ne vient pas de ton petit-fils qui s'obstine, mais de ton incapacité à lui dire non.

Le tacle était discret, mais bien lancé.

— Est-ce la frustration que tu as peur de gérer ? renchérit Angélique.

— Probablement, avoua la participante. Je n'ai pas envie qu'il crie et se roule par terre, ça c'est certain. Je ne veux pas non plus jouer la méchante grand-mère. J'ai passé l'âge qu'on me regarde de travers.

Marie approuva. Le regard des autres la touchait plus que tout.

— Dans ton histoire, je vois deux problèmes différents, ou plutôt trois, contra Angélique.

Problème n° 1 : ton incapacité à dire non. Problème n° 2 : gérer la frustration des jeunes enfants. Problème n° 3 : supporter le regard des autres. Pour ton premier souci, je te conseillerai d'assister à l'après-midi d'initiation de CNV avec Thomas.

— La quoi ? interrogea la grand-mère dubitative.

— La C-N-V, ou Communication NonViolente. Il y aura trois demi-journées de découverte organisées en petits groupes. Lors de cet atelier, vous apprendrez à reconnaître les besoins des envies et à vous exprimer avec simplicité et justesse.

Le rêve ! pensa Marie. Voilà un savoir-faire dont elle aimerait bien disposer avec ses enfants, mais aussi pour ses proches. Dire non à Romain ou à Maëva par exemple : quel pouvoir ! Plus de Gaspard pour les vacances ! Elle vérifia son planning, et constata avec ravissement qu'elle était inscrite à la demi-journée d'initiation du vendredi.

— Et pour la gestion de la frustration des petits ? demanda Christiane. Quels sont vos conseils ?

— Ah, je vois que toi aussi, tu es intéressée par cette problématique. D'autres encore ?

Plusieurs mains se levèrent, comprenant celle de Marie.

— Eh bien… Rendez-vous mardi matin !

Des éclats de voix se firent entendre dans la salle. Marie, tout comme Christiane, était déçue.

— Je vous ai frustrés et je l'entends bien, s'amusa Angélique. Mais vous êtes grands, vous saurez faire face ! lança-t-elle avec un sourire mutin. La conférence de mardi porte sur la gestion des émotions des petits. Vous trouverez de nombreuses réponses à vos questions, mais... c'est mardi ! Aujourd'hui, nous terminons notre atelier sur le thème « Un nouveau regard sur l'éducation ».

Marie regarda le planning de la semaine. Comme prévu, Angélique proposait six conférences, une chaque matin. Effectivement, le thème de mardi était « Crises de pleurs, de colère : que faire ? ». L'intervention du lendemain, « Sans fessées ni punitions : quelles solutions ? », lui plut aussi immédiatement. Peut-être qu'après tout, elle allait tirer quelque chose d'utile de cette semaine loin des siens ? Concernant l'affranchissement du regard des autres, la conférencière conseilla aux parents de rester concentrés sur les besoins de leurs enfants. La pratique régulière de la méditation était aussi, apparemment, une arme redoutable pour y arriver. Marie avait beaucoup à apprendre sur le sujet tant le jugement de ses pairs l'oppressait. Elle dessina un mini bouddha sur son cahier afin de se rappeler d'apprendre à méditer. Enfin... du moins, d'essayer.

— Maintenant, reprit Angélique, histoire de vous réveiller un peu, je vous propose un petit exercice physique. C'est très simple, n'ayez crainte. Je vais vous demander d'exécuter les ordres que je vous donne.

N'ayez crainte, n'ayez crainte... facile à dire. Si Angélique attendait d'elle qu'elle réalise un salto avant ou même une simple roulade arrière, elle serait bien déçue ! Heureusement pour Marie, la directrice du Repos de Gaïa ne fit que s'asseoir sur une chaise, face à l'auditoire.

— Levez votre main droite...

— Et dites « Je le jure » ! lança un papa sur le côté.

— Pas tout à fait..., poursuivit Angélique, souriante. Je vais juste vous demander de fermer votre poing droit et de le coller sur votre joue gauche.

Marie regardait Angélique avec la plus grande attention. Elle colla donc son poing sous son menton, comme elle, jusqu'à ce que sa voisine lui fasse remarquer qu'elle s'était trompée.

— Elle a dit la joue gauche.

— Ah bon ? s'étonna Marie. Vous êtes, enfin... Tu es certaine ? Parce qu'elle vient de poser son poing sous son menton. Je fais comme elle.

Les deux mamans regardèrent alors les autres participants. Certains avaient le poing sur leur joue, d'autres sous le menton. D'autres encore, dépités, l'avaient reposé sur leur genou. Les derniers alternaient : un coup la joue, un coup le menton. Personne ne savait ce qu'il fallait réellement faire. Marie lança un coup d'œil furtif à Christiane, qui lui rendit une moue dubitative, le poing laissé en l'air tel Mandela à sa sortie de prison. Face à la perplexité de son public, Angélique restait imperturbable. Le poing sous le menton.

— Eh bien alors ? questionna-t-elle. Quelle est cette agitation ? Mon exercice est-il vraiment si difficile ? Je vous ai simplement ordonné de m'obéir.

— Oui…, tenta la voisine de Marie. Mais c'est compliqué car tu dis quelque chose et tu fais différemment.

— Ah ? sembla s'étonner Angélique. Du coup, c'est difficile pour toi de savoir ce qui est juste ?

— C'est ça.

— Parfait, j'ai vu ce que je voulais voir. Merci à tous. Vous pouvez maintenant faire ce que vous voulez de vos mains. Cet exercice nous montre que la plupart d'entre nous faisons plus facilement ce que l'on voit que ce que l'on nous dit. Cela s'explique par la présence des neurones miroirs dans notre cortex préfrontal, juste là, derrière, précisa Angélique en se touchant le front. Les enfants sont comme nous. Ils font plus aisément ce qu'ils observent que ce qu'ils entendent. Ils reproduisent nos comportements bien plus qu'ils n'écoutent nos beaux discours. Vous voulez que vos enfants soient autonomes, respectueux, drôles, créatifs et altruistes ? s'enquit Angélique en regardant la liste des compétences dictée précédemment par les parents. Eh bien… prouvez-le et montrez l'exemple ! s'exclama-t-elle dans un enthousiasme débordant. Soyez l'adulte que vous voulez que votre enfant devienne.

« *Soyez l'adulte que vous voulez que votre enfant devienne* », se répéta Marie. Cela lui semblait évident, et pourtant elle n'était pas certaine de mettre en application ce principe au quotidien. Bien souvent, sa fatigue prenait le dessus, laissant apparaître sa *face sombre*. Elle pouvait se montrer colérique, agacée, impatiente et pas vraiment empathique...

— Mais ça veut dire quoi ? demanda, piquée, une blonde longiligne installée derrière Marie. Qu'il faut qu'on soit toujours parfaits ? Moi, j'élève seule deux enfants en bas âge, je suis épuisée... et là j'entends qu'il faut que je montre sans cesse l'exemple ?! Je ne suis pas infaillible.

Angélique quitta la scène pour se rapprocher de la jeune femme, dont les yeux s'emplirent de larmes. Elle s'agenouilla près d'elle et reprit doucement :

— Non, pas du tout. Je ne te demande pas d'être parfaite. Ce serait même contre-productif. Tes enfants imagineraient que pour être de *bons* enfants ils devraient être parfaits, eux aussi. La pression sur leurs épaules serait immense, tout comme celle pesant sur les tiennes. Ce que je veux te dire, c'est que les enfants observent bien plus qu'ils n'écoutent. Donc, ne perds pas ton temps à leur dire ce que tu attends d'eux. Montre-le, tout simplement. Tu veux qu'ils soient polis ? Sois-le devant eux. Tu gagneras un temps fou, et tu conserveras ton énergie pour d'autres batailles.

Angélique marqua un temps d'arrêt avant de reprendre :

— Et quand tu fais des erreurs, ce qui est parfaitement naturel, rassura-t-elle, admets-le. Si tu sais reconnaître tes failles, les assumer mais aussi t'en excuser, tes enfants apprendront à le faire, par mimétisme. Tu as le droit d'avoir tes limites, comme tu as le droit de solliciter de l'aide quand tu en as besoin. J'y vois là un très bel exemple pour tes enfants. Aucun parent n'est parfait, poursuivit Angélique en se relevant et en s'adressant à l'ensemble des participants. Et... c'est parfait comme ça !

Angélique proposa une pause d'une quinzaine de minutes. Elle en profita pour échanger informellement avec quelques parents, dont la dernière maman. Marie préféra rester sur sa chaise, seule, pour méditer un peu au calme sur ce qui venait de se passer. La conférence remuait en elle beaucoup plus de choses qu'elle ne l'aurait imaginé.

Et si cette quête de perfection qu'elle semblait vouloir atteindre n'était qu'une chimère ? Et si *faire* était tout simplement mieux que *parfaire* ? Marie inscrivit sur son planning la dernière phrase d'Angélique « *Aucun parent n'est parfait et c'est parfait comme ça.* »

— Que fais-tu ? demanda Christiane en s'asseyant près d'elle.

— J'écris mon mantra du jour, répondit Marie.

— Hop, hop, hop, on y retourne ! lança gaiement la directrice. J'aurais maintenant besoin de deux volontaires pour venir avec moi sur l'estrade. Je ne vais rien vous demander de compliqué, rassurez-vous. Il s'agit d'une simple activité physique dont l'objectif est de mieux comprendre certaines notions psychologiques.

— On y va ? chuchota Christiane. Faut que je m'active, sinon je vais roupiller.

— Oh non, objecta Marie. Je n'aime pas me mettre en scène… Et puis…

— Et puis, coupa Christiane, ce sera parfaitement imparfait et c'est parfait comme ça ! Lâche prise, Marie, murmura la pétulante grand-mère. Nous, Angélique ! héla-t-elle alors en se montrant du doigt avec Marie. Nous, on veut bien venir !

Les deux nouvelles amies se retrouvèrent face à face sur la scène, séparées par un long ruban rouge posé au sol. Marie lança un regard noir à Christiane, qui jubilait. Angélique les invita à se présenter rapidement avant de débuter l'exercice.

— Vous voyez cette ligne entre vous deux ? demanda la conférencière. Elle délimite votre territoire. Il y a trois consignes pour ce jeu. Règle n° 1 : vous devez gagner. Règle n° 2 : vous gagnez si l'autre est dans votre territoire à la fin du jeu. Règle n° 3 : le silence doit être respecté. Attention, trois, deux, un… C'est parti !

Marie et Christiane se regardèrent en chiens de faïence sans trop savoir quoi faire pendant quelques instants. Les consignes d'Angélique avaient beau être claires, elles ne comprenaient pas réellement l'objectif. Elles finirent par piquer un fou rire avant que Christiane n'ose enfin se lancer. Tel un chaton miaulant devant une gamelle, elle tenta d'attendrir sa camarade pour la faire venir dans son camp. Marie, pas dupe, inclina la tête pour refuser et opta pour une attaque frontale. Elle se mit derrière Christiane, puis la poussa de toutes ses forces pour l'amener jusque dans son territoire. Christiane fit volte-face et la tira. Un vrai combat de coqs ! Ce manège dura plusieurs minutes avant qu'Angélique n'intervienne. Le public, amusé par les gesticulations des deux femmes, ne cessait de rire.

— Bon alors, qui a gagné finalement ? questionna Angélique.

— C'est moi, intervint Marie, tout essoufflée. Christiane a un bout de pied dans mon camp. Elle est dans *mon* territoire.

— Tu es gonflée, souffla la grand-mère. Il y a une seconde, tu étais encore dans mon territoire ! Tu m'as eu dans une minute de relâchement.

— C'est vrai, j'ai vu ça, reprit Angélique d'un air amusé. Mais dis-moi, Christiane, au début du jeu tu as essayé de séduire Marie, n'est-ce pas ?

— Oui, c'est vrai mais ça n'a pas marché. J'ai voulu lui faire comprendre que mon territoire était plus sympa que le sien. Si j'avais pu parler, cela aurait été plus simple. J'aurais su trouver les bons arguments.

— Et toi, Marie, qu'as-tu pensé de ce stratagème ?

— Qu'il était voué à l'échec ! Désolée, Christiane, mais je suis une vraie joueuse. Je ne songeais qu'à gagner ! Comme on ne pouvait pas discuter et argumenter, je me suis dit que l'utilisation de la force sera la meilleure des solutions.

— Et vous avez ensuite tourné en rond ! s'amusa Angélique.

— Mais finalement, j'ai gagné, affirma Marie, satisfaite.

— En effet, admit Angélique. Tu as gagné. Cependant… à aucun moment vous ne vous êtes demandé si vous auriez pu gagner *toutes les deux* ?

— Comment ça ? répondirent en chœur les deux femmes.

— Si l'une gagne, l'autre perd forcément ? interrogea Angélique.

— Eh bien, oui, répondit Marie. En tout cas c'est ce que j'ai compris.

— J'ai imaginé la même chose, certifia Christiane.

— Pourtant, je n'ai rien dit de tel dans mes consignes, assura Angélique. Et je vous le confirme : vous auriez pu gagner ensemble.

Angélique laissa les deux femmes réfléchir un instant à cette nouvelle information avant de poursuivre :

— Vous auriez pu gagner toutes les deux en échangeant de territoire, par exemple. Ou en supprimant la ligne rouge. Vous auriez pu aussi mettre un pied de chaque côté du ruban, ou tourner autour indéfiniment... Il y avait beaucoup de possibilités.

— Ah oui..., se culpabilisa aussitôt Marie. C'est vrai. Du coup, on a raté l'exercice ?

— Tu n'as rien raté, Marie, reprit Angélique avec bienveillance. Tu as simplement pensé en termes de gagnant/perdant. Nous avons tous plus ou moins été élevés dans cette perspective. Notre société est ainsi : davantage axée sur la compétition que sur la coopération. Je suis là pour vous aider à ouvrir les yeux et vous montrer qu'une alternative existe.

Marie partit se rasseoir sous les applaudissements du public. Elle restait déçue d'avoir échoué à l'exercice. À aucun moment elle n'avait songé qu'il était possible de remporter ce jeu à deux.

— Cet exercice est une métaphore de nos relations familiales, expliqua la directrice. J'entends souvent des parents me dire : « J'ai tenu bon, j'ai *gagné* », ou au contraire « Je suis épuisé, aujourd'hui je n'ai pas envie de me *battre* contre mon fils. » Nous instaurons insidieusement un rapport de force avec nos enfants, avec comme seules possibilités : gagner ou perdre. Mais il est tout à fait possible de trouver des solutions qui conviennent à tous, parents et enfants. Nous pouvons collaborer pour chercher des consensus. Il faut juste en avoir conscience.

— Je comprends le principe, assura Christiane, mais comment fait-on pour trouver des solutions gagnant-gagnant, comme tu dis ?

— Avec de la créativité ! L'essentiel est d'imaginer que le modèle existe. Le changement de posture est primordial. Si je vous avais précisé dès le départ que vous pouviez gagner toutes les deux, je suis certaine que vous auriez réussi. Il vous aurait juste fallu un peu plus de temps. C'est pareil pour l'éducation de nos enfants : si dès le départ on réfléchit à cette posture de coopération au lieu d'un système compétitif, on est à même de réfléchir à des solutions satisfaisantes pour tous. Je ne promets pas que c'est évident tout de suite, mais, avec du temps et de l'entraînement, c'est possible !

À l'issue de cet exercice, de nombreux parents évoquèrent des cas particuliers de conflits auxquels Angélique tenta, avec le reste du groupe, d'apporter des solutions coopératives. Elle mit en avant le fait que chaque parent et chaque enfant étaient uniques et que, pour un même problème donné, plusieurs consensus étaient envisageables. L'objectif était d'échanger et d'écouter les besoins de chacun pour trouver un idéal commun.

Marie fut surprise que de si simples jeux physiques puissent l'amener à réfléchir aussi profondément à sa conception de l'éducation.

Encore fallait-il parvenir à les mettre en application…

10

17 h 30
Chambre Myosotis

Christiane somnolait légèrement lorsque Marie pénétra dans la chambre. Celle-ci revenait tout euphorique d'une séance de massage avec la douce Samantha.

— Alors ? Heureuse ? demanda Christiane tout en s'étirant.

— Tu ne peux pas savoir à quel point, concéda Marie en s'affalant sur le canapé. Samantha est une vraie magicienne. J'ai l'impression qu'elle a dénoué toutes les tensions de mon corps, c'est incroyable.

— J'ai rendez-vous dans une demi-heure avec Ivan pour une séance de réflexologie. J'espère qu'il sera tout aussi efficace.

— Je te le souhaite, déclara Marie. En plus, j'avais mal à la tête depuis la conférence d'Angélique et maintenant plus rien !

— C'est vrai que son intervention était dense. Un peu culpabilisante, aussi… et décomplexante à la fois. Et au fait, comment s'est déroulé ton cours de piscine ?

— Ouh là là, ça, c'est une autre histoire, s'exclama Marie en soufflant. Michaël est un vrai tortionnaire ! Après le déjeuner, je m'imaginais bien barboter tranquillement dans l'eau pendant deux heures, mais en fait… pas du tout ! Ce coach sportif est fou ! Je crois qu'il essaie de me préparer pour les prochains JO. Je ne peux même pas te dire combien de longueurs j'ai nagées tellement ça m'a semblé interminable…

— Heureusement que je n'ai pas cours avec lui, déclara Christiane en pouffant. Moi, je suis inscrite à l'aquagym du troisième âge avec Marguerite. À vue de nez, elle doit avoir au moins cent ans ! Je crois qu'au pire, je risque une luxation du petit orteil.

— Veinarde, va ! s'amusa Marie. Et toi, qu'as-tu pensé de ta balade méditative ? Tu ne semblais pas vraiment emballée à l'idée d'y aller.

— J'étais complètement sceptique, tu veux dire, certifia Christiane. Eh bien, j'ai eu tort, c'était vraiment pas mal du tout. Comme quoi, même les imbéciles peuvent changer d'avis. Vincent, le musicien du centre, nous accompagnait. C'est celui qui a une tête de savant fou avec plein de cheveux sur la tête.

— Je l'ai repéré vite fait lors du cocktail, se rappela Marie.

— Repérer, c'est le mot. Grâce à sa tignasse, pas moyen de le perdre dans les bois. Il ponctuait notre promenade de pauses musicales. Brahms, Mozart, Vivaldi… tous les plus grands y sont passés.

— Et la méditation dans tout ça ?

— Vincent nous apprenait à prendre le temps de nous concentrer sur une seule chose à la fois. Par exemple sur sa musique. Mais ça pouvait être aussi le chant d'un oiseau ou le souffle du vent dans les arbres. Au début, je n'y arrivais pas du tout. Je voyais les autres si studieux, les yeux fermés, et j'avais envie de rire, si tu savais ! Puis, finalement, je me suis prêtée au jeu.

— Et alors ? s'enquit Marie.

— Et alors, je dois avouer que ça m'a bien détendue. Moi qui suis une vraie pipelette au quotidien, j'ai appris à me taire et à écouter. Vincent me trouve un peu « éparpillée »… Il pense que me concentrer sur les ressentis de mon corps m'aidera à devenir une meilleure grand-mère.

— Rien que ça !

Christiane haussa les épaules.

— Apparemment, cela me permettra de différencier plus facilement les envies des besoins afin d'instaurer un cadre plus juste. Bon… je n'ai pas tout compris, mais… je me dis que ça vaut le coup de tenter. Zut, l'heure tourne, je file me préparer pour retrouver Marguerite.

— Et moi je vais en profiter pour appeler Romain ! conclut Marie.

*
* *

18 h 15
Salle informatique

Marie n'avait pas choisi l'horaire le plus judicieux pour joindre sa famille. À son arrivée dans la salle informatique, tous les postes étaient occupés. Elle dut patienter une bonne demi-heure avant qu'un écran ne se libère. Peu familiarisée avec la communication en ligne, elle sollicita l'aide de Victor, le responsable de la salle, pour réussir à contacter son mari en visioconférence. Tout de bleu vêtu avec une lavallière saumon, ce dernier restait à la disposition des parents, de 9 heures à 20 heures, pour les aider à utiliser à bon escient leur heure de communication quotidienne.

Marie prit le temps d'échanger quelques mots avec chacun de ses trois enfants avant de discuter avec Romain. Le plus loquace fut Léo, très heureux de pouvoir parler à sa mère. Marie retint ses larmes quand il lui avoua qu'elle lui manquait beaucoup.

— Alors, demanda Romain une fois Léo parti, comment se passe ta cure ?

— Je sors d'un massage donc je ne vais pas me plaindre, répondit Marie avec un sourire. Je n'ai pas trop mal dormi, et j'apprécie la nourriture bio et végétarienne du centre. C'est étrange de n'avoir rien à faire. Je pense qu'il me faut encore quelques jours pour réaliser où je suis, c'est un peu surréaliste.

— Profite, commenta Romain avec une pointe d'envie.

— Et vous, comment ça se passe ? Comment s'est déroulé le déjeuner avec Maëva ?

— Ta sœur n'est pas restée très longtemps, elle voulait profiter de l'absence de Gaspard pour faire des courses à Ikea.

— Elle abuse un peu.

— En même temps ça m'arrangeait bien, assura Romain. Je voulais bricoler tranquille. Rester à table tout un dimanche après-midi, ce n'est pas vraiment mon truc. Surtout sans toi.

— Et tu as réussi ? Je veux dire, à bricoler avec les enfants ?

— Pas comme je l'aurais voulu, admit Romain. Gaspard et Jade m'ont plus retardé qu'autre chose. Tant pis, j'aurai tenté.

— Je te trouve bien zen, dis donc ! applaudit Marie.

— Oui, enfin, ça dépend des moments. Ce qui m'énerve, là, c'est que Jade n'est toujours pas lavée. Ça fait dix fois que je lui demande d'aller prendre son bain. Dès qu'on raccroche, j'y retourne, je ne vais pas me laisser faire.

— Attends un peu, réfléchit Marie un instant. Faisons preuve de… créativité !

Elle avait à cœur de mettre en pratique ses apprentissages du matin.

— De quoi ? s'étonna Romain, un brin blasé.

— De créativité ! Pour trouver une solution qui vous convienne à tous les deux.

— Euh... Marie, je ne te suis pas, là. C'est un truc de ta cure ? Jade ! Lâche tout de suite ce bâton !

— Il faut changer de point de vue..., tenta Marie.

— Je suis désolé mais là, j'ai une petite fille sale sur les bras qui court partout dans le salon.

— Tu pourrais peut-être...

— Jade ! cria Romain derrière son ordinateur. Lâche Gaspard ! Bon, il faut que je te laisse. Les enfants se disputent et Gaspard a une épée dans la main.

— Oui, oui, file. Tu veux que je te rappelle plus tard ?

— C'est compliqué avec les petits. On se reparle demain, c'est plus simple. Amuse-toi bien... Jade !!! Lâche Gaspard TOUT DE...

Marie resta seule devant l'écran devenu noir. Elle espérait que Jade avait enfin lâché Gaspard. La petite fille pouvait se montrer très tenace quand elle était énervée. Tout comme Romain. Ne pas savoir comment allait se terminer la journée de son mari angoissait Marie. Seule, à Rochefort-les-Bains, face à un ordinateur éteint, elle se sentit tout à coup déboussolée et totalement impuissante. À distance, les conseils d'Angélique ne semblaient être d'aucune utilité.

Mais pourquoi ai-je accepté cette cure ? s'alarma-t-elle finalement. *Romain ne s'en sortira jamais tout seul. C'est lui qui va finir en burn-out, pas moi ! J'ai l'habitude de rester au foyer, lui non. Il faut que je rentre immédiatement. Pour lui, pour les enfants, pour moi ! Manon pourra probablement m'aider à échanger mon billet de train.*

Sûre d'elle, la mère de famille quitta rapidement la salle informatique. S'élançant dans le dédale de couloirs du centre, elle arriva au hall d'accueil, où elle tomba nez à nez avec... Angélique.

Consciente que la directrice essaierait sûrement de la faire changer d'avis, elle voulut bifurquer mais trop tard : Angélique l'avait déjà repérée. Elle lui fit un signe amical de la main et l'invita joyeusement à la rejoindre. Si elle avait remarqué son trouble, elle n'en montra rien.

Marie s'approcha d'elle à contrecœur.

— Tout va bien ? demanda innocemment Angélique.

— Oui. Je voulais voir Manon...

Le regard de la directrice se fit plus perçant.

— La cure te plaît ?

— Bien sûr ! C'est formidable.

Même aux yeux de Marie, ce mensonge parut peu convaincant. Angélique eut un sourire compatissant.

— Beaucoup de parents ont envie de partir après la première journée, tu sais. Changer de rythme de vie n'est pas toujours facile. Si tu me racontais plutôt ce qui te préoccupe ?

Marie hésita. Elle connaissait peu Angélique et n'avait pas très envie de lui confier ses états d'âme, mais refuser aurait été impoli. Et puis... Il y avait ce je-ne-sais-quoi, chez la directrice, qui donnait envie de lui faire confiance. Comme si, derrière son apparence de mère parfaite, elle aussi avait eu son lot de difficultés. Après tout... peut-être l'avait-elle jugée trop vite, comme Sybille. Avec une pensée pour Rose, elle s'empêcha de reculer et finit par s'asseoir avec Angélique.

Marie lui raconta son échange familial et son envie d'abandonner le programme. La directrice l'écouta attentivement, l'incitant à développer ce qui la troublait. Marie évoqua le blues de Léo et les caprices de Jade.

— De quoi as-tu réellement peur ? demanda Angélique avec douceur.

— Je n'ai pas vraiment peur, objecta Marie. C'est juste que je m'en veux de laisser Romain gérer tout seul pendant que je me fais masser. Je sens un décalage...

— Est-ce que tu crois que ton mari peut perdre patience et faire du mal aux enfants ?

— Jamais, répondit catégoriquement Marie, un peu offusquée.

— Donc, au pire, que peut-il se passer, selon toi ?

— Eh bien, il va se disputer avec Jade pour cette histoire de bain et l'un des deux va gagner.

— OK. Et ?

— Et… c'est nul ! s'exclama Marie. Tu l'as dit toi-même ce matin. On peut imaginer d'autres solutions. J'ai trouvé les exercices vraiment pertinents, ça me fait réfléchir, même si je ne sais pas encore bien comment les appliquer. Et du coup, voir Romain s'énerver pour pas grand-chose, ça me fait mal…

— Ton mari, lui, n'est pas là. Il ne peut pas encore appliquer ce que toi tu as appris et puis, il est dans le feu de l'action. Il fait au mieux.

Marie prit le temps d'observer la femme qui lui faisait face. En dehors de son écran de télévision ou de l'estrade du centre, elle semblait soudain plus accessible, plus… *humaine*. Elle prit conscience qu'Angélique avait dû un jour être une maman un peu perdue elle aussi. Comment avait-elle fait pour en arriver là ?

— Je ne sais pas comment faire, confia-t-elle. J'entends vos conseils enfin, tes conseils, mais une fois à la maison… je me dis que ce sera différent. Pour être tout à fait honnête, je ne suis pas certaine d'arriver à mettre en place quoi que ce soit à mon retour. Alors… autant rentrer maintenant, avoua un peu honteusement Marie.

— Le changement prend du temps, convint Angélique. Et puis, ce n'est que ta première journée. Il est nécessaire d'avoir un peu du recul pour y voir plus clair. La semaine promet d'être très enrichissante, ce serait dommage d'en rester là, non ?

Marie hésitait encore.

— Tu y es arrivée tout de suite, toi ? demanda-t-elle timidement. Je veux dire… à élever tes enfants comme tu le souhaitais ?

Angélique éclata de rire.

— Ouh là, non ! Pourquoi crois-tu que j'aie eu l'idée de ce centre ?

Marie rougit.

— Je me posais justement la question.

La directrice retrouva son sérieux, le regard plus lointain. Un sourire triste flottait toujours sur ses lèvres, mais ses épaules semblaient soudain moins droites, plus pesantes. Elle se confia :

— Dans mon travail, j'ai rapidement gravi les échelons. À vingt-huit ans, je dirigeais déjà les ressources humaines d'un grand laboratoire pharmaceutique. Tout me souriait. L'année suivante je tombais enceinte… de triplés.

— Des triplés ?!

— Oui. Passé la surprise, je me suis dit que ce serait un beau challenge. Je me revois encore avec mes grands discours et mes certitudes. Mes enfants seraient *comme ci* et je ferais *comme ça*. J'étais du genre à aimer les défis, alors, un ou trois enfants, ça ne changeait pas grand-chose pour moi. La veille de mon accouchement, je travaillais encore ! Je voulais montrer à mon patron que ma grossesse ne changeait rien, qu'il pouvait toujours compter sur moi.

— Tu es impressionnante…

— Inconsciente plutôt, corrigea Angélique. Mes garçons sont nés grands prématurés et j'ai failli en perdre un. Tu vois, malgré tout, je restais focalisée sur mon objectif : être une mère et une *working girl* parfaites. Je me pensais invincible. Je me disais qu'avec de la volonté tout serait possible.

— Et ?

— Et j'ai échoué !

La directrice expliqua alors être tombée en dépression. Elle en était sortie grâce au soutien de ses proches et après une longue thérapie.

— Une fois guérie, je me suis rendu compte que je ne savais pas être mère. J'avais beau avoir toujours été brillante à l'école, sur ce coup-là, j'étais mauvaise. Je ne supportais pas les pleurs de mes enfants, je m'agaçais d'un rien… On ne *naît* pas parent, on l'*apprend*, j'en suis certaine maintenant. Il y a des informations théoriques à savoir, et beaucoup de bon sens à retrouver.

— Tu penses qu'on l'a perdu ? s'étonna Marie.

— Je crois que notre éducation nous a parfois conditionnés dans un état d'esprit qui nous le fait perdre, oui.

— Comment le retrouver, alors ?

— En échangeant avec d'autres parents, en lisant, en se formant, en prenant du recul…

— C'est ce que tu as fait ?

— Oui. Petit à petit, j'ai appris à comprendre mes enfants et à agir plus sereinement. Et avec le temps, je me suis rapprochée de la mère que j'aspirais à être.

— Et ton travail ?

— J'ai démissionné. Je me suis dit que je serais plus utile ailleurs. J'avais à cœur de transmettre à d'autres parents ce que j'avais appris et qui m'avait aidée à m'en sortir. Être parent est le travail le plus difficile que je connaisse. Et aussi le plus important ! Nous formons les adultes de demain, c'est un pouvoir incroyable. Je pense que nous manquons tous de soutien dans cette mission. Alors si je peux apporter un peu de mon savoir-faire, tant mieux.

Marie écoutait attentivement Angélique, heureuse de découvrir que tout n'avait pas été si simple pour elle. Elle était humaine avec ses failles. Mais pour finir, elle avait réussi.

— Tu fais comme tu le sens, Marie, poursuivit Angélique, mais, à titre personnel, je crois qu'il serait plus pertinent que tu restes avec nous. Laisse passer la nuit, digère tes émotions. Tu pourras toujours changer tes billets de train demain, non ?

— C'est vrai, concéda Marie, pas encore tout à fait convaincue.

— Tu ne crois pas que si ton mari avait réellement besoin de toi, il nous appellerait ?

— Je ne sais pas. Il tient vraiment à ce que je me repose…

— Et il a certainement une bonne raison pour ça.

Marie hocha la tête.

— C'est vrai que je suis très fatiguée ces temps-ci.

Angélique sourit avec bienveillance, consciente qu'elle avait déjà gagné.

— La cure ne dure que sept jours. Sept petits jours pour apprendre et prendre soin de toi. Je pense que tu y as droit.

— Tu as sûrement raison.

— Alors… *Lâche prise* !

— Je vais essayer, conclut Marie, un peu plus rassurée.

11

Lundi 15 février
8 heures, chambre Myosotis

Marie se réveilla naturellement vers 7 h 30 après une bonne nuit de sommeil. Elle avait longuement tourné et retourné la question de son départ dans sa tête, mais Angélique avait raison : la nuit avait été bonne conseillère. Même si elle se sentait toujours coupable, elle avait pris conscience de la chance qu'elle avait d'être ici. Elle avait probablement surréagi... et avait apparemment plus de mal que prévu à accepter de ne pas tout contrôler.

Cela lui faisait pourtant tellement de bien... Elle n'avait plus à vérifier les devoirs de Baptiste, à changer les draps de Léo, à courir après Jade pour la laver. Elle n'avait plus à réfléchir à des repas qui plairaient à tous, à gérer les disputes de la fratrie. Plus de lessives, de ménage, de courses... Plus rien, excepté *elle* ! Petit à petit, son esprit se vidait. Elle oubliait ses listes et ses contraintes du quotidien pour ne se concentrer que sur une seule chose : son planning de la journée.

Elle commençait à comprendre ce que signifiait le fait de *lâcher prise* et cela lui faisait le plus grand bien. Même si, bien sûr, sa famille lui manquait terriblement et qu'elle se demandait toujours si Romain pourrait tout gérer sans elle.

10 h 30
Salle de conférence

Marie mâchait frénétiquement l'embout de son crayon. Face à elle, un petit morceau de papier découpé. Angélique venait de demander aux parents présents de réfléchir à un problème précis rencontré avec un enfant entre dix-huit mois et cinq ans. Il pouvait s'agir d'une situation qui se répétait ou d'un cas exceptionnel qui avait entraîné une punition.

— Je ne sais pas quoi mettre…, chuchota Christiane, qui s'était assise près de Marie. Je ne punis jamais mes petits-fils.

— Moi, j'ai le problème inverse avec Jade, se lamenta Marie, j'ai trop d'exemples. Je n'arrive pas à faire un choix.

— Pose une question à ma place alors, assura Christiane en tendant son morceau de papier vierge. Je ne trouve rien pour le moment et Angélique ramasse les copies.

En effet, la conférencière commençait déjà à récolter les propositions de la dizaine de parents présents.

— Tu peux aussi prendre le mien, renchérit Jennifer. (Leur d'habitude si discrète voisine de chambrée était assise juste derrière Marie.) Mon bébé n'a que six mois. Je ne suis pas concernée par ce que demande Angélique. Je vais juste écouter et prendre des notes pour voir ce qui m'attend.

— Ah ben, OK, fit Marie, surprise. Merci les filles. Comment vas-tu, Jennifer ?

Les trois femmes avaient à peine échangé un mot depuis leur arrivée ; Jennifer partait toujours très tôt prendre son petit-déjeuner et se couchait sans dire un mot après le dîner. Marie et Christiane avaient tenté plusieurs fois d'engager la conversation, mais la jeune fille n'avait répondu que par quelques monosyllabes, ce qui avait fini par les décourager.

— Ça va, répondit-elle timidement.

— Ça te dirait de déjeuner avec nous ce midi ? tenta doucement Marie, sous le regard approbateur de Christiane.

— Euh, je ne sais pas trop, je vais voir en fonction de mon planning, avança Jennifer, gênée.

— Fais comme tu le sens, ne te crois obligée de rien, déclara Marie sur un ton qui se voulait bienveillant. C'était juste une proposition.

— D'accord, merci.

La jeune femme semblait à fleur de peau depuis son arrivée au centre. Très isolée, elle préférait rester à l'écart des autres parents, y compris de ses deux compagnes de chambrée.

Angélique termina de récupérer les papiers des parents. Marie avait réussi à noter rapidement trois exemples auxquels elle avait pensé. La directrice prit le temps de lire attentivement l'ensemble des histoires du public avant de les classer dans deux bacs distincts.

— Nous ne pourrons pas travailler sur tous les cas évoqués ce matin, débuta-t-elle après avoir fini ses préparatifs. Je vous propose donc de choisir deux cas précis pour lesquels nous réfléchirons à des outils « larges ». Les difficultés rencontrées avec les jeunes enfants sont redondantes. On peut les répartir en deux grandes catégories : 1. *Mon enfant ne m'écoute pas, je dois répéter dix fois les choses* et 2. *Mon enfant fait des bêtises, je le punis !*

Le public acquiesça. Christiane et Marie échangèrent un regard de connivence. Le sosie de Denise Grey avait beau ne jamais punir ses petits-fils, les bêtises étaient monnaie courante chez eux. Angélique piocha un premier papier, puis lut à haute voix ce qui y était inscrit avant de le noter sur un grand tableau blanc.

Après la sortie de l'école, j'emmène souvent ma fille de trois ans jouer au parc. Le problème, c'est qu'elle ne veut jamais rentrer. Elle me dit toujours « Encore deux minutes ! ». Finalement, je dois la prendre de force sous le bras. Si ça continue, je n'irai plus au parc.

De nombreux parents échangèrent en aparté. Visiblement, ce problème, même s'il avait été rédigé par une seule personne, en concernait beaucoup d'autres. Marie elle-même avait déjà vécu cette scène.

Angélique commença par détailler la situation du point de vue du parent : « On doit rentrer, j'ai le repas à préparer, il faut se laver » avant de passer à celui de l'enfant « Je sors de l'école, j'ai besoin de me défouler, je voudrais jouer encore et encore ».

— La situation est vécue différemment selon les parties concernées. Les adultes et les enfants évoluent dans deux mondes opposés. Le monde des contraintes et des obligations *vs* le monde de l'insouciance et de la liberté. L'objectif principal, poursuivit-elle, est de trouver des solutions qui répondent aux besoins des deux parties.

La directrice s'approcha de son tableau blanc et nota :

Règle n° 1 : anticiper le départ

— C'est terriblement brutal d'ordonner : « On y va ! » à un enfant qui s'amuse comme un petit fou, assura Angélique. Imaginez que vous soyez à une soirée et qu'en plein milieu d'une conversation passionnante, un ami vous interpelle en lançant : « Stop, on rentre. » C'est dur, très dur.

— Je suis tout à fait d'accord avec vous, se permit d'intervenir Christiane. Je préviens d'ailleurs toujours mes petits-enfants en amont, mais… ça ne fonctionne pas.

— Que leur dis-tu ? demanda Angélique.

— Je leur explique qu'on va bientôt rentrer ou je leur donne un délai, par exemple « dans cinq minutes ».

— Pour un jeune enfant, *bientôt* ou *cinq minutes* est trop abstrait. Il faudrait trouver quelque chose qu'ils puissent comprendre, voire maîtriser.

— Par exemple : « Encore trois tours de manège et on y va » ?

— Super idée ! Les enfants peuvent visualiser. Tu peux aussi leur laisser ta montre en leur expliquant que lorsque la grande aiguille sera sur le six, il sera l'heure de rentrer.

— Il existe aussi des *timers*, lança une maman dans la salle. J'utilise beaucoup ce système avec mon fils de quatre ans et il adore.

Angélique parut ravie de la proposition.

— Ce sont des petites pendules visuelles avec un bouton central à régler pour déterminer la durée du temps souhaité. L'enfant peut même l'utiliser seul.

— On peut aussi simplement utiliser la fonction chronomètre sur notre téléphone, suggéra un papa.

— Tout à fait, acquiesça Angélique. L'idéal est que votre enfant puisse être maître de la situation et avoir le chronomètre entre les mains. C'est beaucoup plus fort si c'est lui qui vient vous voir en disant : « Le temps est passé, maintenant on rentre. » Notons toutes ces idées.

Règle n° 1 : anticiper le départ

Et aider l'enfant à visualiser concrètement le temps.

Exemples : Dire à l'enfant : encore trois tours de manège/deux glissades au toboggan. Donner un chronomètre, une montre, un timer *à l'enfant.*

— Oui mais, à mon avis, poursuivit Christiane, mes petits-fils seront tout de même contrariés de partir.

— Et c'est normal, la rassura Angélique, ils s'amusent ! Tu ne pourras jamais les empêcher d'être frustrés. En revanche, tu pourras diminuer leur contrariété en leur donnant une motivation pour rentrer. C'est le second point que je souhaitais aborder.

Règle n° 2 : motiver l'enfant à rentrer

— Comme leur proposer une activité ludique en rentrant à la maison ? proposa Marie. Je le fais parfois avec ma fille, quand j'ai du temps, bien évidemment. Elle adore qu'on lui fasse des bulles de savon dans le bain, par exemple.

— Complètement, approuva Angélique.

Elle lui adressa un sourire appuyé, accompagné d'un regard de connivence. « *Je suis ravie que tu aies décidé de rester* », semblait-elle dire. Marie répondit par un hochement de tête reconnaissant, fière de prouver à Angélique qu'elle avait eu raison de lui faire confiance. La directrice enchaîna :

— Il est important de voir ce qui est réalisable ou non pour vous en fonction de vos disponibilités. Ça ne sert à rien de promettre à votre enfant de jouer avec lui si vous n'en avez pas l'envie ou le temps.

— Moi, suggéra un papa, je propose de transformer le trajet du retour en jeu. Il m'arrive de porter ma fille sur le dos, de faire la course avec elle ou encore de ramasser des glands jusqu'à la voiture.

— Merci pour tes idées, Fabrice, continua Angélique. Je les note aussi.

Règle n° 2 : motiver l'enfant à rentrer

<u>Exemples</u> : trouver une activité ludique à faire sur le chemin du retour ou à la maison.

Angélique inscrivit également une dernière consigne, celle d'établir un contact physique et visuel avec l'enfant pour le prévenir du départ. Il s'agissait d'entrer dans sa bulle pour être certain d'être entendu : il arrivait souvent que l'enfant n'obtempère pas tout simplement par méconnaissance de la requête initiale.

Règle n° 3 : établir un contact physique et/ou visuel avec l'enfant

Exemples *: le regarder dans les yeux, le prendre dans vos bras ou simplement le toucher quand vous lui parlez.*

Anticiper, rendre concret le temps qui passe, trouver une motivation pour rentrer, établir un contact visuel et kinesthésique pour capter l'attention de l'enfant… se répéta mentalement Marie. En élève studieuse, elle écoutait attentivement Angélique tout en notant sur son calepin l'essentiel des idées proposées par le groupe.

Parfois, elle y ajoutait ses propres réflexions, pressée de pouvoir les appliquer une fois rentrée chez elle. Cela fonctionnerait-il aussi bien qu'Angélique semblait le croire ?

Cette dernière passa à la deuxième étude de cas, piochée au hasard dans la catégorie « Mon enfant fait des bêtises : je le punis ».

Ma fille a joué avec mon rouge à lèvres et me l'a abîmé. Je l'ai privée d'une sortie au parc initialement prévue.

— C'est mon exemple ! jubila Marie à l'attention de Christiane.

Avant de rentrer dans l'étude précise de cette situation, Angélique expliqua les causes possibles des bêtises, qu'elle renomma par ailleurs : *erreurs de comportement.*

— Les enfants font de leur mieux, assura la directrice. Il y a toujours une raison à un comportement inapproprié. La chercher nous permet de répondre plus justement au problème.

Sous le regard dubitatif de Marie, elle inscrivit sur le tableau les quatre raisons principales qui pouvaient pousser les enfants à adopter un comportement dérangeant.

Raisons des comportements inappropriés chez l'enfant

1. *Il a un comportement « naturel » pour son âge.*
2. *Il ne savait pas ce qu'on attendait de lui.*
3. *Il savait ce qu'on attendait de lui mais il ne savait pas comment s'y prendre.*
4. *Il exprime un besoin caché (besoin de sécurité, d'amour, de repos, de compréhension, de liberté, d'autonomie...).*

— À la fin de la séance, je vous distribuerai une feuille avec quelques outils classiques pour répondre à chacune de ces situations. Pour l'heure, revenons à cette petite fille qui a pris le rouge à lèvres de sa mère. Selon vous, qu'est-ce qui a pu la pousser à agir ainsi ?

— Elle pensait qu'elle avait le droit ? proposa Christiane.

— Non, assura Marie. Je lui avais expliqué à plusieurs reprises que c'était mon rouge à lèvres préféré et que je ne voulais pas qu'elle y touche.

Toute la salle se tourna vers elle.

— C'est ton exemple, Marie ? demanda Angélique.

— Ah oui, euh, pardon..., répondit-elle, rouge pivoine.

Christiane lui donna un coup de coude enjoué tandis que l'assistance souriait.

— Mais non, tu as raison d'intervenir, répondit la directrice en la mettant à l'aise. Nous aurons ainsi une meilleure compréhension de la situation. Et dis-moi, ce rouge à lèvres, elle l'aimait beaucoup ?

— Oh que oui ! Elle le regardait avec envie depuis longtemps.

— Dans ce cas, ton problème est simple : ta fille savait qu'elle n'avait pas le droit d'y toucher mais elle ne savait pas comment s'y prendre. Raison n° 3. La tentation étant trop grande, elle n'a pas trouvé les moyens suffisants pour s'arrêter.

— Qu'aurais-je pu faire, alors ? interrogea Marie.

— Nous allons demander des idées au groupe.

Il y eut un moment de flottement, pendant lequel chacun réfléchit. Puis, timidement, une main se leva.

— Je me suis déjà retrouvée dans ton cas, assura une maman assise près de Jennifer, et j'ai acheté un petit rouge à lèvres très mignon et *girly* pour ma fille. J'avais mon rouge à lèvres et elle, le sien.

— Tu as fait diversion, expliqua Angélique. Tu as redirigé l'attention de ta fille vers autre chose de plus adapté. D'autres suggestions ?

— Je n'ai qu'un bébé de six mois, annonça Jennifer. Je n'ai donc pas d'expérience sur ce genre de situation. Mais… est-ce que je peux quand même donner mon avis ?

— Évidemment ! assura Angélique. À quoi penses-tu ?

— Je me dis que si la tentation est trop forte pour sa fille, proposa Jennifer, il faut peut-être ranger le rouge à lèvres ailleurs, je veux dire… hors de sa portée. Je m'imagine faire un régime et avoir un pot de Nutella face à moi… Chaud !

— Chaud ! Comme tu dis, répondit Angélique en souriant. Ta proposition serait donc d'éloigner l'objet de la tentation. Il faut savoir qu'avant cinq ans, les enfants ont beaucoup de mal à résister face à un objet même s'ils savent pertinemment que c'est interdit. Quel âge à ta fille, Marie ?

— Quatre ans.

— Donc elle est encore dans cette phase critique, affirma Angélique. Est-ce que les deux propositions du jour te conviennent ? Rediriger l'attention de ta fille avec l'achat d'un rouge à lèvres adapté aux enfants et mettre ton maquillage hors de sa portée.

— Je me sens un peu nulle de ne pas y avoir pensé toute seule, répondit Marie, déçue.

— Surtout pas ! la rassura Angélique. C'est beaucoup plus facile de réfléchir à un problème à tête reposée et en groupe que seule à l'instant T. Si on est là, c'est qu'on veut tous faire mieux, et nous avons tous à apprendre des uns des autres. (Elle hésita une seconde avant de demander :) Serais-tu d'accord pour participer à une activité autour de ton second problème : la punition ?

— Euh… je ne sais pas trop…

— Comme tu veux, je ne te force en rien, on peut proposer à quelqu'un d'autre si tu préfères.

Marie baissa la tête, un peu honteuse. Elle était encore fatiguée par toutes ses émotions et l'atelier l'avait ébranlée. Elle ne se sentait pas de se tenir devant un public, là, tout de suite.

— Oui, je préférerais observer.

— Aucun souci, fit Angélique, bien qu'un peu déçue. Qui veut venir sur scène me rejoindre ?

Fabrice, le papa qui jouait sur le chemin de retour du parc, accepta de se plier au jeu. La directrice lui proposa de s'asseoir sur une chaise, dos au public. Elle l'invita à se mettre dans la peau d'un petit garçon de six ans, toujours en retard pour l'école. Peu autonome, il était aussi très lent. Elle raconta également que le retard de Fabrice entraînait des répercussions sur tout le reste de la famille. Sa mère l'attendant pour l'emmener à l'école, elle déposait en retard ses autres frères et sœurs, et arrivait elle-même très en retard à son travail.

Une fois la situation exposée, Angélique demanda aux participants de trouver des punitions pour faire comprendre à Fabrice que son comportement épuisait toute la famille. Elle insista sur le fait qu'il s'agissait d'un jeu et qu'il ne fallait pas hésiter à tendre vers des propositions « extrêmes ». Elle nota ensuite sur son tableau l'ensemble des propositions des parents. L'activité amusa beaucoup Marie et Christiane, qui s'en donnèrent à cœur joie.

Punitions

1. *Si Fabrice n'est pas prêt à l'heure, tout le monde part sans lui.*
2. *Sa mère n'a qu'à l'emmener en pyjama à l'école.*
3. *S'il est lent à s'habiller le matin, il n'a qu'à dormir tout habillé.*
4. *Pour gagner du temps, Fabrice n'a qu'à se passer de petit-déjeuner le matin.*
5. *Si Fabrice sait écrire, on peut lui proposer de copier 100 fois « Je dois me dépêcher de me préparer le matin ».*
6. *On n'a qu'à réveiller Fabrice à 5 heures du matin pour être certain qu'il soit prêt.*

Une fois le tableau rempli et le public défoulé, Angélique demanda à Fabrice comment il se sentait.

— Euh, ben… pas très bien, répondit le papa. Ce n'est qu'un jeu, je ne suis pas un véritable enfant de six ans et pourtant ça m'a touché.

— Oui, mais Fabrice, ajouta Angélique en surjouant, tu comprends bien que là, tu nous agaces avec tes retards répétés ! Il faut qu'on te punisse pour que tu comprennes.

— Je comprends surtout que je suis un boulet pour la famille, se lamenta le papa.

Marie se sentit aussitôt coupable : elle n'avait pas eu du tout conscience que leurs propositions pouvaient avoir un tel impact, surtout sur un adulte. C'étaient seulement des punitions, exagérées, certes, mais ça restait de *simples* sanctions.

Un instant, elle s'imagina à la place de Fabrice, si elle avait accepté la proposition d'Angélique. Elle fut tout à coup très soulagée d'avoir refusé.

— Serais-tu d'accord pour qu'on essaie autre chose ? demanda Angélique à Fabrice.

— Euh…

— Ce sera mieux, je te le promets, le rassura Angélique.

La conférencière invita alors le public à réfléchir à des solutions bienveillantes permettant d'aider Fabrice à faire mieux à l'avenir. Elle convia également le papa à se retourner pour faire maintenant face aux autres parents. La directrice nota ensuite les nouvelles idées proposées :

Recherche de solutions

1. *Créer un tableau de routines pour aider Fabrice à mieux gérer son temps.*
2. *Gagner du temps avec des stratégies diverses (en proposant à Fabrice de préparer ses vêtements la veille au soir/en dressant la table du petit-déjeuner en avance/en le levant (un peu) plus tôt/en lui suggérant de s'habiller dans la salle de bains plutôt que dans sa chambre pour éviter la surstimulation et le détournement d'attention…).*
3. *Aider Fabrice à mesurer le temps à l'aide d'instruments (timer/pendule/sablier…).*

— Fabrice, questionna Angélique, comment te sens-tu à présent ?

— Beaucoup mieux, répondit le papa. Je me sens écouté et je me dis que ma famille a vraiment envie de m'aider. J'ai des soucis de gestion du temps, c'est vrai, mais avec un peu de soutien, je vais y arriver.

— Merci infiniment Fabrice, tu peux aller te rasseoir, déclara Angélique. Je vous ai proposé cette activité pour vous montrer la différence entre les punitions et une recherche de solutions active en famille. Quand on punit un enfant, on est tourné vers le passé, on veut lui faire payer ce qu'il a fait. La recherche de solutions, elle, se tourne vers l'avenir : on veut aider l'enfant à faire mieux. Dans le premier cas, l'enfant peut s'imaginer « mauvais », comme Fabrice nous l'a très bien expliqué, alors que dans le second cas il se sent compris et soutenu. Donc, plutôt que de punir un enfant, je pense qu'il est préférable de faire avec lui ce qu'on appelle une recherche de solutions.

— Ce n'est pas possible, protesta une maman au fond de la salle. Si l'enfant a fait une bêtise, on doit le punir ! Si on ne fait rien, il recommencera.

— Si tu trouves la raison pour laquelle l'enfant a fait cette erreur, non. Notre objectif, en tant que parent, est d'aider notre enfant à s'améliorer. Punir est-il vraiment soutenant en ce sens ?

— Peut-être pas, en effet mais quand même, ça me gêne, persista la maman. Le côté « Mon enfant fait une bêtise et je ne fais rien » m'échappe un peu...

— Tu ne fais pas rien, expliqua Angélique. Tu essaies de comprendre et tu recherches une solution, c'est différent. Mais, j'entends tout à fait ta gêne, je suis passée par là moi aussi, admit la directrice.

Marie se rappela sa confidence de la veille. Angélique avait vraiment dû prendre sur elle pour parvenir à un tel cheminement.

— Notre système éducatif est fondé sur le schéma récompense/punition. Il est difficile de se sortir de ce réflexe dans lequel, bien souvent, nous avons nous-mêmes été éduqués. Il faut du temps pour le changement. L'essentiel est de réfléchir à la situation et aux compétences que l'on souhaite développer chez nos enfants. J'ai mis un certain temps, moi aussi, à me débarrasser de cette histoire de « punitions ». Quand j'ai compris que je n'apprenais rien à mes enfants mais que leur estime de soi, elle, était belle et bien abîmée, j'ai arrêté.

— J'avais raison ! exulta Christiane. Ça ne sert à rien de les punir.

— Concrètement, j'ai quand même du mal à comprendre comment ça peut fonctionner, objecta Marie. J'ai peur que ma fille ne devienne impossible si j'arrête de la punir... N'y a-t-il pas une alternative ? Je veux dire, quelque chose pour aider l'enfant à prendre ses responsabilités ?

— Tout à fait, et c'est même souhaitable, répondit Angélique en souriant. Ton alternative s'appelle la réparation. Il s'agit d'inviter l'enfant à réparer son erreur. Elle doit être à la hauteur de la faute, mais surtout de ses capacités. Il ne faut pas lui en demander trop sous peine de repartir dans les travers d'une punition déguisée.

— Par exemple, s'enquit Christiane, si on est prof et qu'un élève salit une table, on peut lui demander de la nettoyer mais pas de nettoyer toutes celles de la classe, c'est ça ?

— Exactement, affirma Angélique, tu as compris le principe. Et si l'enfant est petit, on lui apporte une éponge avec une bassine d'eau et on lui montre comment faire avant.

— Moi, reprit Christiane, je répare toujours les bêtises, enfin, les *erreurs* de mes petits-fils à leur place. Ils renversent souvent leurs verres d'eau à table. Je crois que cela les amuse. Ce n'est pas bien méchant, et ça ne me dérange pas de nettoyer.

— Pour le coup, tu ne les aides pas à développer leur sens de la responsabilité et leur autonomie. La situation ne te gêne peut-être pas toi, mais d'autres peuvent en prendre ombrage.

— Oui, mon mari et ma fille sont très vite agacés. Mais bon, ce ne sont que des petits, ils vont arrêter en grandissant.

— Pas sûr, réfléchit Angélique. Si c'est une habitude qui les amuse, elle sera difficile à éradiquer. D'où le fait de les laisser nettoyer pour stopper ça rapidement. Et puis, en nettoyant à leur place, poursuivit Angélique, tu leur envoies aussi un message trompeur.

— Comment ça ? s'étonna Christiane.

— Tes petits-fils peuvent croire que tu n'as pas confiance en eux pour nettoyer, qu'ils sont incapables de le faire.

— Je voulais juste être gentille, rétorqua Christiane.

— Et c'est tout à fait louable, assura Angélique. Discuter en groupe de nos problématiques et de nos pratiques éducatives nous aide à avoir une autre vision de la situation. On prend un peu plus de hauteur, ça nous permet de voir que, parfois, on passe à côté de certaines choses.

— Eh bien, moi, je crois que je passe à côté de beaucoup de choses, murmura Marie.

L'atelier du jour l'avait plus déprimée qu'autre chose. Certes, c'était très intéressant, mais elle avait l'impression de ne rien faire comme il faut avec ses enfants. Était-elle une si mauvaise mère ?

— Nous avons terminé pour aujourd'hui, conclut Angélique. Je sais que ça fait beaucoup et que vous devez vous sentir un peu dépassés. Étant moi-même maman, je comprends à quel point il est difficile de changer sa façon de voir. Des erreurs, j'en ai commis par milliers, surtout avec mes aînés. Et j'en fais encore, évidemment. Si vous vous trompez, excusez-vous auprès de vos enfants, tout simplement. Et puis, dites-vous que vous ferez mieux demain. La perfection n'existe pas et la famille parfaite non plus. Pour avancer, on se remet en question, et… c'est déjà beaucoup !

Marie nota la dernière phrase d'Angélique comme son nouveau mantra du jour :

> « *Je me remets en question et c'est déjà beaucoup.* »

12

Lundi 15 février
13 heures, déjeuner

Marie et Christiane déjeunaient tranquillement dans le coin véranda de la salle de restauration lorsque Jennifer entra pour choisir de s'installer dans un angle, isolée. Les deux femmes désespéraient de parvenir à discuter avec elle ; la jeune fille avait l'air vraiment mal en point.

Elles échangeaient leurs impressions sur les outils proposés ce matin par Angélique. Le débat sur les punitions allait bon train, Marie n'étant pas encore persuadée de vouloir les supprimer. Christiane, elle, avait pris conscience de l'importance de la réparation lors d'un comportement inacceptable.

— Je vais devenir une nouvelle grand-mère ! exulta-t-elle. En fait, j'apprends beaucoup plus de choses que je ne le pensais. Ma fille a eu raison de me lancer cet ultimatum et j'adore Angélique.

Profitant d'un instant de calme après le déjeuner, Marie tira de son sac la fiche proposée par Angélique en fin de séance. Une dizaine d'outils y étaient recensés. Deux retinrent particulièrement son attention car facilement applicables. Le cerveau comprenant mal les négations, Angélique suggérait de parler, le plus souvent possible, de manière *positive* à ses enfants. L'objectif était de leur dire ce qu'ils pouvaient faire plutôt que l'inverse. Ainsi, « ne cours pas » devenait « marche doucement » ; « ne crie pas », « chuchote », et ainsi de suite. Avec Jade, Marie passait son temps à interdire, en vain. Elle n'avait jamais pensé que changer certaines tournures de phrases pourrait lui simplifier la tâche. *À essayer donc*, songea Marie. *C'est vrai que les interdits attirent l'attention et donnent envie de les transgresser. Peut-être que Jade m'écoutera davantage si je lui explique ce qui est autorisé ?*

Deuxième outil : les choix encadrés. Il s'agissait de proposer deux idées à l'enfant qui optait ensuite, seul, pour la décision finale. Le but était d'aider le petit à devenir autonome tout en lui apportant un cadre sécurisé. Marie pensa immédiatement à une problématique ciblée. Le matin, elle décidait des vêtements que porterait Jade pour l'école. La petite blonde en était d'ailleurs régulièrement contrariée. En effet, elle aurait aimé choisir sa tenue mais aucune ne satisfaisait jamais sa mère. *La semaine dernière*, se souvint Marie, *Jade voulait absolument mettre sa robe à bretelles pour partir à l'école. Par – 4 °C ! Impensable. Je lui ai donc imposé mon point de vue. À l'avenir, plutôt que de tout refuser en bloc, je pourrais penser à lui préparer deux tenues, voire trois, en amont. Des tenues cohérentes avec la météo. Charge ensuite à Jade de choisir sa préférée. Ça pourrait fonctionner, car elle aurait le dernier mot*. Les choix encadrés semblaient donc, pour Marie, un compromis idéal pour satisfaire ses besoins et ceux de sa fille.

14 h 45
Salle informatique

Cette fois, Marie ne s'était pas fait avoir : elle avait choisi d'éviter les heures d'affluence pour joindre Romain. À l'issue du déjeuner et à la reprise des activités, la salle informatique était presque vide et Victor somnolait tranquillement sur son siège. La majorité des curistes, Christiane y compris, participait à un tournoi de fléchettes organisé par Manon. Marie, n'aimant pas particulièrement les jeux d'adresse, disposait d'une bonne demi-heure avant son cours de yoga. Romain venait de déposer Léo chez un ami pour l'après-midi. Gaspard jouait dans le salon avec Jade pendant que Baptiste surfait sur son téléphone. L'ambiance semblait bonne et Marie, rassurée, put raconter tranquillement son séjour.

— Christiane est vraiment sympa. Je suis contente de partager ma chambre avec elle.

— Pourquoi participe-t-elle à la cure ? interrogea Romain.

— Sa fille lui a lancé un ultimatum car elle la trouve trop laxiste avec ses enfants. Apparemment, ils font la loi chez elle.

— Maman, Maman ! interrompit Jade. Gastard il est caze tieds et il tue des tieds ! Maman, Maman, tu rentres quand ? Maman, c'est quand que la maman de Clopilde vient me garder ?

La petite fille sautillait sur les genoux de son père, poursuivant un monologue interminable et assaillant sa mère de questions. Romain essayait tant bien que mal de calmer ses ardeurs, en vain.

— Jade, tais-toi ! répétait-il en vain.

La petite fille ne semblait pas entendre son père, toujours plus agitée.

— Jade… STOP ! s'écria alors Marie. Reste… calme quelques instants, s'il te plaît.

— Tourquoi ? interrogea la petite fille, soudain silencieuse.

— Pour que je termine de parler à Papa, se radoucit Marie.

La conférence du matin et les outils de la fiche lui revinrent soudain en tête. Angélique leur avait dit de ne pas s'énerver, de parler positif, et aussi…

— Demande son téléphone à Papa, dit-elle subitement. Je vais te confier une mission.

Romain prêta son portable sans trop savoir à quoi s'attendre.

— Jade, écoute-moi attentivement, ma puce, poursuivit Marie. Papa va te régler un minuteur sur son téléphone, cinq minutes. Il s'agit du temps nécessaire pour finir notre conversation entre grands. Je te propose d'aller soit dans ta chambre, soit dans le salon, et…

— Dans le zalon ! coupa la fillette.

— D'accord, convint Marie. Va donc t'asseoir dans le salon et quand la sonnerie du minuteur retentira, tu viendras vite voir Papa. Nous arrêterons alors notre conversation et tu pourras me poser toutes les questions que tu veux.

— D'accord, fit la petite fille en sautant des genoux de son père.

Romain regarda Jade partir, étonné de la facilité avec laquelle elle avait écouté sa mère.

— Tu l'as hypnotisée, ou quoi ? s'étonna Romain, abasourdi.

Marie sourit, toute fière d'avoir réussi.

— J'ai parlé « positif », j'ai responsabilisé ma fille avec des choix encadrés et je l'ai aidée à maîtriser le temps qui passe avec un minuteur, affirma-t-elle malicieusement. Cette cure marche vraiment !

Romain sourit avec tendresse.

— Tu as l'air en forme.

— Ça me fait du bien, c'est vrai. Même si j'ai failli rentrer hier soir.

Romain écarquilla les yeux.

— Pour quoi faire ?

— Pour venir t'aider, gros bêta.

Il fronça les sourcils.

— Tu penses que je ne peux pas m'en sortir tout seul ?

— Ce n'est pas ça, mais…

Romain soupira, un peu nerveux.

— Je dois t'avouer que c'est plus fatigant que je l'imaginais. Comment tu fais pour tout gérer, tout le temps ? J'ai hâte que tu reviennes, mais tu as besoin de cette pause et ça a l'air de te faire beaucoup de bien. Alors pas question que tu rentres, c'est compris ?

— Tataaaaa ! Ta fait cinq minuuuuutes ! hurla Jade, toute heureuse, depuis le salon.

— Allez, je te passe ta fille, conclut Romain. Baptiste est un peu trop silencieux, c'est louche… Je vais aller vérifier ce qu'il fait.

Marie n'eut pas le temps de lui dire au revoir : Jade emplissait déjà tout l'écran.

17 h 10
1er rendez-vous avec Zoé

Marie attendait dans le couloir depuis une dizaine de minutes. Zoé était en retard.

Son maillot de bain humide lui collait à la peau tandis qu'elle nageait dans sa robe de chambre taille XXXL. La plupart des autres participants erraient dans cet accoutrement sans l'ombre d'une gêne, mais pas elle. De nature pudique, elle aurait préféré porter de « vrais » vêtements, surtout pour sa première rencontre avec sa coach de vie. Marie rapprocha les pans de son peignoir et réajusta sa ceinture afin d'améliorer sa prestance.

Décroisant les jambes, elle laissa son regard s'attarder sur ses pieds. Des pieds étriqués et tout fripés qui paraissaient étouffer. « Libérez-nous, libérez-nous ! » semblaient-ils crier. Marie leur accorda une grâce en ôtant ses sandales. Poussant un profond soupir de soulagement, elle s'enfonça dans son siège pour mieux savourer cet instant. Elle écarta ses orteils puis les bougea un à un, délicatement. Elle avait besoin de vérifier que leur enfermement ne les avait pas paralysés *ad vitam æternam.*

Ironie du soir, son peignoir était aussi large que ses nu-pieds exigus !

Contemplant ses orteils émancipés mais bien tristes sans vernis, Marie repensa à son cours de piscine. Comme la veille, elle avait retrouvé Michaël, son « tortionnaire ». Le maître-nageur bodybuildé, lui avait concocté un programme de remise au sport très complet. Longueurs de piscine, aquagym, aquabiking, aquastretching… Plein d'activités « aqua » qui avaient épuisé Marie. Elle n'avait qu'un seul désir à présent : dormir.

Quinze minutes.

Voilà maintenant quinze minutes qu'elle attendait Zoé.

Tout en détaillant les carreaux du sol, des hexagones couleur embrun, Marie repensa à son Skype de l'après-midi, où elle avait réussi à canaliser l'énergie de sa fille pour terminer de discuter avec Romain. Elle était contente d'avoir réussi à montrer à son mari qu'elle pouvait résoudre des problèmes, même à distance, grâce à ses nouveaux outils. Son éloignement ne servait donc pas à rien.

Être parent… ça s'apprend vraiment ! songea Marie.

Un brin nostalgique, la jeune maman ferma les yeux et se remémora sa vie d'*avant*, quand elle était célibataire et sans enfants.

Une vie où elle pouvait…

- lire des heures sans jamais être dérangée,
- aller aux toilettes sans que personne ne la supplie d'ouvrir la porte,
- sortir sans crainte d'avoir un morceau de lait caillé sur son pull,
- prendre un bain pendant des heures (avec de la musique, des bougies, de la mousse et tout ça !),
- choisir d'aller voir Brad Pitt au cinéma plutôt que le dernier Disney,
- rester faire la sieste au soleil pendant des heures…

Ce monde lui revenait en tête comme un doux et enivrant parfum lointain.

Aujourd'hui, il lui était possible de retourner sur cette planète merveilleuse pendant sept jours. *Merci Rose !* pensa-t-elle en souriant. Elle était pleine de gratitude pour celle qui l'avait incitée à prendre soin d'elle. L'image de Rose en tête, Marie sentit une main se tendre vers elle. En s'en saisissant pour la serrer, elle constata qu'elle était ferme et douce à la fois, inspirant le respect. La voix de sa coach était harmonieuse, suave et virile. *Virile ?!*

En levant les yeux, Marie constata que Zoé avait beaucoup de poils aux bras

Zoé était un homme.

Il fallut un certain temps à Marie pour comprendre ce qui se passait. Zoé, habitué à cet effet, fut le premier à prendre la parole :

— Mes parents, persuadés d'avoir une fille, n'avaient songé qu'à un seul prénom : Zoé. À ma naissance, pris au dépourvu, ils n'ont pas réussi à se mettre d'accord sur un autre choix. L'infirmière de l'hôpital leur a certifié que Zoé pouvait aussi être porté par un garçon. Rassurés, ils n'ont pas modifié leur souhait initial. Je m'appelle donc Zoé, un prénom mixte, et je suis bien un garçon.

— C'est fou ce hasard quand même, déclara Marie après avoir repris ses esprits. Peu de personnes doivent savoir que Zoé est un prénom mixte. Et vos parents sont tombés sur une infirmière qui, elle, le savait ?

— « Le hasard, c'est Dieu qui voyage incognito. »

— Je vous demande pardon ?

— Je *te* demande pardon, rectifia Zoé en arborant un grand sourire. Ici, tout le monde se tutoie. Et cette phrase est une citation d'Einstein.

Encore un fan du grand physicien..., se dit Marie. La coïncidence (ou pas) était amusante.

Une fois les présentations faites, Zoé proposa à Marie de s'installer dans son bureau. Comme la chambre Myosotis, la petite pièce carrée disposait d'une immense baie vitrée. Le soleil étant rasant, Marie sourit à la perspective de pouvoir observer l'astre se coucher sur les montagnes vosgiennes.

— Pourrais-tu me décrire ton état émotionnel actuel en un mot ? demanda le coach.

— Euh..., s'étonna Marie. En un seul mot ?

— Oui. Tu peux fermer les yeux si tu le souhaites. Prends le temps de bien te concentrer sur tes ressentis corporels.

— Bien. Voilà, je crois que je suis bien, répondit Marie instinctivement.

— Tu pourrais me trouver un mot plus proche de ce que tu éprouves, je veux dire... plus précis ? demanda Zoé. Bien est un peu vague.

— Ah, euh... ben...

— Prends ton temps.

Marie ne comprenait pas bien l'intérêt de cette question, néanmoins elle décida de jouer le jeu, comme Christiane lors de sa première balade méditative. Elle ferma donc les yeux, sentant derrière ses paupières closes les derniers rayons de soleil. Inspirant et expirant lentement pendant quelques instants, elle finit par dire :

— Lâche.

— Lâche ? répéta Zoé.

— Lâche dans le sens « détendue », précisa Marie. Pour signifier que je lâche prise.

— Ah, je comprends mieux. Je te remercie. Maintenant, parle-moi de toi.

Un peu mal à l'aise au début, Marie raconta finalement sa vie et ses déboires de maman pendant plus d'une demi-heure. Elle évoqua également les raisons qui l'avaient poussée à venir au Repos de Gaïa. Zoé prit des notes sans l'interrompre. Il reformulait parfois certaines de ses phrases ou hochait simplement la tête pour l'inciter à poursuivre.

— Et sinon, quelles sont tes passions ? questionna Zoé une fois que Marie eut fini de se présenter. Tu ne m'en as pas encore parlé. Qu'aimes-tu faire pendant ton temps libre ?

— Je n'ai pas de temps libre, répliqua la jeune maman.

— Ah…

— J'ai trois enfants, se justifia Marie. Ça prend du temps.

— Je vois. Peux-tu me passer la grande boîte jaune derrière toi ?

Marie se retourna et découvrit une immense bibliothèque installée derrière le canapé. Elle ne l'avait pas remarquée auparavant. De nombreux livres et jeux remplissaient les étagères. Marie rechercha la boîte de Zoé.

— Il s'agit d'un jeu, ajouta le coach. Le Villa Paletti.

Marie déposa le grand coffret sur une table basse avant d'en dévoiler le contenu. Le matériel était simple : vingt bâtons et cinq plateaux de bois colorés.

— On va jouer à un jeu de construction ? s'étonna Marie. Je n'ai jamais dit que c'était l'un de mes hobbies...

— Tu réfléchis trop, Marie, laisse-toi juste porter, rétorqua Zoé en souriant. Reste... lâche comme à ton entrée ici. L'objectif de ce jeu est de construire la tour la plus haute possible. Mais attention : nous devons assembler les étages supérieurs avec les colonnes du niveau inférieur. Au départ, les vingt colonnes soutiennent le premier plateau. Délicatement, nous devrons en récupérer dix-sept pour les poser dessus. Elles serviront ensuite de support au plateau suivant. Et ainsi de suite.

— OK... Je crois que je comprends. À la fin, il ne doit rester que trois bâtons pour soutenir chaque étage ?

— Oui, et les colonnes restantes devront tenir en équilibre sur le dernier plateau. Je te propose de jouer de manière coopérative. Soit l'édifice tient debout et on gagne tous les deux, soit il s'effondre et on perd ensemble.

— Ça me va, même si je ne vois pas trop l'intérêt d'une telle activité...

— Allez, je commence, poursuivit Zoé sans prendre la peine de relever.

Marie, comme souvent, prit son rôle très à cœur. Elle déplaça les colonnes de manière méthodique et tout en douceur. Zoé en fit de même. Ils réfléchissaient souvent à deux pour savoir quelle pièce déplacer et quelle autre laisser afin de garantir la solidité de l'édifice. La structure trembla souvent, mais ne s'effondra pas. Marie posa la dernière colonne sur le cinquième plateau, non sans une pointe de fierté.

— Bravo, la félicita Zoé. J'ai rarement réussi cette villa en une seule fois et aussi vite. Tu as su rester concentrée durant toute la construction.

— J'aime gagner, rétorqua Marie. Si j'entreprends quelque chose c'est pour le réussir. Je déteste l'échec.

— Je vois ça… Et que crois-tu qu'il va se passer si on enlève maintenant les trois colonnes du bas ?

— Ben tout va s'effondrer, évidemment !

— On peut donc dire que les colonnes du bas sont indispensables ?

— Absolument.

— Il faut donc en prendre soin.

— Oui… où veux-tu en venir ? s'impatienta Marie.

— J'utilise ce support pour faire une analogie avec ta vie de maman. Je voudrais te faire comprendre quelque chose qui, apparemment, ne te semble pas évident dans ta vie quotidienne, assura Zoé.

— Comment ça ?

— Prendre soin de toi.

— Je ne te suis pas…, déclara Marie en haussant les épaules.

— Cette villa, c'est ta famille, Marie. Tes enfants jouent à l'étage pendant que toi, tu es en bas, en train de les soutenir. Tu *es* l'une de ces trois colonnes du jeu qui porte tout. Si tu ne sais pas trouver du temps pour toi, si tu ne prends pas soin de ton corps, de ton esprit, de ton moral… tu te fragilises, mais tu fragilises aussi l'édifice tout entier ! Et au bout d'un moment, tout s'écroule.

Pour donner plus d'impact à ses propos, Zoé retira une colonne du bas. La villa s'effondra immédiatement sur la table en verre dans un fracas assourdissant. Marie regarda l'édifice à terre avant que son coach ne reprenne.

— Angélique le répète tout le temps, mais la base de tout quand on devient parents, c'est *d'abord* de prendre soin de soi. On fait mieux quand on se sent mieux.

Sur ce, Zoé se leva et quitta la pièce en saluant Marie. La séance du jour était terminée.

Marie resta, seule, quelque peu déboussolée. La jeune femme se demanda ce qu'elle devait faire puis, après quelques minutes d'hésitation, ramassa les pièces du jeu et rangea la boîte. Il était déjà 18 heures passées de dix minutes ; elle décida de s'en aller elle aussi. Visiblement, Zoé ne reviendrait pas. En partant, elle remarqua une enveloppe portant son prénom sur le coin de la table de son coach, prête à tomber. La coïncidence lui semblant trop grosse, elle s'en saisit et l'ouvrit. À l'intérieur se trouvait une carte représentant une fleur de lotus avec une citation :

« *Quand la reine chante, les abeilles dansent…* »

13

Mardi 16 février
8 h 15, petit-déjeuner

— Marie, tout va bien ? Tu n'as presque pas touché à ton petit-déjeuner. Méfie-toi ! N'oublie pas que c'est le seul repas valable de la journée, ironisa Christiane. Après, c'est chou blanc, graines et tofu !

— Oui, tout va bien, la rassura Marie. J'avais juste la tête ailleurs.

— Je parie que tu penses encore à tes enfants.

— Raté ! Pour une fois, je pensais à moi, répondit Marie avec un sourire. J'ai appelé Romain juste avant le petit-déjeuner et tout va à peu près bien à la maison. Je lâche prise, je lâche prise !

— Je suis tellement heureuse ! Enfin, tu décompresses. De mon côté, c'est plus épique avec Béber. Les jumeaux ont encore fait des bêtises…

— Je croyais que ton mari refusait de les garder sans toi ?

— Oui, mais ma fille a eu une urgence professionnelle. Elle est ostéopathe et vient tout juste d'ouvrir son cabinet. Eh bien, hier, l'un de ses patients, ou clients, je ne sais pas comment on dit, avait besoin d'elle pour un dos coincé. Sa baby-sitter n'étant pas libre et son mari non plus, elle a fait appel à Béber, juste le temps de son intervention.

— Et... ?

— Et j'ai appris que les petits avaient encore bouché nos toilettes. Béber a passé toute la soirée à éponger.

— Mais... non !

— Si ! s'exclama Christiane. Enfin bon, ce n'est pas si grave...

— Quand même, c'est contrariant, compatit Marie. Surtout si ce n'est pas la première fois que ça se produit.

— Ça non ! certifia Christiane. Ça doit au moins être la cinquième fois. Mais, j'y ai bien réfléchi cette nuit. C'est peut-être comme l'histoire de ta fille avec ton rouge à lèvres. Tu sais, une tentation trop forte. Ça doit quand même être très amusant de mettre autant de papier d'un coup dans les W.-C.

— Tu aurais envie d'essayer ? lança Marie dans un éclat de rire.

— Peut-être, oui, mais pas chez moi ! plaisanta Christiane. En tout cas, j'ai pensé à une solution : les éloigner de la tentation.

— Tu veux les empêcher d'aller aux toilettes ?! s'inquiéta Marie.

— Mais non ! Je veux simplement cacher les rouleaux de papier et leur donner juste ce qu'il faut pour leurs besoins.

— Mmmm… Pas bête.

— Merci, répliqua fièrement la grand-mère.

— Il ne te manque pas trop ?

— Les jumeaux ?

— Non, ton mari !

Christiane rit de sa bévue.

— Si, admit-elle, surtout que nous ne nous quittons pratiquement jamais. Mais son absence me fait aussi du bien.

— Ah bon ? s'étonna Marie.

— Je fais des choses que je ne m'autorisais pas avant, affirma Christiane. Par exemple, la soirée karaoké d'hier soir. Avec Béber je n'y serais jamais allée. Il déteste ça. Il a toujours refusé qu'on parte en hôtel-club ou en camping pour éviter d'avoir à supporter ce genre de mascarade.

— En même temps, je le comprends, grimaça Marie. Les karaokés c'est kitchissime au possible.

— Eh bien moi j'ai découvert que j'adorais ça ! Et je suis certaine que tu aurais « kiffé » toi aussi, comme disent les jeunes. Enfin… si tu avais bien voulu te bouger les fesses, évidemment.

— Alors là, permets-moi d'en douter, rétorqua Marie. Le karaoké et moi, ça fait mille. Et mes fesses étaient très bien là où elles étaient, je te remercie, au chaud dans mon lit.

— Voir Vincent et Michaël se déhancher sur *On va s'aimer*, crois-moi, c'était MÉ-MORABLE ! assura Christiane. Bien plus qu'un massage de Samantha ou Ivan. J'ai ri toute la soirée ! On a tous chanté. C'était faux, bruyant, ridicule, mais je me suis fait des abdos en béton à force de rire. Dimanche soir, pour fêter la fin de la cure, Manon a prévu une nouvelle soirée karaoké. Cette fois-ci, je t'emmène !

— Mouais..., fit Marie, peu convaincue. On verra.

— Tu ne vas quand même pas te la jouer *survie* chaque soir ? fit semblant de s'agacer Christiane.

— *Survie* ? Qu'est-ce que tu entends par là ?

— C'est un sous-type en ennéagramme.

— L'héné quoi ? répondit Marie, interloquée. Tu me parles chinois là.

— L'ENNÉ-A-GRAMME, reprit Christiane en articulant bien fort et distinctement. C'est un outil de développement personnel basé sur l'étude de ta personnalité. J'ai découvert ça avec Marjorie, ma coach. Je suis à fond !

Christiane lui raconta alors qu'il y aurait neuf profils dominants de comportements humains et trois sous-types. *Ça fait 9 × 3 = 27 combinaisons possibles*, calcula mentalement Marie. *Pour ranger quelque sept milliards d'êtres humains...*

Christiane précisa que l'étude d'un profil en ennéagramme pouvait aiguiller sur notre mode de fonctionnement général dans la vie. Tout à fait convaincue, elle tenta d'expliquer à Marie que tous les hommes portaient une sorte d'armure visant à les protéger d'une blessure d'enfance. En observant un grand nombre d'humains, on s'était alors aperçu qu'il y avait neuf grands types d'armures et trois sous-types de gilets de maille. Les neuf armures avaient toutes des surnoms pour qu'on les reconnaisse plus facilement. Le 1 était le perfectionniste, le 2, l'altruiste, le 3, le battant, le 4, le créatif, le 5, l'observateur, le 6, le loyaliste, le 7, l'épicurien, le 8, le protecteur et le 9, le médiateur.

— Et ça change quoi de trouver son numéro d'armure ? s'enquit Marie.

— Tout ! s'exalta Christiane. Une fois que tu as identifié ton mode de fonctionnement principal, tu comprends mieux ce qui t'anime et pourquoi. Tes forces, tes faiblesses, tes peurs… tout prend un sens.

— Et… ?

— Et en apprenant à mieux te connaître, tu peux réussir à fendre l'armure.

— Mais si on a mis une armure, c'est pour se protéger, non ? Pourquoi vouloir l'enlever ?

— Pour être encore plus fort. La plupart de nos peurs sont fausses et limitantes. Elles nous enferment dans des boîtes. Il faut arriver à casser les murs de cette prison pour être libre. Libre d'être vraiment soi.

Christiane y croyait dur comme fer. Après avoir longuement réfléchi à la question, elle avait abouti à la conclusion qu'elle était une 7 en sous-type social : une épicurienne de la vie qui aime partager avec le plus grand nombre. En contrepartie, elle avait dû admettre que le 7 fuit l'ennui et la souffrance.

— Sa protection, c'est le rire et la dérision, expliqua Christiane. Il tourne le dos aux vrais problèmes. Il veut éviter tout ce qui fait mal et peut blesser. On pourrait le prendre pour quelqu'un qui se fout de tout, toujours zen, mais il a juste très peur de souffrir ou de faire souffrir les autres. C'est pour ça que je n'aime pas punir, gronder ou même dire non à mes petits-fils. Je veux juste être la grand-mère chez qui on rigole tout le temps.

Marie n'était pas certaine de comprendre, mais Christiane avait l'air tellement déterminée qu'elle se promit de se renseigner davantage. Elle osa finalement demander :

— Et le *survie*, alors ?

— Le *survie* c'est celui qui trouve du réconfort auprès de sa famille, chez lui, dans sa maison, avec un feu de cheminée et une bonne popote, détailla Christiane en reprenant un peu de café.

— C'est vrai, je suis comme ça, confirma Marie. En même temps, je ne suis pas devenue mère au foyer pour rien.

— Moi, je suis plutôt *sociale*, expliqua Christiane. J'aime les réunions entre amis, les grandes tablées, les fêtes sans fin, les mariages…

— Tout ce que je déteste, concéda Marie.

— *Survie, sociale* ou *tête-à-tête*, peu importe finalement. Ce qu'il faut, selon Marjorie, c'est harmoniser ces trois forces qui sont en nous.

Créer un équilibre, jouer sur les trois tableaux pour être complet et plus épanoui dans sa vie. En résumé, je t'emmène de force au karaoké dimanche soir ! conclut Christiane.

14

Mardi 16 février
10 h 15, salle de conférence

Avant même de prendre la parole, Angélique diffusa une vidéo à l'ensemble des parents présents.

« Le test du marshmallow », réalisé dans les années 1970 par Walter Mischel, professeur américain de psychologie, était une étude courant sur plusieurs décennies et sur plus de cinq cents enfants. Lors de ce test, un adulte donnait le choix à des enfants : soit manger une guimauve tout de suite, soit patienter un temps (non défini au préalable) pour en obtenir deux.

Marie regarda la vidéo avec beaucoup d'amusement. Elle y vit une quinzaine d'enfants différents assis sur une chaise, seuls, face à l'objet de convoitise. Leurs réactions étaient multiples : certains sentaient le bonbon, d'autres le touchaient ou encore le malaxaient avant de le reposer. Certains fermaient les yeux alors que d'autres en mangeaient un minuscule bout pour ne pas se faire prendre... Les enfants tentaient de résister au mieux. Leur mine crispée et leurs grimaces répétées témoignaient de la difficulté de l'exercice. Les très jeunes enfants (entre deux et cinq ans) semblaient vivre l'expérience beaucoup plus sereinement. La grande majorité n'avait pas attendu le retour de l'adulte et avait tout simplement englouti le marshmallow après seulement quelques secondes d'attente ! Une fois la vidéo terminée, Angélique prit la parole :

— Ce test, dont vous n'avez vu qu'une infime partie, nous montre qu'en dessous de cinq ans il est difficile, voire impossible pour un enfant de résister à une tentation. Je vous en avais déjà parlé hier. Cognitivement parlant, les tout-petits ne sont pas équipés pour résister. Ils voient un objet qui les fait rêver, ils le prennent ! Ils ne disposent pas encore des capacités intellectuelles pour apprendre à patienter et à gérer leur frustration. Cette information est capitale pour nous, adultes.

— Je ne vois pas bien pourquoi..., demanda Christiane, mal à l'aise après la diffusion de cette vidéo.

La grand-mère ne supportait pas l'idée de laisser des enfants souffrir, seuls dans leur coin, face à une tentation trop forte.

— Grâce à cela, poursuivit Angélique, tu peux plus facilement comprendre les crises de rage de tes petits-fils. Même s'il faut toujours les « supporter », tu sais que ce ne sont pas des caprices. Tes petits-fils ne savent tout simplement pas comment réagir autrement. La frustration est trop grande.

— Je n'ai pas de crise avec mes petits-fils car je leur donne toujours ce qu'ils veulent. Ma fille me dit que j'ai tort, et tu me confirmes que j'ai raison.

— Euh… non, Christiane, la reprit Angélique. J'ai juste voulu expliquer que c'était *naturel* de mal gérer la frustration avant cinq ans. Je n'ai pas dit qu'il fallait toujours céder aux petits. La gestion de la frustration s'apprend. Et c'est d'ailleurs très important.

— Je ne vois pas pourquoi, continua Christiane. Si je peux éviter de contrarier mes petits-enfants, je le fais. Je commencerai à leur dire non quand ils seront capables de l'accepter, c'est-à-dire à partir de cinq ans.

— Tu prends le problème à l'envers, Christiane. Si les enfants de cinq ans peuvent commencer à gérer les frustrations c'est avant tout parce qu'ils y ont déjà fait face et que les adultes les ont soutenus. L'objectif n'est pas de faire « exprès » de priver les enfants, entendons-nous bien. L'idée est de dire non quand tu as envie de dire non, tout simplement, en aidant ensuite les enfants à supporter ce refus.

— Je ne suis pas encore convaincue, fit Christiane.

— Je doute que tu puisses toujours répondre positivement aux envies de tes petits-enfants, déclara Angélique. Et plus tu reculeras ce moment, plus ce sera difficile pour eux de comprendre et de gérer ce refus. Le fait de refuser quelque chose à nos enfants ne signifie pas qu'on ne les aime pas.

— J'ai du mal avec ça, confessa Christiane. Je déteste voir mes petits-fils souffrir.

Angélique rebondit en expliquant que Walter Mischel avait suivi les enfants de la vidéo sur plusieurs décennies : il avait montré que ceux qui résistaient le mieux à la tentation, après cinq ans bien sûr, avaient un meilleur développement cognitif et social que les autres. Le fait d'apprendre à résister aux tentations, à trouver comment y faire face, permettait, une fois adulte, de mieux gérer son stress, son énergie, et d'éviter de tomber dans certaines dépendances. Marie, captivée, se promit de regarder le reste de la vidéo quand elle en aurait l'occasion.

Pendant la pause, Angélique échangea en aparté une bonne dizaine de minutes avec Christiane et une autre maman visiblement concernée par les mêmes problématiques. Les deux femmes avaient besoin de réentendre qu'elles pouvaient refuser des choses aux enfants et que cela pouvait même leur être bénéfique. Marie entendit Christiane évoquer son profil d'ennéagramme et sa peur de la souffrance.

Je ne dois pas être une 7, songea Marie. *Pour le coup, j'arrive bien à frustrer Jade, ce n'est pas un problème pour moi. Je me rappelle encore l'épisode de la poupée polyglotte que j'ai refusé de lui acheter… Quelle horreur ! Ce dont j'ai besoin, moi, c'est de savoir comment gérer ses crises.*

— Prêts à reprendre ? demanda justement Angélique. Asseyez-vous confortablement sur vos chaises et fermez les yeux. Nous allons faire un petit tour du côté des émotions, ces belles inconnues qui nous effraient tant ! J'aimerais que vous alliez rechercher en vous ce petit garçon ou cette petite fille que vous étiez autrefois…

— C'est beaucoup plus difficile pour moi que pour toi, se plaignit Christiane, qui avait retrouvé son entrain. Je suis trop vieille pour rejoindre l'enfant qui sommeille en moi…

— Mais non ! rétorqua Marie en souriant. Tu es restée jeune dans ta tête, c'est l'essentiel. Moi, pour m'aider, j'essaie de visualiser une image de moi enfant.

— On va dire, continua Angélique, que vous avez entre trois et sept ans, comme vous voulez. Je suis votre maman et je vais vous parler. Je vous demande de vous concentrer sur ce que vous ressentez, physiquement et moralement, quand vous m'entendrez. D'accord ? Allez, je commence.

« Ne sois pas si peureux ! Ce chien veut juste jouer avec toi… »

« Oh, tu as cassé ton biscuit ? Allez calme-toi, je vais t'en donner un autre. »

« Tu es tombé ? Ce n'est rien, juste une égratignure, allez ne pleure pas. »

« Ouh là là, que c'est moche une petite fille en colère ! »

« Tu es un grand garçon ou pas ? Oui ? Alors, redresse-toi et cesse de pleurnicher ! »

Angélique lut les premières phrases sur un ton bienveillant, et les dernières avec une pointe d'agacement, voire de colère. Elle laissa un temps aux participants pour se concentrer sur leurs ressentis. Elle demanda ensuite à chacun d'exprimer en un mot ou une courte phrase ce qu'il éprouvait. Elle nota sur son tableau les principales réponses.

Je me sens…
Blessé
Incompris
Nul
Pas écouté
Empêché d'être moi-même

— C'est marrant, remarqua Marie. Peu importe que tu aies dit les phrases gentiment ou non, elles m'ont toutes agacée. Pourtant, je me rends compte que j'en prononce quelques-unes régulièrement à mes enfants.

— Ne t'inquiète pas, c'est pour tout le monde pareil. Qu'est-ce que tu avais envie de me dire quand je te parlais ? demanda alors Angélique.

— « Mais tais-toi ! Tu ne sais pas ce que je ressens ! Si j'ai envie d'avoir peur, j'ai peur, si j'ai envie de pleurer, je pleure ! »

— Encore une fois, se lamenta Christiane, je crois que j'ai tout faux. J'essaie toujours de stopper les pleurs des petits. Mais c'est parce que je veux qu'ils retrouvent leur sourire au plus vite !

— Christiane, tu fais comme la grande majorité des parents, assura Angélique. Qui, dans cette salle, n'a *jamais* prononcé une seule des phrases que j'ai énoncées ?

Aucune main ne se leva.

— Nous agissons ainsi car les émotions dites « négatives », comme la peur, la colère et la tristesse, nous effraient. On voudrait donc qu'elles s'arrêtent, et vite ! Mais ça, c'est parce que nous ne savons pas ce qu'est une émotion… Je vous propose maintenant une autre série de phrases. On y retourne ?

Les participants fermèrent de nouveau les yeux. Marie figea dans sa tête une image d'elle dont elle se souvenait grâce à un album de photos. Elle devait avoir cinq ou six ans, sur la plage, les cheveux courts avec un maillot de bain rouge à fleurs. Elle resta concentrée sur ce cliché en écoutant Angélique.

« Ce chien t'a fait peur quand il a aboyé ? »

« Tu aurais voulu un biscuit tout entier ? »

« Ouh là là, cette égratignure a l'air de te faire mal… »

« J'ai l'impression que tu es très en colère contre Pierre. »

« Est-ce que tu veux que je te prenne dans mes bras pendant que tu pleures ? »

Angélique inscrivit ensuite sur son tableau les nouveaux ressentis du public :

Je me sens…
Écouté
Apaisé
Compris
Accepté comme je suis

— Voilà un outil simple, mais extraordinaire, confia la directrice du Repos de Gaïa, tout enjouée. Il a changé ma vie avec mes fils : l'accueil et l'acceptation des émotions ! Il s'agit d'écouter les ressentis de l'enfant sans vouloir les contredire. Les émotions, continua Angélique, sont toutes acceptables. La joie, mais aussi la peur, la colère, la tristesse… Ce ne sont finalement que des messages envoyés par notre corps suite à un stimulus extérieur. On a, enfant comme adulte, le droit d'avoir peur, d'être en colère, de ressentir de la peine. Ce n'est ni mal ni bien, c'est… tout simplement.

Comme à son habitude, Angélique marquait des pauses dans son discours pour laisser les parents réfléchir à ses propos et l'interrompre si besoin était. Elle reprit :

— Notre devoir, en tant que parent, est de rassurer les enfants sur ce qu'ils éprouvent. La seconde étape est de les aider à évacuer ces émotions. Lorsque l'on pleure, par exemple, on se guérit d'une peine. Nous avons été blessés et les larmes nous réparent. Il ne faut donc pas stopper ce processus. En retenant en nous notre colère, notre peur ou notre chagrin, nous restons en tension et nous accumulons du stress.

— Donc, il ne faut pas se retenir de pleurer quand on est triste ? demanda une maman près de Marie.

— Surtout pas. Il n'y a pas de meilleur remède à la tristesse que les pleurs.

— C'est difficile pour un homme, objecta Fabrice. Je veux dire, dans notre société actuelle. On est tout de suite mal vu et jugé comme faible.

— Je le sais bien, répondit Angélique en soupirant, mais... il y a du progrès, c'est ce que j'ai envie de retenir. C'est comme pour la colère : on l'autorise plus facilement pour un petit garçon que pour une petite fille. Nous avons beaucoup de choses à changer pour que le monde évolue et, si chacun y met du sien, on va finir par y arriver ! Et puis, les médecins parlent de plus en plus de l'importance de la reconnaissance et de l'écoute des émotions aux jeunes parents.

Angélique décrivit ensuite les différentes étapes d'une émotion :

Phase 1 : stimulus extérieur (un chien qui aboie, l'arrivée d'un courrier inattendu, un biscuit cassé...).

Phase 2 : période de tension avec réactions physiques et/ou physiologiques (notre pouls s'accélère, on se met à transpirer...).

Phase 3 : décharge/réaction face à l'émotion (on crie, on tape, on hurle...).

Phase 4 : récupération/les tensions s'estompent (on pleure, on rit, on tremble...).

Alors qu'Angélique revenait sur l'importance de l'écoute des émotions des petits (et des grands !), Marie aperçut Jennifer, assise au fond de la salle, sortir précipitamment. La directrice la vit également et proposa une pause. Elle alla la rejoindre dans le couloir pour discuter avec elle.

— Tu crois qu'il se passe quoi ? murmura Marie à l'attention de Christiane.

— Je pense que cet exercice remue la petiote, déclara Christiane en sortant un mouchoir de sa poche.

— Mais... tu pleures ? s'étonna Marie.

— Je viens de comprendre que je n'ai jamais su écouter les émotions de ma fille et que je recommence les mêmes erreurs avec mes petits-fils. Je me rends compte aussi qu'on ne m'a jamais écoutée...

Marie posa une main sur le bras de sa nouvelle amie, compatissante. En y réfléchissant bien, elle non plus ne se souvenait pas avoir été accueillie dans ses émotions. Elle avait toujours pleuré seule, à l'écart des autres. Elle le faisait encore à l'heure actuelle, préférant laisser ses larmes couler la nuit, en secret. Quant à sa colère, elle avait rarement eu le droit de l'exprimer étant enfant. Il s'agissait sans doute d'une émotion trop négative ou effrayante pour sa mère. Marie ne pouvait pas l'en blâmer, elle-même avait du mal à supporter les crises de Jade.

Angélique et Jennifer revinrent après un long moment. La jeune maman partit se rasseoir au fond de la salle, et la directrice reprit le cours de sa conférence.

— Je voudrais insister sur une chose, déclara Angélique. Tout ce que je vous dis est bien beau, mais ça reste de la théorie. Nous le savons tous depuis que nous sommes devenus parents : la théorie est une belle planète bien loin de la réalité. Pour savoir écouter et accepter les émotions de nos enfants, il faut avant tout avoir été entendu soi-même. Vous avez beau savoir que prendre vos enfants dans vos bras pendant qu'ils pleurent tout leur saoul est bénéfique, si, vous-même, vous n'avez pas reçu cette attention étant petit, ce sera très difficile. Les émotions que vous aurez le plus de mal à écouter sont celles que vos parents n'ont pas su accepter quand vous étiez petits. Dites-vous bien qu'on ne peut pas donner ce qu'on n'a soi-même jamais reçu.

— Mais alors, coupa Marie, que peut-on faire ?

— En prendre conscience, d'abord, affirma Angélique. Vous déculpabiliser aussi. Il ne faut pas se forcer à rester près de son enfant qui pleure si vous ne vous en sentez pas capable. Mieux vaut être sincère. Posez des mots sur vos maux. Quelque chose comme… « J'entends ta tristesse, tu as besoin de pleurer et ne t'en prives surtout pas. Je t'accompagnerai dès que je le pourrai mais pour l'instant, c'est encore difficile pour moi. Cela réveille beaucoup de blessures passées. » Et puis vous sortez de la pièce.

— Donc je ne suis pas une mauvaise mère si je n'arrive pas à rester près de mon enfant qui pleure ? demanda une maman.

— Pas du tout ! On fait tous ce qu'on peut avec nos armes. Nous sommes des êtres humains, pas des machines. Être parent est épuisant. L'essentiel est de l'expliquer aux enfants. Soyons honnêtes, montrons l'exemple, avouons nos failles et tentons de nous améliorer. Et, pour pouvoir aider vos enfants avec leurs émotions, il faut avant tout réfléchir aux vôtres et panser vos blessures d'enfance.

— J'ai soixante-huit ans, objecta Christiane. Mon enfance est loin. J'ai mis des pansements sur mes blessures, pourquoi vouloir réveiller tout ça ?

— Si tu parles de « réveiller tout ça », c'est probablement parce que tes blessures ne sont pas complètement réparées, certifia Angélique. Si je soulève ton bandage, je pourrais bien y trouver une plaie très infectée. Je pense donc qu'il est préférable d'ôter ce pansement, de nettoyer, puis de refermer pour un avenir plus apaisé.

— Et comment désinfecter sans… se brûler ? demanda Christiane.

— Grâce au soutien d'un psychothérapeute, suggéra Angélique. Mais ce n'est qu'un exemple parmi tant d'autres. Ce peut être aussi avec un groupe de parole, une thérapie brève… À chacun de voir ce qui lui convient le mieux. Parfois une simple prise de conscience et quelques bonnes lectures suffisent. Avant toute chose, conclut Angélique, prenez soin de vous. Il est impossible de faire face à une crise de colère ou de gérer sereinement de longs pleurs si on n'est pas soi-même détendu.

L'assistance médita un instant sur ces paroles ; quelques chuchotis se firent entendre, preuve qu'elles ne laissaient pas indifférent. Cette fois-ci, Marie se sentait un peu loin de tout ça. Elle avait conscience d'être concernée par la question, mais n'avait pas très envie d'explorer cette facette de l'éducation pour le moment. Avant d'arracher ses pansements, elle avait besoin de prendre davantage confiance en elle. Un pas après l'autre.

— Excuse-moi Angélique, reprit Fabrice. On est bien d'accord que si toutes les émotions sont acceptables, toutes les réactions, elles, ne le sont pas ?

— Complètement, assura Angélique. Tes enfants, comme toi, ont le droit d'être en colère, mais ils ne peuvent pas taper sur un petit camarade, mordre ou casser des objets de la maison pour cette raison. Nous devons aider les enfants à trouver leurs propres solutions face aux émotions fortes qui les submergent.

— Taper dans un punching-ball par exemple ? suggéra Christiane.

— Oui ! Vous pouvez aussi leur proposer

d'aller courir dehors, de crier fort dans un coussin, de taper des pieds par terre…

— Moi, ajouta une maman, j'invite mon enfant à dessiner sa colère sur une grande feuille blanche. Ça lui convient bien.

— Tu as tout dit, approuva Angélique. *Ça lui convient bien*. En fait, il n'y a pas de réponse toute trouvée, d'outil parfait. Tout dépend de votre enfant, de sa nature, de ses envies. L'idée est de chercher, de tester avec lui comment se défouler sans nuire aux autres.

Ah ! Enfin du concret, s'enthousiasma Marie. Elle nota toutes ces idées sur son carnet, déjà consciente, pourtant, qu'elles ne fonctionneraient pas avec Jade. Elle connaissait assez sa petite pour savoir que hurler dans un coussin ou peindre ses émotions ne lui plairait pas.

Aucune proposition ne semblait pouvoir s'adapter à ses besoins.

Frustrée, elle finit par prendre la parole :

— Est-ce que je peux me permettre de partager ici un problème rencontré avec ma fille ? demanda-t-elle.

— Si c'est autour de la gestion des émotions et que cela peut aider d'autres participants, avec plaisir.

— N'hésitez pas à me dire si je suis à côté…, débuta Marie timidement. (Elle faillit se raviser, mais finit par se lancer.) Il y a quelque temps, Jade, ma fille de quatre ans, m'a fait une crise de colère en plein magasin. Elle voulait absolument que je lui achète une poupée. J'ai dû quitter le magasin à la hâte, ma fille sous le bras, tellement elle hurlait. C'était l'horreur !

— La crise de colère en public ! s'amusa Angélique. Un grand classique. C'est d'autant plus pénible qu'il y a le regard des autres…

— Difficile ici de la faire crier dans un coussin ou dessiner… Que peut-on faire, quand rien ne fonctionne ?

Angélique sembla réfléchir un moment à ses mots.

— Avant de te répondre, je voudrais revenir sur la force des émotions des tout-petits, reprit-elle finalement. Le cerveau de nos chers bambins étant en construction, leurs ressentis sont bien plus forts que les nôtres. Ils n'exagèrent pas ce qu'ils éprouvent : quand un enfant est triste, il est dévasté, quand il est heureux, il est euphorique, quand il a peur, il est terrorisé et quand il est en colère… il est fou furieux ! Ça vous parle ?

— Oh que oui ! répondit la salle en chœur.

— En soutenant les enfants dans leurs émotions, continua Angélique, vous les aidez à mieux les comprendre, et surtout à construire leurs connexions neuronales. Et, petit à petit, les crises s'estompent, et la puissance des émotions aussi.

Un soupir soulagé envahit l'assistance. Marie, elle, attendait toujours la solution à son problème. Angélique expliqua enfin :

— J'avais un outil qui fonctionnait plutôt pas mal avec mes triplés, que j'avais appelé le cahier des envies. Quand ils me montraient un objet qui faisait briller leurs yeux, je prenais le temps de le regarder avec eux. Parfois, ça leur suffisait. Ils voulaient juste me le montrer et me dire ce qu'ils appréciaient dans ce jeu. Ils cherchaient avant tout *mon* attention. En revanche, s'ils ne pouvaient vraiment pas décrocher de l'objet, je leur proposais de le prendre en photo.

— Et… ça les apaisait ? demanda Marie, sceptique.

— Oui. Ils gardaient une trace, c'est ce qui comptait le plus. De retour à la maison, j'imprimais l'image et nous la collions ensemble dans leur cahier.

— C'était une sorte de cahiers des souvenirs ?

— Oui, mais pas que. Nous regardions régulièrement ce cahier ensemble et quand j'avais décidé de leur offrir un cadeau, je piochais des idées dedans. C'est une belle stratégie pour apprendre aux enfants à gérer les frustrations et à patienter. Il pouvait également arriver que l'un de mes garçons barre une image, trouvant après réflexion que le jouet n'était pas si intéressant que ça. Cela peut aider à freiner les achats compulsifs.

— C'est aussi un bon outil pour la grande *shoppeuse* que je suis, alors ! lança une maman du fond de la salle.

— Tout à fait ! assura Angélique en riant. Beaucoup d'outils que nous évoquons lors des conférences peuvent s'appliquer aux adultes.

Marie remercia Angélique avec chaleur. Elle n'était pas certaine que cela fonctionnerait tout de suite avec Jade, mais, quand la petite comprendrait qu'elle avait une possibilité de recevoir un cadeau tiré de son cahier… qui sait ? Cela valait au moins le coup d'être tenté.

— Si ça ne marche pas, la rassura Angélique, tu trouveras sans doute autre chose. « La créativité est la clef pour s'adapter. »

Voilà un nouveau mantra que Marie nota rapidement sur son cahier. Puis elle osa :

— Et si, malgré tout, ma fille pique une crise en plein milieu d'un magasin, je fais quoi ?

— Tu respires à fond, pour commencer ! Si tu peux l'emmener dans un endroit plus calme, comme des toilettes ou un rayon moins fréquenté, c'est préférable. Pour toi surtout, car tu sentiras moins le regard des autres peser sur tes épaules. Ensuite, tu peux dire à ta fille que tu comprends sa colère et lui proposer de taper dans tes mains très fort pour l'évacuer.

— Pff… quel boulot, quand même ! s'exclama Marie, un peu découragée de nouveau.

— Ah mais je n'ai jamais dit le contraire ! lança Angélique. C'est pourquoi j'insiste et je rabâche qu'il faut prendre soin de vous… pour mieux prendre soin des vôtres.

15

15 h 10
2e rendez-vous avec Zoé

Aujourd'hui, Marie n'avait attendu son coach qu'une dizaine de minutes. Elle n'avait pas eu de cours de piscine et portait donc de *vrais* vêtements. Elle n'était pas pour autant plus à l'aise que la veille. L'atelier sur les émotions l'avait pas mal remuée.

— Un petit thé à la bergamote ? proposa Zoé.

— Avec plaisir.

Zoé déposa deux tasses fumantes sur la table basse.

— Pourrais-tu me dire comment tu te sens ?

— Ah oui, en un mot, comme hier, c'est ça ? se rappela Marie.

Le coach acquiesça en soufflant sur son thé.

Cette fois, Marie n'eut pas besoin d'une longue réflexion.

— Tourmentée.

— Saurais-tu m'expliquer pourquoi ?

— Je crois que c'est la conférence d'Angélique…

— C'était la gestion des émotions ce matin, c'est ça ?

Elle fit « oui » de la tête.

— Plus j'y pense, et plus…

Marie chercha le bon mot.

— Plus je me sens… coupable. Oui c'est ça : coupable, assura Marie. Je me dis que j'aurais pu, ou plutôt j'aurais dû mieux faire avec mes enfants. Je n'ai jamais accepté leurs pleurs, leurs colères. Je pensais qu'il fallait plutôt garder ça pour soi.

— Comme beaucoup d'adultes, parents ou non. Les émotions sont de grandes inconnues pour la plupart des gens. On s'y intéresse de plus en plus, mais avant c'était un sujet tabou.

Marie soupira.

— Si j'avais été une meilleure maman, je me serais renseignée sur le sujet.

— Tu peux t'améliorer *maintenant*, n'est-ce pas déjà formidable ? interrogea Zoé.

— Ça ne réparera pas tout ce qui est déjà ancré en eux.

— Je te trouve bien exigeante avec toi-même.

— J'aurais aimé éviter certaines erreurs avec mes enfants, c'est tout, se défendit Marie.

Zoé sourit avec douceur.

— Einstein disait : « Une personne qui n'a jamais commis d'erreur n'a jamais tenté d'innover. » Si tu veux pouvoir être bienveillante avec tes enfants, sois-le d'abord avec toi-même. Tu es une maman formidable, poursuivit Zoé.

Tu essaies de donner le meilleur de toi-même, tu ne cesses de te remettre en question, tu te questionnes, tu doutes, tu veux faire mieux… Tu peux vraiment être fière de toi !

Marie en eut les larmes aux yeux. Malgré tout, elle avait du mal à l'entendre. Si Zoé avait vraiment vu comment elle se comportait avec ses enfants, sans doute aurait-il changé d'avis.

— Tu mets une loupe sur ce qui ne va pas, insista le coach. Tu devrais plutôt essayer de prendre de la hauteur. Regarde tout le chemin que tu as accompli ! Souffle, Marie… Laisse-toi du temps.

Marie n'était pas certaine d'y parvenir, mais elle promit d'essayer. Satisfait, Zoé enchaîna :

— Je te propose aujourd'hui un court exercice de relaxation. Je pense que tu en as besoin. Cela s'appelle la cohérence cardiaque.

— Ça consiste en quoi ?

Le coach expliqua qu'il s'agissait d'une technique facile et rapide pour réguler son stress en contrôlant la variation des battements de cœur.

Marie devait se concentrer sur une image animée répétitive, en l'occurrence une fleur qui s'ouvre et se referme. Comme demandé, elle inspira et expira au rythme de l'ouverture de la corolle de la fleur. L'exercice était en effet très simple. En se focalisant sur l'image, elle avait réussi à réduire le flux de ses pensées, et son cœur battait maintenant plus doucement. Elle se sentait plus sereine.

— Je t'invite à répéter cet exercice deux à trois fois par jour, indiqua Zoé. À toi de voir les moments les plus opportuns. Tu peux aussi le faire quand tu ressens une vive émotion monter en toi et que tu souhaites retrouver un peu de tranquillité intérieure.

— J'essaierai, promit Marie. C'est vrai que ça fait du bien.

— Vois cela comme un rituel de bien-être : c'est une bonne habitude à prendre.

Marie acquiesça, soulagée d'apprendre quelque chose qu'elle pourrait appliquer facilement, pour un bénéfice immédiat. Zoé lui laissa le temps d'intégrer l'information avant d'ajouter :

— J'aimerais revenir maintenant sur ton besoin de contrôle, que je perçois très affirmé.

— Ah bon ? s'étonna-t-elle.

— Si j'en crois ce que tu m'as raconté de ton quotidien, j'ai l'impression que tu aimes bien lister, prévoir, anticiper.

— Je suis quelqu'un d'organisé, tout simplement, convint Marie.

— Et c'est une très belle qualité… tant que cela ne devient pas obsessionnel. Je veux juste t'aider à ne pas sombrer dans *l'excès* de contrôle. Pour t'éviter du stress inutile. Un imprévu doit être apprivoisable et ne pas devenir une source d'angoisse.

Marie se rappela l'irruption de Rose lors de leur rencontre. Avant d'ouvrir, elle avait pesté contre l'intrus qui interrompait son planning bien réglé ; il lui avait fallu un certain temps avant d'apprécier sa présence, qui la forçait à revoir sa gestion du temps. C'était vrai : elle détestait les imprévus.

— J'aimerais que tu portes un regard plus doux sur l'imprévisible, expliqua Zoé. La vie n'est pas un chemin composé uniquement de lignes droites.

— Je sais bien, déplora Marie. On peut y trouver des obstacles qui peuvent freiner notre course.

— Ou bien... on peut découvrir des chemins de traverse inattendus qui nous emmènent vers un inconnu surprenant et exaltant ! L'imprévu n'est pas nécessairement synonyme de malaise. Il peut t'amener à faire de belles rencontres, voire changer ta vie.

— C'est grâce à un imprévu que je me suis retrouvée ici, avoua Marie. Je reconnais que ça peut avoir de bons côtés, mais... je n'aime toujours pas être interrompue dans mon quotidien.

— Tu aimes donc *contrôler* ce qui t'arrive au maximum, souligna Zoé.

— Tu joues sur les mots, objecta Marie. Mais si tu veux, oui.

— Bon. Nous allons nous arrêter là pour aujourd'hui.

— Ah bon, déjà ? Mais pourquoi ?

— Parce que c'est imprévu ! jubila Zoé. Je bouleverse ton planning pour t'apprendre à faire face, doucement, aux changements. C'en est fini pour nous aujourd'hui, mais je te propose d'aller voir Samantha pour un massage du crâne. Le tien a besoin de légèreté.

Marie s'en alla donc, un peu frustrée, mais, elle devait bien le reconnaître, pas fâchée d'avoir droit à un massage supplémentaire.

17 h 30
Chambre Myosotis

Marie déambulait dans les couloirs du centre, un sourire aux lèvres. Le massage de Samantha terminé, elle était allée nager quelques longueurs avant de terminer par une séance de hammam. Marie s'était laissée porter par ses envies et ses besoins du moment. Elle devait s'avouer que ces temps de pauses inopinées avaient été bien agréables. Détendue et reposée, Marie ouvrit la porte de sa chambre. Elle espérait y retrouver Christiane pour évoquer avec elle son après-midi relaxant. Quelle ne fut pas sa surprise lorsqu'elle découvrit sa compagne de chambrée, accroupie, l'oreille vissée à la salle de bains !

— Qu'est-ce que tu fais comme ça ? s'étonna Marie en refermant la porte derrière elle.

Christiane mit un doigt sur sa bouche pour faire signe à son amie de se taire, puis, quelques instants plus tard, se releva pour la rejoindre.

— J'espionne Jennifer, chuchota Christiane.

— Oh, non ! Ça ne se fait pas, laisse-la donc tranquille, cette petite.

— Imagine qu'elle se taille les veines ? murmura Christiane en s'asseyant sur son lit. Elle a l'air tellement mal en point...

Marie pâlit d'un coup.

— Tu crois ?

— Ça fait plus d'une heure qu'elle est dans la salle de bains, sans faire de bruit. Elle avait l'air vraiment bouleversée ce matin, à la conférence d'Angélique. Et puis, elle nous fuit tout le temps. On l'a à peine vue depuis son arrivée. Elle reste désespérément seule.

— Toi aussi, tu l'entends pleurer la nuit ? demanda Marie, angoissée.

Christine confirma d'un hochement de tête grave.

— Du coup, on fait quoi ?

— On ouvre la porte, assura Christiane.

— Et si elle est toute nue dans sa douche ? continua de chuchoter Marie.

— On entendrait l'eau.

— On pourrait lui parler ? Demander comment elle va ?

— Et elle pourrait nous mentir. (Christiane se leva sans faire de bruit, l'air prête à passer à l'action.) Je vais ouvrir.

— Tu ne vas quand même pas enfoncer la porte ?

Christiane ne répondit pas. Tel un ninja en action, la pétillante grand-mère se déplaça sans bruit pour aller farfouiller dans son sac à main. Quelques instants plus tard elle revint armée d'un tournevis plat.

— Tu as toujours un tournevis dans ton sac ? demanda Marie, interloquée.

— Les jumeaux se sont déjà retrouvés plusieurs fois enfermés dans les W.-C., gloussa Christiane. Chez nous, mais aussi au restaurant. Depuis, j'en ai toujours un sur moi.

Christiane crocheta en effet la serrure de la salle de bains sans émettre le moindre son. Elle regarda Marie puis compta sur ses doigts : un, deux... trois.

Les deux femmes ouvrirent la porte.

Elles se retrouvèrent alors face à face avec Jennifer... qui ne baignait pas dans son sang, mais plutôt dans ses larmes. Elle ne leva même pas les yeux lorsqu'elles s'approchèrent.

— Oh, ma petite, ne pleure pas, s'empressa de dire Christiane en la prenant dans ses bras.

— Si, justement, pleure, objecta Marie, heureuse de pouvoir mettre en application les conseils de la conférence matinale.

Elle en avait peut-être retenu quelque chose, finalement.

— Ah oui, mince, tu as raison, se rattrapa Christiane, un peu honteuse. Pleure, vide-toi, et nous, eh bien, on va s'asseoir près de toi et te tenir compagnie.

Les trois femmes restèrent ainsi côté à côte un long moment, sans parler, assises sur le carrelage froid. Marie finit par se relever pour aller chercher un pull et en déposer un autre sur les frêles épaules de Jennifer.

— Merci, fit la jeune femme, les yeux rougis. Je suis désolée... J'ai... besoin de pleurer.

— Eh bien, ne te prive pas, fit doucement Marie. Je crois qu'on a toutes bien compris ce matin qu'il était essentiel de ne pas se retenir. Tu pleures, tu te répares. On parlera après... si tu le veux, bien sûr.

Jennifer eut encore besoin de laisser quelques larmes couler avant de se sentir réellement vidée. Elle voulut ensuite prendre une douche bien chaude pour se détendre. Elle finit par rejoindre ses deux camarades installées sur le canapé, face à la baie vitrée, en train de regarder le soleil se coucher sur la campagne alsacienne. Enfin, après un long moment de silence, elle finit par raconter :

— Après la naissance de mon fils, j'ai fait un baby blues. On me disait que c'était normal, que ça passerait vite, que c'était juste mes hormones. Mais... ça ne passait pas. Je me demandais si j'avais bien fait, je ne comprenais pas pourquoi ce petit être que j'avais tant désiré me semblait tellement étranger. On parle toujours d'amour au premier regard... Moi, je ne ressentais que de la peur. Mais j'étais censée être une mère désormais, et je voulais faire front. Je me cachais pour pleurer, je ne disais rien à mon mari.

Marie osait à peine respirer, de peur d'interrompre les confidences de la jeune femme. À présent qu'elle avait commencé, celle-ci semblait ne plus pouvoir s'arrêter.

— Les semaines ont passé, les mois… Mon fils ne faisait toujours pas ses nuits. Je n'en pouvais plus. J'ai honte, si vous saviez, mais parfois je ne le supportais plus. Un jour, j'ai failli le frapper tellement je n'en pouvais plus de ses pleurs, confessa Jennifer, laissant de nouveau couler ses larmes. Je ne l'ai pas touché, mais je lui ai hurlé dessus. Mon mari est rentré à ce moment-là… heureusement. J'ai pris conscience que quelque chose clochait chez moi et je suis allée voir mon médecin.

— Ton baby blues était plus fort que tout ? compatit Christiane.

— Non, mon médecin m'a diagnostiqué une dépression post-partum.

Malgré ses trois enfants, Marie avait toujours cru que c'était plus ou moins la même chose.

— Un baby blues est lié à la chute des hormones, expliqua Jennifer. On a des hauts, des bas, on rit comme on pleure et ça ne dure que quelques jours.

— J'ai connu ça ! assura Marie.

— La dépression post-partum n'a rien de physiologique et peut suivre un baby blues. C'est ce qui m'est arrivé. C'est une véritable dépression qui ne passe pas facilement. Je suis sous traitement actuellement, et j'ai tenté de gagner ma place pour cette cure, en complément.

— C'est bien que tu aies réussi.

— Et alors ? Comment te sens-tu ? demanda Christiane avec une grande douceur.

Jennifer dut faire une pause pour se moucher.

— C'est difficile à dire. Je suis un mélange d'émotions, constamment à fleur de peau. (Elle osa un timide sourire, qui leur rappela soudain combien elle était jeune.) Mais je sens que je progresse grave. J'avance beaucoup avec ma coach, et les conseils d'Angélique me boostent.

— La conférence de ce matin était difficile, osa Marie, espérant ne pas gêner la jeune femme. Elle ajouta du bout des lèvres : Pour tout le monde.

Le regard de Jennifer croisa le sien, profond, empreint d'empathie.

— Oui, murmura la jeune mère. Je me suis pris une grosse claque. J'ai pris conscience que les pleurs de mon bébé m'étaient insupportables autant que les miens avaient dû l'être pour mes parents. Petite, mon père me demandait « d'arrêter de brailler comme un âne » quand je pleurais. Ces mots résonnent encore en moi. Parfois, j'avais droit à des mots plus vulgaires, comme : « Vas-y pleure, tu pisseras moins ce soir ! »

— Ma bichette, s'émut Christiane en la prenant dans ses bras. Je comprends mieux pourquoi tu nous fuyais tant.

— En fait, je n'avais pas envie de pleurer devant vous. Et puis, je me sentais trop nulle. Surtout par rapport à vous : vous avez tellement d'expérience !

— Pourtant nous sommes là aussi, soupira Marie. Tu as une chance énorme : la possibilité de t'améliorer dès maintenant, alors que ton bébé est encore très jeune. Avoir trois enfants ne m'a pas empêchée de faire les mêmes erreurs, et pendant bien plus longtemps...

— Il est difficile de donner ce qu'on n'a soi-même jamais reçu, rappela Christiane, touchée elle aussi. Ça demande un gros travail sur soi-même.

— Ça m'a fait un bien fou de l'entendre, acquiesça Jennifer. Je me sens comme libérée, du coup. Je me dis que tout n'est pas de ma faute et que ma colère n'est pas dirigée contre mon fils, mais contre un manque d'amour de mon paternel. Je vais travailler sur ça avec ma coach. Et trouver des solutions ! poursuivit Jennifer en souriant.

À partir de ce moment, la discussion se fit plus légère. Se sentir soutenue semblait faire un bien fou à la jeune femme, qui avait peu d'exemples de bons parents dans son entourage. Elles discutèrent longuement, tantôt à bâtons rompus, tantôt plus lentement, en prenant le temps de la réflexion, jusque tard après le dîner.

Les trois femmes parlèrent de leur enfance, de leurs manques, de leurs blessures passées. Chacune se confia sans honte et sans crainte, heureuse de pouvoir déposer des souvenirs enfouis, parfois toujours douloureux. Christiane parla de ses petits-enfants, du temps qui passe et de ses envies de réaliser au plus vite tous ses rêves d'antan. Jennifer évoqua son adolescence difficile et les violents heurts avec son père. Militante écologiste dès son plus jeune âge, elle avait dû s'opposer à lui pour suivre ses convictions. Il voulait imposer sa loi et espérait une fille docile. Voulant fuir la maison familiale au plus vite, Jennifer avait arrêté le lycée avant le bac et s'était mariée le lendemain de ses dix-huit ans avec un ami d'enfance. Vendeuse dans une boutique de vêtements, elle avait aussi parlé de son quotidien, de son petit Liam et de ses projets pour changer le monde.

Quant à Marie, elle avait évoqué son ancien métier dans le monde de l'édition. Christiane et Jennifer s'amusèrent de ses anecdotes autour des candidats d'émissions de télé-réalité. Une fois plus à l'aise, elle raconta à son tour ses déboires de maman, sa lassitude montante et ses épuisantes remises en question permanentes. Chacune confia les chamboulements que la cure leur apportait. Christiane tenta de trouver le profil ennéagramme de ses amies, tandis que Marie vantait les mérites de l'imprévu. Vers deux heures du matin, Jennifer proposa d'écouter de la musique entraînante pour danser et se défouler. Christiane, fidèle à elle-même, n'eut qu'un seul regret : celui de n'avoir que de l'eau pour trinquer avec ses nouvelles amies. Les trois femmes pleurèrent tout autant qu'elles rirent ! Ensemble, elles se libérèrent de leurs tensions et, peu à peu, se réparèrent, tout en lâchant prise.

16

Mercredi 16 février
14 h 15, terrasse

Marie prenait son café sur la terrasse du centre, emmitouflée dans son manteau, un bonnet vissé sur la tête. Christiane et Jennifer avaient rejoint Manon pour une séance de tai-chi dans le parc. Les deux femmes ne se quittaient plus. La grand-mère avait pris sous son aile la jeune fille dont l'histoire la touchait beaucoup. Les arts martiaux n'intéressant pas plus que ça Marie, elle avait laissé ses deux nouvelles amies partir sans aucun regret. En attendant que la salle informatique désemplisse, elle profitait du temps clément. Même si l'air était frais, les rayons du soleil réchauffaient sa peau avec une douceur infinie. Pas un nuage à l'horizon pour masquer le ciel bleu céruléen. *Deux tons trop clairs pour Yves Klein*, songea Marie en esquissant un sourire.

Les paupières closes, elle se détendait en repensant à la conférence donnée ce matin par Angélique. Christiane et Jennifer n'y avaient pas participé, préférant profiter d'une séance de balade méditative avec Vincent, surtout après leur longue discussion de la veille. Marie, elle, avait écouté studieusement Angélique aborder le délicat thème de l'adolescence. L'atelier avait surtout été théorique, la directrice s'attachant essentiellement à expliquer aux parents les chamboulements physiques et physiologiques rencontrés durant cette période. Marie avait été surprise d'apprendre que le cerveau atteignait sa maturité entre vingt-cinq et vingt-huit ans, pas avant. Jennifer était donc encore ce qu'Angélique surnommait une *adulescente*. La directrice avait insisté sur la nécessité de rester très présent pour ses enfants tout en leur laissant de plus en plus de libertés individuelles pour ne pas les étouffer. Il s'agissait de devenir leur copilote en adaptant son allure à leur cadence, ni trop loin d'eux ni trop près. *Pas facile de trouver le juste milieu...*, réfléchissait Marie. Comme d'habitude, la maman était repartie avec quelques outils dans sa besace, espérant pouvoir les utiliser prochainement avec Baptiste.

Victor vint prévenir Marie que la salle informatique se vidait peu à peu. Terminant son café à la hâte, elle s'installa sur un poste libre pour joindre Romain. Ses premiers essais furent infructueux. Son mari tentait de coucher Jade ; la mission était délicate. La petite fille, très fatiguée, était du coup surexcitée. Au bout de deux histoires, une comptine et un gros câlin, Romain put s'éclipser et rappela Marie.

— Gaspard épuise Jade..., expliqua-t-il, l'air éreinté. Et moi aussi ! Là, je l'ai mis devant la télé pour m'octroyer un peu de répit.

— Je suis vraiment désolée, mon chéri. Courage, il part demain !

— Je compte les heures..., avoua Romain, un brin agacé.

— Les deux grands sont là ? demanda Marie.

— Non, ils sont sortis avec Rose. Elle les a emmenés à son club de mécanique.

— Tous les deux ? s'étonna Marie. C'est hyper sympa de sa part.

— En fait, elle est passée hier soir, et comme les deux grands saturaient des petits elle leur a proposé une sortie. Ils étaient ravis. Bon, et toi, comment ça se passe ?

Sentant que son mari n'avait pas envie d'en parler plus, Marie n'insista pas.

— Bien, plutôt très bien, même. J'ai beaucoup parlé avec l'autre jeune femme qui partage ma chambre.

— Jennifer, c'est ça ? La fille au baby blues ?

— Oui, mais en fait elle fait ce qu'on appelle une dépression post-partum. Enfin, bref, je ne vais pas tout détailler mais elle est très sympa et on a passé une super soirée ensemble. On s'est couchées à trois heures ! Imagine.

— J'imagine bien, confessa Romain. J'étais debout pour changer les draps de Léo.

— Ah zut… Il a encore fait pipi au lit ?

— Oui, comme toutes les nuits depuis que tu es partie, déclara Romain.

La culpabilité revint en flèche. Léo n'avait jamais un mot plus haut que l'autre, mais il exprimait ses émotions autrement. Le message était clair : il vivait mal le départ de sa mère.

— Quelle était la conférence du jour ? demanda Romain, conscient d'avoir terni l'humeur de sa femme.

— « Mon ado fait sa crise ! Mieux comprendre l'enfant qui devient grand ». J'ai noté deux, trois idées que j'aimerais bien mettre en place avec Baptiste.

— Comme quoi ? tenta de s'intéresser Romain.

Déjà, son regard se portait dans son dos, de crainte que Jade ne déboule une énième fois.

— Sur le fait de lui poser plus de questions, par exemple. Tu savais qu'un enfant reçoit environ cent ordres par jour ?

— Je dois avouer que je ne me suis jamais amusé à calculer, blagua Romain.

— Cent ! Tu imagines, c'est énorme ! En fait, ça va très vite, surtout entre nos demandes et ceux des profs : range ta chambre, brosse tes dents, fais tes devoirs, ouvre ton cahier, va te laver… Et au bout d'un moment, le cerveau sature.

— Celui de Baptiste doit vite saturer, alors. Il ne fait pas grand-chose à la maison.

— Apparemment, les ados obtempèrent la plupart du temps mais nous, adultes, ne nous focalisons que sur ce qu'ils ne font pas.

— Mouais... Et alors, quelle est la solution miracle de ta fameuse Angélique pour les faire participer ?

Marie tenta de se rappeler les mots exacts de la directrice de la cure.

— Une astuce serait de transformer certains de nos ordres en questions. Au lieu de lui dire « Va faire tes devoirs », on peut penser à quelque chose comme « Qu'est-ce qu'il te reste à faire aujourd'hui ? ».

— OK... Et ça change quoi, sur le principe ? demanda Romain, perplexe.

— Poser une question déclenche une activité cognitive qui incite à l'auto-évaluation et à la responsabilisation, affirma Marie en relisant ses notes. Le cerveau n'obéit plus sans comprendre, mais réfléchit avant d'entrer en action. Il s'agit aussi de faire coopérer les enfants plutôt que d'imposer nos directives.

— On dirait une vraie pro qui parle ! taquina Romain.

— Je ne suis qu'une jeune apprentie, répondit-elle, souriante, en montrant son cahier rempli de phrases-clés.

— Une jeune apprentie qui a l'air détendue. Au moins, un de nous deux se repose...

Marie entendit les cris de Jade au loin. Elle hurlait et réclamait un biberon de lait.

— Jade ! Ne hurle pas et arrête de chouiner, c'est agaçant ! s'écria Romain.

— Non, Romain, chouiner c'est... vexant, objecta Marie, surprise que ça ne l'ait pas choquée plus tôt tant ça lui sautait aux yeux désormais. Et si elle a besoin de pleurer, laisse-la. En plus, si tu lui demande d'arrêter de crier et que tu cries toi-même, ça n'a pas beaucoup de sens.

— Facile à dire pour toi : dans cinq minutes, tu iras te faire masser ou je ne sais quoi, et je serai seul face à ses caprices.

Marie soupira.

— Ce ne sont pas des caprices, je te l'ai déjà expliqué la dernière fois. On ne peut pas en faire avant l'âge de cinq ans, le cerveau n'est pas fait pour et...

— Bon, c'est fini la leçon du jour, *maîtresse* ? s'énerva Romain. Tu as d'autres critiques ? Je te rappelle que je gère tout, tout seul, sans me plaindre. Les pipis de Léo non-stop, les crises de Jade, les disputes des deux grands... et en plus je me tape Gaspard que TU t'étais engagée à garder.

— Je voulais juste aider, répondit Marie, piquée au vif. Et puis, c'est toi qui m'as incitée à aller au Repos de Gaïa. D'habitude, c'est moi qui gère tout ça, et tu ne te gênes pas pour me dire comment je devrais faire.

— Tu exagères, reprit Romain. C'est juste que...

— Papa !!!!!!! cria Jade.

— Bon, je te laisse, coupa Romain. Les enfants ont besoin de moi. À demain. Appelle-moi vers 18 heures.

— OK... À demain, alors, 18 heures.

Marie resta quelques instants figée devant l'ordinateur. À peine une demi-heure plus tôt, elle était détendue, tranquillement allongée sur un transat face à la douceur hivernale et un paysage verdoyant. À présent, face à un écran noir, son cœur battait à tout rompre. Elle se sentait angoissée, triste et surtout culpabilisée. Elle essaya de contrôler sa respiration, mais sa dispute avec Romain l'empêchait de se concentrer. Comment les choses avaient-elles pu déraper si vite ?

16 h 15
3e rendez-vous avec Zoé

Décidément, la ponctualité n'était pas le fort de Zoé. Marie sortit un livre de son sac, emprunté à la bibliothèque du centre : *Grandir avec l'ennéagramme*, d'Olivia Varin-Bernier. Elle eut le temps d'en lire une dizaine de pages avant que son coach apparaisse devant elle. Il portait une chemise blanche à manches courtes avec un pantalon de lin beige. Ses fossettes lui conféraient un petit air mutin assez charmant.

— Bonjour, Marie, débuta Zoé en s'installant sur son siège.

— Déboussolée.

— Je te demande pardon ?

— Voilà comment je me sens, là, tout de suite, expliqua Marie rapidement en s'asseyant sur un fauteuil face à son coach.

Elle lui raconta son échange avec Romain et ce mélange d'émotions contradictoires qui l'envahissait. Sa tristesse et sa culpabilité avaient maintenant laissé place à de la colère. Elle en voulait à son mari. Elle n'avait pas apprécié ses remarques et le ton sur lequel il lui avait parlé.

— Je ne faisais que lui donner des conseils, se justifia-t-elle. Il a tout de suite pris la mouche.

— Il n'était sans doute pas prêt à les entendre.

— Je voulais juste l'aider…

— Peut-être avait-il juste besoin de compassion à ce moment-là. Il espérait sûrement s'entendre dire que ce qu'il faisait suffisait et que tu serais bientôt là pour l'aider. Il est seul à tout gérer et, d'après ce que tu m'as dit, cela ne lui arrive pas souvent.

— Jamais. Cela ne lui arrive jamais.

— Donc… il faut savoir rester indulgent.

— Et *faire* et au lieu de *parfaire*…, compléta Marie en soupirant. J'ai encore merdé, c'est ça ?

— Toujours dans l'autoflagellation ! la taquina Zoé. On va stopper ça immédiatement avec un temps de cohérence cardiaque.

Expliquant qu'elle avait déjà essayé un peu plus tôt, elle eut droit à une nouvelle vidéo : celle d'une goutte d'eau qui montait et descendait dans le ciel. Elle préféra cette animation à celle de la fleur. Calquant sa respiration sur les montées et descentes du petit rond bleu, elle sentit son rythme cardiaque s'apaiser, ses pensées s'envoler et son corps se détendre.

— Maintenant que tu as retrouvé une certaine tranquillité, nous allons pouvoir travailler. Nous avons vu qu'il est essentiel que tu prennes soin de toi. Mais, pour pouvoir le faire, il faut avant tout que tu te dégages du temps.

Revoyant ses innombrables listes quotidiennes, Marie se dit qu'ils attaquaient enfin le cœur du problème.

— Il faut commencer par hiérarchiser tes priorités, assura Zoé. Définir ce qui est essentiel et lâcher sur le reste.

— Je ne vois pas sur quoi je peux lâcher, certifia Marie, qui avait déjà tourné et retourné le problème dans sa tête. Tout ce que je fais est nécessaire.

— Vraiment ? s'amusa Zoé. Tu crois sincèrement que tout ce que tu fais est essentiel ? Pour toi, ton mari ou tes enfants ?

Marie eut un temps de réflexion.

— Oui.

Zoé fit glisser une feuille blanche sur la table. Il lui proposa d'y inscrire toutes ses contraintes du quotidien en précisant le temps qu'elle y consacrait. Les lessives, le ménage, les courses… Toutes ces obligations énergivores qui l'occupaient dans sa vie de maman et qui ne l'enchantaient guère. Il la laissa réfléchir seule une bonne vingtaine de minutes avant de revenir découvrir son travail.

Tâches de ma vie de maman	*Durée approximative par semaine*
Courses	*3 h*
Conduites d'école	*40 min*
Préparation des repas	*10 h 30*
Aide aux devoirs de Baptiste	*8 h*
Ménage	*5 h 30*
S'occuper des lessives	*3 h 30*
Repassage	*4 h*
Petites tâches diverses (faire les lits, ouvrir les volets, aérer les chambres, vider les poubelles, ranger la salle de bains...)	*2 h 30*
Gestion de l'administratif de la maison (factures, compte, RDV à programmer)	*1 h 30*
Gestion des activités extrascolaires des enfants (graphothérapeute, escrime, baby gym, judo...)	*4 h 30*
Association Les Galopins de Brinville	*2 h*
Jeux avec Jade	*10 h*

— Si je calcule bien, je comptabilise 55 heures de contraintes hebdomadaires, déclara Zoé.

— J'ai oublié le bain de Jade ! Et aussi…

— Stop, Marie. Ce n'est pas grave, coupa Zoé. Nous allons déjà travailler sur ta liste initiale que je trouve suffisamment riche. Je vois facilement où l'on pourrait gagner du temps.

Marie le regarda d'un air dubitatif.

— Je suis tout ouïe, dit-elle, ironique.

— Qu'est-ce que c'est que… l'« association Les Galopins de Brinville » ?

— Une structure qui récolte des fonds pour l'école de Jade et Léo, expliqua Marie.

— Tu l'as noté en contrainte ? s'étonna Zoé.

— Oui, car ça ne me plaît plus. Je le fais parce qu'il faut le faire.

Zoé soupira.

— Marie, je crois qu'il est essentiel que tu prennes conscience que tu n'es obligée de *rien* dans la vie. Tu as le pouvoir de choisir. Si tu fais quelque chose, c'est que tu y vois une finalité.

— Honnêtement… non. Plus maintenant. J'espérais créer des liens avec les autres mamans, mais je ne me sens jamais très à l'aise avec elles.

— Alors quitte-la, et voici deux heures de gagnées !

— Mais non ! s'offusqua Marie. Je ne peux pas me retirer de l'association comme ça. Sybille serait furieuse.

— On parle de ton bien-être et celui de ta famille, reprit sérieusement Zoé. Si tu es ici aujourd'hui, c'est parce que tu te perds un peu dans ta vie actuelle et que tu manques de temps pour toi. L'association à laquelle tu appartiens ne semble plus rien t'apporter. Pourquoi y rester ? Veux-tu réellement trouver des solutions pour aller mieux ?

— Bien sûr ! assura Marie. Mais… je me suis engagée.

— Oser dire non est une faculté qui se travaille en CNV. Je crois que tu es inscrite à la demi-journée d'initiation de Thomas, c'est bien cela ?

Marie acquiesça.

— Laissons ça de côté pour le moment, alors. Il devrait pouvoir t'aider. (Il continua à détailler la liste de contraintes.) Je vois que jouer avec Jade t'ennuie ?

— Oui. Je le fais parce que je…

— Parce que tu quoi ? encouragea Zoé.

— Parce que… je crois que je suis obligée de le faire, déclara Marie en rougissant. C'est mon rôle de maman de jouer avec ma petite fille, non ?

— Je pense personnellement que l'important est de passer des moments agréables avec ton enfant, pas de te forcer à jouer. Mais j'aimerais quand même te faire changer d'avis sur le jeu. Je vais donc t'inscrire à un atelier dirigé par Audrey, qui aura lieu… attends que je regarde… demain après-midi de 16 heures à 20 heures.

— Mais on a rendez-vous ensemble, de 16 h à 17 h, objecta Marie. C'est ce qui était prévu sur mon planning.

— Et tu sais que j'aime bien bousculer tes habitudes, s'amusa Zoé. « Tout le bonheur du monde est dans l'inattendu. »

— Ne dis rien : Einstein ?

— Raté, Jean d'Ormesson, un autre sage. Quoi qu'il en soit, je préfère que tu participes à l'atelier jeux. Je suis certain que cela te sera plus utile pour la suite.

— Je n'aime pas spécialement jouer, déclara Marie.

— Justement, ça m'embête, admit Zoé. Je reste persuadé que tu es trop dans la retenue. Le jeu peut être une immense source de plaisir, y compris avec des petits, et cela aide à lâcher prise. Cela me semble dommage de passer à côté.

— Très bien, répondit Marie, résignée. J'irai.

— Parfait. Reprenons maintenant ton planning de contraintes. Comment se fait-il que tu passes plus de 10 h 30 à cuisiner chaque semaine ? s'étonna Zoé. C'est énorme pour quelqu'un qui ne semble pas passionné.

— J'aime bien cuisiner, se défendit Marie, mais je n'en ai pas toujours envie. Je cherche à cuisiner de bons petits plats pour ma famille : manger équilibré, cinq fruits et légumes par jour, comme on nous le rabâche sans cesse. C'est pour leur santé... Je dois faire au mieux.

— Comme toujours, souligna Zoé. Cette recherche de perfection absolue, impossible à atteindre et... épuisante. Tu devrais trouver des idées de repas simples qui conviennent à tout le monde. Je te conseille aussi le batch cooking. Cette méthode consiste à préparer à l'avance ses repas pour toute la semaine. De nombreux blogs ou livres expliquent simplement ce principe.

— Je veux bien essayer, concéda Marie.

— Je n'ai lu que quelques lignes de ton tableau et j'arrive déjà à te dégager du temps, constata Zoé. Comme quoi, c'est possible. Je te propose donc de relire ta fiche à tête reposée. Pose-toi les questions suivantes : est-ce que toutes ces tâches que je réalise au quotidien sont réellement indispensables ? Puis-je faire autrement ? Puis-je les raccourcir si je ne peux pas les enlever ?

— Je vais y réfléchir, consentit Marie. C'est vrai que l'idée de ce tableau est pas mal. Cela me permet de voir noir sur blanc tout ce que je fais. Je passe sans doute trop de temps en cuisine et trop de temps à faire le ménage. Je n'ai pas envie que ma vie se résume à ça.

— Si certaines tâches te paraissent indispensables, pense à déléguer.

— À déléguer ? interrogea Marie.

— Oui, confirma Zoé. Ce peut être ton mari, une personne extérieure... On peut aussi penser à des aides techniques, comme acheter un sèche-linge. Ou encore demander aux enfants !

— Mais, c'est à moi de m'occuper d'eux ! s'offusqua Marie. Ils n'ont pas à me soulager de mes contraintes de mère.

— Faire participer les enfants à l'organisation familiale et aux tâches ménagères leur permet de développer leur autonomie, mais aussi de nourrir leur besoin d'appartenance. Tes enfants font partie du même groupe que toi, celui de la famille. Comme dans toute collectivité, pour trouver sa place, il est important d'avoir un rôle à y jouer.

— Si je comprends bien, répliqua Marie, tu es en train de me dire que je rendrais service à mes enfants en les laissant m'aider dans mes tâches domestiques ?!

— Exactement ! J'appelle ça « les petites contributions ».

Marie songea que Baptiste et Léo ne seraient pas ravis de cette nouvelle décision… Et Romain, qu'en penserait-il ? Si elle était mère au foyer, c'était aussi pour s'occuper de tout ça.

— Il y a beaucoup de « je dois » et « il faut » dans ton discours, constata Zoé. Si on décide d'être parent au foyer, c'est avant tout pour passer plus de bon temps avec ses enfants, pas pour devenir un esclave de contraintes quotidiennes.

Avec émotion, Marie se rappela ses premiers mois à la maison. Elle était tellement heureuse ! Elle avait moins l'impression de courir après le temps, frustrée de manquer la plus grande partie de la vie de ses enfants. Quand avait-elle pris le mauvais chemin ? Au lieu de passer plus de temps à profiter d'eux, Marie les voyait toujours aussi peu, toujours à courir entre deux listes... Elle avait remplacé un travail par un autre, qu'elle s'était inventé elle-même.

Elle remercia Zoé, pensant en avoir fini pour cette séance qui chamboulait déjà beaucoup de choses, mais son coach enchaîna :

— Bon ! Maintenant que je t'ai prouvé que tu pouvais dégager du temps pour toi, je voudrais que l'on recherche ton carburant.

Zoé s'approcha d'un pupitre blanc installé près de la fenêtre et dessina une sorte de grand ballon. Un peu fatiguée, Marie le laissa expliquer son objectif.

— Voici ton réservoir. S'il est rempli, tu peux être la mère que tu souhaites, patiente et bienveillante. Tu as la capacité physique et psychologique de répondre au mieux aux attentes de ton entourage, notamment de tes enfants. Le problème, c'est que ce réservoir, tu dois t'en occuper. La source est tarissable. Personne d'autre que toi ne peut la remplir.

— Je ne comprends pas trop, avoua Marie.

Elle avait du mal à se concentrer sur un nouvel exercice, l'esprit encore pris par le précédent.

— Par exemple, suggéra le coach, est-ce que tu attends de tomber en panne d'essence pour te rendre à la station-service ?

— Non, évidemment, répondit Marie. Je surveille ma jauge.

— Eh bien là, c'est pareil. Il ne faut pas attendre d'être épuisée pour prendre soin de soi. Tu dois veiller à ce que ta jauge ne soit pas en mode réserve.

— Mais comment ? demanda Marie.

— En connaissant ton carburant et en allant régulièrement en chercher.

— OK...

— Prends les Post-it sur mon bureau. Note une idée par feuille et viens me les coller dans le réservoir.

Marie cligna des yeux, un peu perdue.

— Je dois noter quoi ? Des idées de carburant ?

— Exactement. Qu'est-ce qui te ressource ? Qu'est-ce qui te fait rire ? Je veux des idées positives qui te reboostent et rechargent tes batteries !

Marie réfléchit quelques instants, puis colla un premier feuillet sur lequel était inscrit « Regarder une série policière ».

— Très bien. J'en veux encore ! Je veux un réservoir rempli, prêt à déborder ! Tu n'auras jamais trop de propositions.

Marie prit le temps de réfléchir une bonne dizaine de minutes avant de revenir vers le dessin de Zoé.

— Voilà qui est prometteur ! s'enthousiasma Zoé. Continue de réfléchir pendant la cure, et après, évidemment, pour ajouter de nouvelles idées de carburant dans ton réservoir. L'étape ultime de cet exercice est de planifier ces plaisirs.

Boire un café avec Rose
Prendre une tasse de thé dans le jardin, seule
Me rendre à des événements liés au jardinage (fêtes de plantes, visites de jardins…)
Jardiner
Aller au restaurant
Lire (romans *feel good*)
Danser
Regarder une série policière
Faire les boutiques de décoration
Me faire masser
Partir en week-end
Papoter entre amies de tout et de rien
Prendre un cours de Pilates
Aller au cinéma et choisir mon film !
Regarder un DVD de Florence Foresti ou Gad Elmaleh
Inventer des histoires de la famille Fritas

— Tu veux que je fasse quoi, concrètement ?

— Je veux que tu programmes toutes ces activités dans ton agenda. Plus tes semaines seront chargées et difficiles, et plus tu devras prévoir des plages de détente en conséquence. Pour les idées plus coûteuses, essaie de voir ce qu'il est possible de faire en fonction de ton budget. Est-ce que tu peux te permettre d'aller au cinéma une fois par mois ? Une fois tous les deux mois ?

— J'ai bien compris la démarche. Je vais essayer.

— Toi qui aimes bien tout lister, tout organiser, je pense que mon activité du jour est parfaite pour toi ! Et, pour une fois, tu ne feras pas des fiches pour aider les autres, mais pour t'aider *toi*.

17

Jeudi 18 février
13 h 30, chambre Myosotis

— Allez, Jennifer, accompagne-nous à l'atelier jeux…, supplia Marie. Vanessa a fait une indigestion et une place s'est libérée.

— Trop de tofu tue le tofu…, murmura Christiane. Ça nous perdra tous !

— Allez, reprit Marie sans prêter d'attention aux élucubrations de son amie. S'il te plaît, ne me laisse pas seule avec cette rabat-joie…

— Pour faire quoi ? Jouer aux dominos ou au Mémory ? demanda Jennifer, dubitative. Sans façon, j'ai passé l'âge. Tu n'avais même pas envie d'y aller toi-même, c'est ton coach qui t'y a forcée.

— L'atelier sera plus marrant avec toi, argua Christiane. Et puis, j'aimerais bien te mettre une raclée à la belote. Je suis championne de mon département, tu sais !

— Alors là, tu m'achèves, Mamie ! lança Jennifer en s'affalant sur son lit. Pas moyen que je me tape une belote. Je préfère me remettre à pleurer, plaisanta-t-elle. Non, sérieux, les daronnes, je reste ici.

— Si tu nous accompagnes, reprit Christiane, Marie a promis de venir au karaoké dimanche soir avec nous.

— Hein ?! Je n'ai jamais dit ça ! protesta Marie.

— Vendu, alors ! jura Jennifer. Si Marie nous accompagne au karaoké, je vous suis à l'atelier jeux. Voir la petite mamoumette danser la Macarena, ça peut valoir le coup d'œil.

— Danser sur la Macarena ? répéta Marie. Mais bien sûr…

— Ce sera notre dernière soirée ensemble, avança Christiane. Alors autant qu'on se défoule ! Tu n'as participé à aucune animation nocturne. Je reste persuadée que le karaoké est bon pour toi. Zoé ne cesse de te rappeler de te détendre et de te lâcher.

— Allez, Marie !!! firent en chœur Christiane et Jennifer. Viens avec nous à la soirée karaoké !!!

— OK, j'irai, capitula Marie. Mais je ne chanterai pas. Et toi, Jennifer, tu viens à l'atelier jeux.

*

* *

Marie et ses deux camarades étaient assises en cercle avec sept autres parents. L'animatrice de l'atelier, Audrey, les invita chacun leur tour à partager un souvenir de jeu de leur enfance. Marie raconta les cabanes improbables qu'elle construisait avec sa sœur Maëva. Plus jeunes, les deux fillettes rêvaient d'une hutte dans les arbres pour vivre comme Tom Sawyer, leur héros de dessin animé préféré. Comme elles habitaient en appartement, leur ambition ne pouvait rester qu'une utopie. Elles créaient donc des cabanes éphémères à l'intérieur de leur logement ; sous la table du salon, dans le placard à chaussures, dans la penderie de leurs parents… Elles se cachaient derrière des châles accrochés à l'aide de pinces à linge. Leur mère, maniaque du rangement, ne leur laissait souvent que quelques heures pour profiter de leur aménagement.

En repensant à ce souvenir, Marie eut un pincement au cœur. Elle avait été si proche de Maëva. Adolescentes, les jeunes filles se confiaient leurs émois, chacune étant la confidente de l'autre. Comment les deux sœurs avaient-elles pu autant s'éloigner avec le temps ? Aujourd'hui elles se voyaient de manière sporadique, pour les anniversaires, Noël et aux vacances scolaires. Elles ne s'appelaient plus pour partager leurs joies et leurs peines ou simplement pour se raconter leur vie. La distance, leur rôle de maman, le travail, la fatigue qui s'accumule. Elles s'étaient laissées emporter par leur quotidien. Marie le regrettait. Cela dit… il ne tenait qu'à elle de renouer les liens du passé.

Pour Christiane, les jeux de son enfance étaient surtout synonymes de conflits dans la maison. Son frère étant très mauvais joueur, l'ambiance n'était jamais heureuse après une activité récréative. Il pouvait bouder des heures, voire des jours entiers, pour une partie de Conquête du Monde perdue. Ses parents, las de ses crises, avaient demandé à Christiane de faire exprès de perdre. Aujourd'hui, la grand-mère ne supportait plus les mauvais perdants et jouait toujours avec l'objectif de gagner, même face à ses petits-enfants.

Jennifer ne raconta aucun souvenir de jeunesse en famille. Ses parents ne jouaient jamais avec elle et, étant fille unique, elle n'avait aucune histoire de fous rires ou de disputes à partager. La jeune fille, gênée, préféra passer son tour.

Une fois le cercle de présentation terminé, l'animatrice recensa les objectifs du jeu : rire, pleurer, évacuer les tensions, gérer sa frustration, prendre le contrôle, patienter, coopérer, mieux connaître l'autre, échanger, rêver, inventer, nouer des liens, innover… Elle suggéra à Christiane, et à tous ceux qui avaient du mal à perdre, de s'initier aux jeux dits coopératifs. Il s'agissait d'activités où les joueurs œuvraient tous ensemble vers un même but.

Audrey déculpabilisa Marie sur le fait qu'elle n'aime pas jouer avec sa fille : d'après elle, il était inutile de se forcer. Un jeu devait rester un moment agréable et ludique pour tous. Elle lui assura également qu'il était tout à fait possible de trouver des activités qu'elle aimerait partager avec ses enfants. Il fallait juste les chercher. Marie essaya donc une dizaine de jeux pour tenter d'en trouver quelques-uns adaptés à Jade et qui pourraient susciter son attention. Elle fut étonnée de se découvrir un intérêt significatif pour Dobble, un jeu de cartes d'observation, et Gagne Ton Papa. Ce casse-tête en bois au nom trivial était en réalité bien plus complexe qu'il n'y paraissait ! Marie fut persuadée qu'il plairait tout autant à Jade qu'à Baptiste. Elle échangea aussi avec d'autres parents sur tous les passe-temps qu'ils expérimentaient avec leurs jeunes enfants. Là, encore, elle retint des idées intéressantes ; comme le « jeu du sac ». Un parent, ou un enfant, allait chercher une dizaine de petits objets dans la maison pour les faire ensuite deviner à l'autre, mais uniquement par le toucher. Un jeu simple, gratuit et efficace, qui inspira Marie bien plus qu'une partie de dînette ou un brossage de cheveux de poupée. Ensuite, pendant plus d'une heure et demie, elle s'amusa à tester, avec Christiane et Jennifer, des jeux dits « de grands » mais qui pouvaient tout aussi bien s'adapter aux plus jeunes avec quelques modifications. Audrey présenta toutes sortes de jeux totalement nouveaux pour les trois femmes : Celestia, Color Addict, Dixit, Strike, ... Pour Marie et Jennifer qui n'aimaient pas spécialement les jeux de société, que de belles découvertes ! L'animatrice proposa également tout une série de jeux éducatifs de l'éditeur Placote très prisé des enseignants. Le trio se passionna particulièrement pour Zenda dont le but était d'aider les jeunes (et leurs parents !) à mieux comprendre et gérer le stress du quotidien. *Un jeu parfait pour mon Léo*, songea Marie. Avec ses deux acolytes, elle répondit à des questions et réalisa des « défis zen ». Jennifer ne put s'empêcher de réprimer un fou rire lorsque Christiane dut se coucher sur le dos en faisant semblant de pédaler très vite sur un vélo imaginaire.

— Moque toi vilaine ! Moi au moins, j'évacue mon stress par le mouvement !

Après cette activité sportive, à laquelle finalement tout le groupe s'adonna, les participants jouèrent à Story Cubes, un jeu de dés où la créativité était de mise. Chaque face du cube représentait un dessin unique. Après un premier lancer, Marie avait dû inventer une histoire intégrant l'élément de son tirage. Christiane avait imaginé la suite et Jennifer la fin. Leur histoire n'avait aucun sens mais elle était très drôle et déclencha l'hilarité générale. Marie était parfaitement à l'aise dans l'exercice : le soir, elle avait l'habitude d'inventer des histoires de la famille Fritas pour ses enfants, qui en réclamaient sans cesse de nouvelles. Elle avait même dessiné quelques pages d'un album pour Jade, qui le lui avait fait lire au moins cent fois, malgré la maladresse des illustrations. Une de ses plus grandes fiertés.

L'atelier se termina par un jeu des chaises musicales coopératif. Aucun participant ne fut éliminé mais, à chaque pause musicale, une chaise disparaissait. Au final, les dix parents présents durent tenir sur un seul siège. Ils y arrivèrent avec de grands éclats de rire et... un pied de chaise cassé !

Pour Marie, cet atelier fut une véritable révélation. Jamais elle n'aurait pensé que jouer pouvait être si plaisant et surtout si riche d'enseignements. Elle se nota toute une série de jeux de sociétés à partager en famille.

21 h 30
Chambre Myosotis

— Les filles, ça vous tente un Perlipapotte avant de dormir ? demanda Marie. C'est un jeu de cartes pour apprendre à se découvrir. Audrey me l'a prêté. Je voudrais le tester pour voir si je l'achète.

— Toujours partante, s'exclama Christiane, enchantée, mais pas trop longtemps. Cet atelier avec Audrey m'a épuisée !

— Je me douche vite fait et je vous rejoins, assura Jennifer en se levant en direction de la salle de bains.

— La première carte sera donc pour toi Christiane, proposa Marie. Voici ta question : que veux-tu jeter à la poubelle ?

— Ouh là là, vaste sujet ! s'exclama la grand-mère. Il faut parler du présent ou du passé ?

— C'est toi qui vois, j'imagine, réfléchit Marie. Il n'y a rien de spécifié sur la règle.

— Alors la première chose à laquelle j'ai pensé, ce sont mes peurs. Souffrir, faire souffrir, vieillir, mourir, ne pas réaliser mes rêves… J'ai découvert ici que j'étais bien plus angoissée que je ne le croyais. Je ne m'étalerai pas davantage sur le sujet car… ça m'angoisse ! Allez, à toi maintenant, Marie. Je pioche une carte, c'est ça ?

— Oui. Tu tires une carte au hasard et tu lis ce qu'il y a écrit dessus.

Christiane s'exécuta.

— Si tu étais un oiseau, lequel serais-tu ?

— Un oiseau…, médita Marie. Il y a encore quelques jours, je crois que j'aurais répondu une buse. On en voit beaucoup dans ma région et cet animal me fascine. Avec son œil perçant, sa façon de tout surveiller, tout contrôler… Je devais sans doute me reconnaître un peu en lui, confessa la jeune maman. Maintenant que je commence à lâcher prise, je me verrais plutôt comme un colibri. Le colibri fait ce qu'il peut, à son niveau, et c'est déjà très bien.

— En plus c'est un symbole d'amour, de joie et de beauté, renchérit Jennifer qui venait de se joindre au groupe, en peignoir et les cheveux enroulés dans une serviette.

— Comment tu sais ça, toi ? questionna Christiane.

— Je fais partie du Mouvement Colibris, répondit Jennifer. C'est un concept initié par Pierre Rabhi pour une vie plus écologique et plus humaine. On est tous des petits colibris volontaires qui essaient d'œuvrer en ce sens, à notre échelle bien sûr, à travers des projets collectifs.

— Je ne connaissais pas, déclara Christiane. C'est intéressant.

— Et sinon, c'est quoi ma question à moi ? interpella Jennifer, impatiente. Essayez de ne pas me faire trop chialer, je crois que j'ai assez donné.

— Ah, la voilà ! Si tu avais une baguette magique, que ferais-tu ?

— Je changerais de parents, affirma instinctivement Jennifer. Je ne serais probablement pas ici aujourd'hui s'ils avaient été suffisamment à mon écoute et s'ils m'avaient soutenue dans mes choix de vie.

— Tu ne les vois vraiment plus du tout ? demanda Christiane, attristée.

— Non, j'ai quitté la maison le jour de mes 18 ans et depuis plus rien, j'ai coupé les ponts. J'ai emménagé avec mon copain de l'époque, Jérôme, qui est devenu mon mari depuis. J'ai commencé à travailler, Liam est arrivé, et voilà.

— Pourquoi es-tu partie de chez toi exactement ? osa Marie. Si ça ne te dérange pas d'en parler, bien sûr.

Sans oser l'avouer, elle était terrifiée à l'idée que ses enfants finissent par la détester à ce point.

— J'en pouvais plus, tout simplement. Mon père ne cessait de me gueuler dessus, rien n'allait jamais. J'étais rebelle, grande gueule, alors qu'il aurait préféré une petite fille bien tranquille et timide. Et puis il ne supportait pas mon côté militante écolo. Au lycée, j'étais du genre à m'enchaîner autour d'un arbre pour ne pas qu'on le coupe ou à débarquer avec du faux sang en cours pour dénoncer les conditions de vie des animaux dans les abattoirs.

— Ah oui, quand même ! s'exclama Marie.

— J'avais des convictions, affirma Jennifer. Je les ai toujours mais je les montre autrement maintenant, notamment en m'engageant dans des projets solidaires. Mon père, il s'en foutait de ce qui m'intéressait. Il voulait juste que je passe mon bac et se débarrasser de moi. Rien que pour le faire chier, je ne me suis pas présentée le jour des examens. La veille des résultats, je lui ai tout balancé et je me suis barrée. C'était le jour de mes dix-huit ans.

— Tu ne fais pas les choses à moitié, toi, remarqua doucement Christiane.

— J'avoue... Je regrette pour le bac, mais bon, c'est la vie. Je ne m'en suis pas trop mal sortie depuis. Vendeuse de fringues c'est pas spécialement mon kiff, mais au moins ce sont des vêtements bio et éthiques. Je respecte mes valeurs.

— Et ta mère dans tout ça ?

— Elle flippait de mon père, du coup, elle ne disait rien. Elle ne m'a jamais humiliée comme lui mais elle ne m'a jamais défendue non plus. Je pense qu'elle était paumée. Je sais qu'elle n'a pas eu une enfance facile. Elle a été ballottée de famille d'accueil en famille d'accueil. Aimer, je crois qu'elle ne sait pas ce que ça veut dire.

— J'imagine que ça doit être difficile de devenir mère quand on n'a pas vraiment eu...

— Probablement... je m'en rends compte maintenant, concéda Jennifer. Surtout depuis que j'ai Liam. Du coup, j'ai un peu moins la rage contre elle.

Christiane laissa planer un silence sur le groupe, avant de demander tout doucement :

— Tu penses que tu pourrais la recontacter ?

Jennifer prit le temps d'y réfléchir sincèrement.

— Peut-être... Je ne sais pas trop. Je crois que je vais d'abord terminer de me réparer. Je traîne pas mal de casseroles... ma priorité est de m'occuper au mieux de mon fils.

— En tout cas, reprit Marie, si on peut t'aider, dis-le-nous. Nous sommes là pour toi.

— Vous m'avez écoutée et c'est déjà beaucoup, avoua Jennifer.

Émue, Marie alla chercher son carnet pour y noter cette dernière phrase.

Vendredi 19 février
9 h 10, petit-déjeuner

Marie était en train de prendre le petit-déjeuner avec Christiane lorsque Jennifer, les yeux rougis d'une nouvelle crise de larmes, les rejoignit.

— Comment ça va ce matin, ma bichette ? demanda Christiane en proposant des viennoiseries à son amie.

— Mieux, vraiment, assura la jeune fille en souriant. Je pleure de moins en moins, la source se tarit. Je crois que j'en vois le bout ! Et vous ? Quel est votre programme du jour, les daronnes ?

— On va assister à une nouvelle conférence d'Angélique autour du thème de la fratrie, expliqua Marie. Et cet après-midi, on va enfin apprendre à dire « Non ! » avec Thomas.

— On ne va pas beaucoup se voir alors, fit, déçue Jennifer. Moi j'ai massage, piscine et rendez-vous coaching. J'irai peut-être aussi me faire une balade dans le parc.

— Joli planning, commenta Christiane, avec un maximum de plages de détente. Ça va te faire du bien ! Au fait, Marie, je ne t'ai pas demandé mais comment ça va chez toi ? Romain a dû se débarrasser de ton neveu, il doit être…

— Merde ! s'exclama Marie en manquant de s'étouffer avec son gâteau.

— Quoi ? s'inquiéta Christiane.

— J'ai zappé Romain ! fit Marie, complètement affolée. Je devais l'appeler hier soir à 18 heures ! En plus, on s'était quittés un peu en froid la dernière fois… Il va croire que je lui en veux !

— Ah oui, concéda Christine. Merde, en effet. En même temps, hier, à 18 heures, on était en plein atelier jeux.

— Et puis, renchérit Jennifer, c'est plutôt chouette que tu oublies la notion du temps. Ça veut dire que tu te détends vraiment.

Marie était livide. Elle n'écoutait plus ses deux camarades. Comment avait-elle pu oublier sa famille ? Elle laissa ses deux amies terminer leur petit-déjeuner pour se diriger en courant vers la salle informatique.

18

Objet : Nouvelles
De : @Romain
À : @Marie
Envoyé jeudi 18 février 2021 à 23 h 30

Marie,

J'ai attendu ton appel Skype aujourd'hui. En vain.

Je n'espère plus car je pense qu'à cette heure-ci tu as rejoint les bras de Morphée depuis longtemps.

J'ai hésité à appeler le centre pour prendre de tes nouvelles, mais j'ai préféré m'abstenir. Je n'ai pas voulu te déranger. J'imagine que s'il t'était arrivé quelque chose, j'aurais été prévenu.

Peut-être que tu es encore fâchée de notre dispute de l'autre jour, même si ça ne te ressemble pas... Ou alors tu m'as tout simplement oublié. Toutes ces activités, ces ateliers auxquels tu participes t'ont fait perdre la notion du temps.

Je le comprends aisément. J'oublie moi-même parfois de t'avertir quand je rentre tard.

J'avoue quand même que ça m'a contrarié.

Ça m'a fait mal que tu m'oublies.

Ça m'a énervé, aussi.

Et puis, j'ai été envieux. Je t'imaginais en train de t'amuser, de prendre du bon temps… alors que moi, j'étais coincé avec les enfants face à un repas raté. (J'ai tenté d'innover avec des pâtes au roquefort et au mascarpone, un désastre culinaire… Je t'en reparlerai.)

Cette attente m'a donné une bonne leçon, et d'ailleurs, peut-être était-ce ton intention ?

Peut-être que tu as voulu me faire comprendre ce que tu vis au quotidien, comme nous en avons parlé hier. Je t'ai laissé gérer tout, toute seule à la maison depuis des mois.

Je commence à le comprendre.

Je n'ai passé que cinq jours, seul, avec les enfants et pourtant je suis épuisé. Je suis retourné au travail aujourd'hui laissant la maison à la nounou, et… quel soulagement ! Ma journée m'a semblé une sinécure à côté de mon rôle de père au foyer. J'ai bu tranquillement un café avec les collègues et j'ai pu profiter de la pause déjeuner pour aller au sport.

Bref... Tout ça pour te dire...

Pardon.

Pardon de t'avoir tant négligée ces derniers mois. Pardon de ne pas t'avoir écoutée quand tu as essayé de m'en parler.

Pardon de t'avoir si peu aidée à la maison avec les enfants.

Pardon de n'avoir pas su te laisser des espaces de liberté pour souffler un peu, toi aussi, comme je te l'avais pourtant promis.

Je comprends ton agacement pour mes retards, je comprends ta fatigue quotidienne. Je l'ai expérimentée moi-même. Maintenant, c'est moi qui vais avoir besoin d'aller au Repos de Gaïa !

Je m'excuse aussi pour le ton sur lequel je t'ai répondu lors de notre dernière conversation Skype. J'étais sur les nerfs et probablement jaloux.

Je te promets de faire des efforts à ton retour. Nous allons changer les choses, ensemble.

Romain

P.-S. : les enfants vont très bien, Sandrine est une perle. Jade s'éclate avec Clotilde (bien mieux qu'avec Gaspard...), grâce à Rose, Baptiste s'est découvert une passion pour les mangas et Léo pour la mécanique.

Il voulait d'ailleurs voir s'il pouvait démonter un moteur tout seul. J'ai préféré qu'il essaie sur ta voiture plutôt que la mienne… Bonne journée !

P.-S. *bis* : je t'aime.

10 h 15
Salle de conférence

— Ça va, Marie ? chuchota Christiane. Tu as pu joindre ton mari ?
— Pas directement. Il m'avait envoyé un mail hier soir. Je lui en ai renvoyé un.
— Et alors ?
— Tout va bien. Tout va même très bien, conclut Marie en souriant.

Angélique pénétra dans la salle et, contrairement à son habitude, ne salua pas les participants. Elle s'assit par terre en tailleur, une poupée dans les mains. Toute la salle la regarda, interloquée, sans comprendre ce qui se passait. Après quelques instants, Manon arriva à son tour. Elle arracha le jouet des mains d'Angélique et une dispute éclata.
— C'est à moi ! Tu n'avais pas le droit de me la prendre ! s'écria Manon.
— Je l'avais en premier ! rétorqua la directrice, furieuse.
— Non, c'est pas vrai !

S'ensuivit une discussion sans fin qui amusa beaucoup le public. Au bout de quelques minutes, Angélique se releva en demandant si l'un des parents présents voulait tenter d'intervenir pour résoudre ce conflit. Angélique et Manon jouèrent alors cette scène de dispute à plusieurs reprises pour voir les différentes approches proposées par les adultes volontaires.

Christiane tenta de raisonner les deux femmes, sans succès.

La seule technique qui fit cesser le conflit fut celle émise par Fabrice. Sans rien dire, il attrapa la poupée et partit avec en courant. Angélique et Manon restèrent bouche bée puis, après quelques secondes à se regarder en chien de faïence, partirent chacune de leur côté.

— Ça me rappelle Baptiste et Léo, chuchota Marie. Ils se disputent souvent pour la télé. Je leur confisque la télécommande et ça les calme instantanément.

— Vous venez de voir en direct une situation de conflit classique dans une fratrie, s'exclama Angélique. Et en tant que parents, nous sommes souvent démunis. Plusieurs d'entre vous ont essayé de régler cette histoire, mais aucun n'a réellement réussi.

— Ben si, coupa Marie, Fabrice !

— Il a réussi à stopper nos cris, convint Angélique, mais il n'a en rien résolu notre conflit. Je peux t'assurer que nous recommencerons à nous disputer pour cette poupée un peu plus tard.

— Au moins, le calme est revenu, affirma une autre maman.

— Si c'est un calme temporaire que vous recherchez, alors oui, Fabrice a réussi, admit Angélique. Si on confisque l'objet au cœur de la polémique, la polémique s'arrête. Mais… pour un temps. Les disputes sont juste différées. Un autre objet viendra redémarrer le conflit ultérieurement. Moi, j'aimerais trouver une solution plus pérenne. Je vous laisse quinze minutes pour réfléchir, puis Manon et moi rejouerons la scène.

Les parents échangèrent entre eux sans réellement comprendre ce qu'Angélique attendait d'eux. Mais au bout d'un moment, les idées fusèrent :

— On pourrait mettre des règles d'appartenance sur les jouets, suggéra Christiane. Si la poupée appartient effectivement à Manon, Angélique doit la lui rendre.

— Ou alors, tous les jouets sont à tout le monde et le premier qui l'a dans les mains peut y jouer comme il l'entend, suggéra Patrice. Dans ce cas-là, Angélique a la priorité.

— Oui, mais bon, s'inquiéta Christiane, si elle le garde des heures, c'est pas très gentil… Manon ne pourra jamais y jouer.

— On peut penser à instaurer des roulements alors, évoqua une maman. Dix minutes maximum par jouet par exemple, non ?

Angélique laissa les parents discuter ensemble encore quelques minutes avant de rebondir sur leurs propositions. Elle écrivit ensuite leurs deux suggestions finales.

1. *Instaurer un cadre (définir des règles d'appartenance, qu'est-ce qui appartient à qui, qui peut jouer avec quoi, comment et combien de temps).*
2. *Jouer le rôle de médiateur.*

— Bravo ! commenta Angélique. Vous venez de trouver deux solutions efficaces. Si les règles sont clairement établies et acceptées par tous dès le départ, les conflits seront beaucoup moins nombreux. Et si une dispute éclate malgré tout, il vous sera beaucoup plus facile d'endosser le rôle de médiateur en vous raccrochant aux consignes de départ. Maintenant, si aucun cadre n'a été fixé au préalable avec les enfants, l'idéal, plutôt que de confisquer l'objet polémique, est de chercher une réponse qui convienne à tous. C'est ce qu'on appelle la recherche de solutions. Souvenez-vous, c'est l'alternative à la punition. Quelqu'un pourrait-il me rappeler le principe ?

— Chaque enfant expose son point de vue de manière factuelle, déclara Christiane, et toute la famille réfléchit ensuite à des issues satisfaisantes pour chacun.

— Exactement. Ce qui est encore plus fort, soutint Angélique, c'est lorsque les enfants trouvent leurs solutions tout seuls, sans l'aide des adultes. De nombreux enseignants utilisent cet outil pour résoudre des problèmes de classe.

Ils exposent la difficulté aux enfants et chacun cherche des idées. Le professeur ne donne pas son avis, il n'est là que pour s'assurer que les initiatives sont bienveillantes et non punitives.

Angélique rajouta alors une autre proposition en dessous de celles suggérées par le public.

3. *Observer de loin la dispute et n'agir qu'en cas de besoin.*

— Tant qu'une dispute reste un conflit sain, expliqua-t-elle, je vous invite à laisser vos enfants se débrouiller tout seuls. Ils sont tout à fait capables de résoudre leur différent sans nous. Nous avons tendance, en tant qu'adultes, à intervenir trop rapidement.

— Qu'est-ce que tu entends par « conflit *sain* » ? demanda Marie.

— Pour moi, il s'agit d'une dispute où il n'y aurait pas de violences physiques ni d'injure humiliante.

— Oui, mais si ça crie et ça s'énerve ?

— Si ça crie trop, assura Angélique, tu peux prier tes enfants de parler plus doucement.

— « Ne crie pas » devient « Chuchote » ! lança Christiane sous les rires du public.

— Voilà, s'amusa Angélique.

La directrice du centre proposa aux participants d'appréhender les disputes ou désaccords de manière positive. Elle y voyait là un excellent terrain d'apprentissage pour développer ou nourrir ses qualités de vie. Marie n'adhéra pas à la démarche tout de suite. Elle craignait les disputes comme la peste et ne voyait vraiment pas comment un conflit pouvait être qualifié de « sain ». *En quoi voir ses enfants se chamailler peut être une opportunité d'apprentissage ?* s'interrogea-t-elle. C'était plutôt une fatigue, visuelle et auditive, qu'elle interrompait rapidement en imposant ses propres règles. Elle ne put s'empêcher de lever la main pour faire part de ses doutes à Angélique.

— Excuse-moi, mais... je ne comprends toujours pas le concept de conflit *sain*. Mes deux aînés, qui ont 13 et 9 ans, se disputent régulièrement devant la télévision. Ils ne sont jamais d'accord sur le programme à regarder. Ils s'énervent, moi aussi, et finalement des noms d'oiseaux fusent, j'éteins l'écran. Je ne vois pas en quoi ce genre de situation peut être *positive* comme tu dis.

— Pour moi, objecta Angélique, c'est l'occasion rêvée pour aider tes fils à développer des compétences de vie.

— Je pense sincèrement que, si je les laissais seuls, ils en viendraient aux mains.

— Si tu as peur de ça, tu peux commencer par jouer le rôle de médiateur en les aidant à confronter leurs points de vue. Tu développeras ainsi leur faculté d'écoute et leur empathie. En les invitant ensuite à chercher des solutions qui leur conviennent à tous les deux, tu aiguiseras leur sens de l'arbitrage, de la créativité, de la réflexion. Tu comprends un peu mieux mon point de vue sur le conflit ?

— Oui, mais... concrètement, j'ai du mal à voir comment l'appliquer.

— La prochaine fois que cela se reproduit, proposa Angélique, plutôt que d'éteindre la télévision, appuie sur pause et invite tes enfants à échanger ensemble sur chaque programme et les raisons qui les poussent à vouloir les regarder à ce moment-là. Je ne te promets pas qu'ils vont trouver une solution tout de suite, mais leurs échanges pourraient t'étonner.

— J'espère... En tout cas, je te remercie de ta réponse. C'est plus clair.

Angélique poursuivit sur un autre point important : la plupart des disputes dans une fratrie servaient à attirer l'attention des parents, chaque enfant souhaitant être reconnu dans son individualité. Elle inscrivit alors deux nouveaux outils au tableau :

1. *Instaurer un temps privilégié (temps régulier dédié à un seul enfant).*
2. *Valoriser les moments de complicité dans la fratrie.*

— Le temps privilégié est un rendez-vous organisé et prévu avec un seul de vos enfants. Il peut s'agir d'une sortie, d'un temps de jeu, d'un goûter en tête-à-tête... Ces moments à deux vont lui permettre de se sentir unique à vos yeux. À vous de voir, en fonction de votre planning, comment insérer ces petits moments si précieux dans une fratrie.

Marie prenait le temps de noter tous les conseils d'Angélique en se demandant ce qu'elle pourrait bien prévoir avec Baptiste. Excepté les devoirs, force était de constater que la mère ne partageait pas grand-chose avec son aîné, et les séances shopping étaient une vraie torture, donc à éliminer. Aimerait-il déjeuner avec elle au restaurant ? Aller au cinéma ? Elle avait l'impression que son adolescent préférait rester seul que de devoir se coltiner sa mère... *En y réfléchissant bien, je ne passe pas non plus de temps seule avec Léo*, songea Marie. *Quand je lui propose une sortie, comme aller au parc ou faire une balade en forêt, Jade vient également. Léo serait-il réellement heureux de partager une activité uniquement avec moi ? Et comment Jade le prendrait-elle ?*

— Excuse-moi, Angélique, intervint de nouveau Marie. Que fait-on lorsque l'on a de jeunes enfants ? Si je prends un temps avec l'un de mes deux aînés, que se passe-t-il pour ma petite dernière de quatre ans ? Je ne peux pas la laisser seule...

— Elle peut en profiter pour passer un moment avec son père proposa Angélique. Tu peux aussi la déposer chez une amie, la faire garder... Si tu n'as vraiment personne dans ton entourage, tu peux aussi te servir de sa sieste, d'un temps où elle est à l'école, d'une opportunité où elle joue seule...

Angélique insista également sur le fait de valoriser les moments de complicité dans la fratrie. Si les disputes étaient nombreuses, les instants de partage entre frères et sœurs l'étaient tout autant sans que les parents en soient réellement conscients. Un mot doux donné, un fou rire échangé, des conseils prodigués, un jeu partagé, un soutien apporté… autant de petits moments vécus dans la fratrie qui méritaient d'être soulignés.

— Je pense que notre objectif principal, en tant que parent d'une fratrie, est d'instaurer un esprit de coopération et non de compétition dans la famille. Chacun doit savoir qu'il peut compter sur les autres. Rappelons-nous qu'une famille unie n'est pas une famille sans conflits, mais une famille qui arrive à communiquer malgré les individualités. Pour cela, je vous invite aussi à faire attention aux comparaisons entre enfants. Contrairement à ce que l'on pourrait penser, nos petites phrases du genre « Ton frère m'a aidé, contrairement à toi ! » stimulent rarement les enfants. Pire : elles entachent la relation dans la fratrie. Ces attitudes laissent à penser que notre amour est une récompense qu'il faut gagner en étant le plus gentil et serviable possible.

— On peut quand même les complimenter lorsqu'ils font quelque chose mieux que les autres ? demanda une autre maman.

Marie pensa aussitôt à Léo. Certes, elle ne le comparait pas directement à ses frère et sœur, mais il était tellement serviable qu'elle le lui faisait souvent remarquer. Plus qu'à Baptiste et Jade, donc.

— Que lui dis-tu exactement ? interrogea Angélique.

— Quelque chose du genre : « Heureusement que tu es là », mais sans que les autres entendent, répondit la maman.

— C'est un peu différent en effet, fit remarquer Angélique. Tu le complimentes mais il n'y a pas de comparaison immédiate… Cela dit, tout dépend de la fréquence de tes éloges.

Si Marie s'était sentie soulagée de faire ce qu'il fallait, pour une fois, elle comprit rapidement que ce sentiment ne durerait pas.

— Un compliment est une évaluation, un jugement extérieur, expliqua encore Angélique. L'enfant nous a fait plaisir et il attend une sorte d'approbation. Je compare souvent les compliments à un morceau de chocolat. Un peu, c'est chouette, ça nous réchauffe le cœur et ça fait du bien. Trop… c'est l'indigestion assurée !

— Ah bon ? s'exclama Marie, un peu vexée. Moi je veux bien qu'on me complimente à outrance.

— D'accord, je peux essayer alors ? demanda Angélique.

— Vas-y.

La directrice proposa à Marie de venir la rejoindre sur scène. Elle la fit s'asseoir près d'elle face au public. Elle inscrivit derrière elle une liste de cinq phrases, qu'elle lui lut les unes à la suite des autres.

Bravo, tu as parfaitement réussi ce travail, exactement comme je te l'avais demandé !
Encore un 19, cela ne m'étonne pas, tu es vraiment la meilleure.
Tu es si gentille et si serviable…
Je suis fière de toi, ma fille !
Tu es parfaite, surtout ne change pas !

— Ben oui, assura Marie, ça me va. Je me sens aimée.

— Très bien, je vais te proposer maintenant de nouvelles phrases. J'aimerais ensuite que tu me choisisses ta série préférée.

Tes efforts ont porté leurs fruits !
Tu as trouvé la solution toute seule, bravo !
Je te remercie pour ton aide.
Tu peux être fière de toi.
Je t'aime ma fille, quoi qu'il arrive et quoi que tu fasses.

Marie ne répondit pas tout de suite lorsque Angélique lui demanda comment elle se sentait. Elle prit un temps pour se recentrer. Alors qu'elle avait réellement apprécié les compliments sur le moment, elle en doutait à présent. Elle s'était sentie aimée, oui, mais pour une image, celle de la petite fille parfaite qu'elle renvoyait.

Mais si cette petite fille échouait ?

Si cette petite fille ne voulait pas aider ?
Serait-elle pour autant moins *aimable* ?

— En fait, avoua Marie, je crois que je préfère la seconde série de phrases. Je viens de me rendre compte que j'ai été *nourrie* aux compliments, c'est pourquoi je les ai vraiment appréciés quand tu me les as donnés. Ça m'a rassurée. J'étais comme tu l'attendais et je croyais être aimée.

— Alors pourquoi choisis-tu finalement la seconde série, celle des encouragements ?

— Parce que je me rends compte que j'ai le droit de me tromper. Même si je suis imparfaite, tu m'aimeras quand même.

— Y a-t-il une phrase en particulier qui t'a le plus marquée ? questionna Angélique.

— Oui, le « *Je t'aime ma fille, quoi qu'il arrive et quoi que tu fasses.* » (Marie avait la gorge serrée lorsqu'elle avoua :) J'aurais aimé qu'on me le dise.

19

En échangeant avec Angélique et d'autres parents dans la même situation qu'elle, Marie se rendit compte que les compliments qu'elle donnait à Léo pouvaient être source de grande anxiété. Peut-être percevait-il ses louanges comme une obligation de devoir faire toujours mieux ? Marie reproduisait de manière inconsciente le schéma éducatif de ses parents. Le compliment était devenu une preuve d'amour attendue par son fils, comme elle l'attendait elle-même de son entourage. Sans doute avait-elle plus en commun avec lui qu'elle ne le pensait… L'échec lui faisait peur, comme à Léo, car elle ne pouvait recevoir de compliment dans ce contexte. Les encouragements, eux, pouvaient être donnés même en cas de faiblesse : c'était toute leur force. L'enfant pouvait vivre ses propres expériences en étant assuré du soutien de ses parents, il pouvait avancer dans la vie sans craindre les nouveaux défis.

Marie se promit donc de transformer quelques-uns de ses compliments en encouragements sans pour autant oublier de donner ponctuellement des carrés de chocolat… juste pour le plaisir.

18 h 35
4e rendez-vous avec Zoé

Marie détailla la conférence d'Angélique et son atelier de CNV avec Thomas. La journée avait été riche d'enseignements, elle avait à cœur d'en parler à son coach. Elle pensait avoir enfin trouvé d'où venait son envie de toujours *par*faire et pourquoi le regard des autres lui importait tellement.

— En fait, même lorsque je travaillais, raconta Marie, je fonctionnais aux compliments. C'était un peu ma carotte. J'étais toujours dans l'attente de l'avis de mon éditeur. Si mes écrits ne lui plaisaient pas, je me disais que j'étais nulle. Je ne remettais jamais son avis en question.

— Les compliments à outrance inhibent la confiance en soi, expliqua Zoé. Ton ressenti est donc tout à fait naturel. C'est aussi pour cela que, lorsqu'un enfant fait une bêtise, on dit toujours qu'il est important de nommer l'acte et non pas l'enfant lui-même. Pour que l'enfant ne se sente pas *mauvais*. « Ce que tu as fait est méchant » plutôt que « Tu es un méchant garçon ».

— Encore un truc auquel je n'aurais pas pensé, soupira Marie.

— Tu auras tout le temps d'expérimenter cela tranquillement chez toi, assura Zoé. Rome ne s'est pas faite en un jour, et il n'est jamais trop tard pour s'améliorer. On apprend tous à être parent…

— En venant à cette cure, j'imaginais me reposer et éventuellement apprendre deux, trois trucs sur les enfants. En fait, je repars avec une véritable boîte à outils ! Et je me découvre aussi moi-même…

— Et penses-tu être fin prête pour dire non à Sybille ? interrogea Zoé.

— Je me suis bien entraînée à l'atelier CNV donc… oui.

Le coach leva un sourcil, croisa les bras sur son torse et lança :

— Imagine que je suis Sybille et dis-moi « non ».

— *Non*, répondit Marie en souriant. Voilà, c'est fait. On passe à autre chose ?

— Tu m'as eu, s'amusa Zoé. Je vais donc reformuler ma demande autrement. Je suis Sybille et tu es venue m'annoncer que tu souhaites quitter l'association. Explique-moi pourquoi.

— Je me suis entraînée au moins dix fois sur ce thème aujourd'hui, j'en ai un peu marre…, souffla Marie.

— Une onzième fois ne sera pas de trop pour réactiver le processus, insista Zoé.

Marie maugréa, mais finit par capituler. Elle avait si bien répété son laïus en CNV que l'exercice ne lui poserait pas de problème pour cette fois. Elle aurait préféré utiliser son temps pour travailler autre chose, mais elle avait appris à faire confiance à Zoé. Elle se lança donc :

— Sybille, comme tu le sais, je suis bénévole à l'association depuis maintenant plus de quatre ans. Ces années m'ont beaucoup apporté et enrichie, notamment humainement parlant. Néanmoins, aujourd'hui, je suis un peu dépassée par la charge de travail. Je consacre deux heures de mon temps chaque semaine à l'association, ce qui est actuellement trop pour moi. Mon quotidien de maman au foyer ne me permet que peu de plaisir et je le regrette. Je sens que j'ai besoin de me libérer du temps. J'aimerais trouver une activité récréative qui me permette de m'aérer l'esprit, sans penser aux enfants. Je souhaite donc quitter l'association.

Zoé laissa planer un silence.

— C'est pas mal..., lâcha-t-il finalement. Peut mieux faire, mais... c'est pas mal.

— Pas mal ? s'insurgea Marie. J'ai d'abord décrit les faits, concrets et vérifiables par tous, puis j'ai exprimé mes sentiments face à la situation. Enfin, j'ai défini mes besoins du moment, la liberté et l'amusement, et j'ai formulé ma demande en disant que je souhaitais quitter l'association. J'ai respecté les quatre points de la démarche CNV à la perfection !

— N'oublie pas que tu dois travailler sur ce point aussi.

— Oui, faire plutôt que par-faire… Je sais bien.

— Donc, oui, assura le coach, tu as *parfaitement* intégré la démarche CNV, mais maintenant il faudrait y mettre plus de souplesse, plus de toi et… moins de perfection. Quelque chose de plus simple et naturel.

Marie comprit enfin où il voulait en venir.

— Avec une pointe de lâcher-prise ?

— Voilà ! approuva Zoé. Plutôt que de t'entraîner à préparer de belles phrases, l'essentiel est que tu comprennes pourquoi dire non est juste pour toi. À quoi dis-tu oui en disant non à Sybille ?

— Je dis oui à mon bien-être. Je pense à moi. *On fait mieux quand on se sent mieux.* Tu connais ? On appelle ça l'égoïsme bienveillant, ironisa Marie.

— Je crois que je n'ai plus grand-chose à t'apprendre, s'amusa Zoé. Tu maîtrises toute la théorie.

— Reste à savoir la mettre en pratique de retour chez moi…, se lamenta Marie. Ça fait beaucoup de choses d'un coup. Il ne faut pas que je me laisse emporter par mon quotidien.

— Tu y arriveras, petit à petit. Aie confiance en toi.

— Je vais m'y atteler en tout cas, assura Marie. Maintenant, j'ai droit à mon activité du

tu m'envoies faire un massage surprise
amantha ?

— Activité. Aujourd'hui tu vas réaliser un *Vision Board*.

Zoé se leva pour aller chercher dans sa bibliothèque une grande feuille blanche cartonnée A3. Il dessina un rond au centre avant de tendre le dessin à Marie. Il déposa également sur la table basse devant elle une dizaine de magazines, ainsi qu'une trousse de feutres et une jolie boîte de crayons de couleur.

— J'aimerais que tu colles une photo de toi au centre de cette feuille. Si tu n'en as pas, tu peux très bien choisir de te dessiner ou de trouver une image qui te représente de manière symbolique, évidemment.

— Jusque-là, je te suis… Et après ?

— Laisse ton inspiration te guider. Je voudrais que tu exprimes sur ce dessin toutes tes envies pour le futur. Comment aimerais-tu que ta vie soit ? Dessine, découpe des images de magazines qui t'inspirent, écris une phrase, un mot… Tout ce qui résonne en toi. Et puis, surtout, mets des couleurs ! Rends ton tableau vivant et attractif. On parle de tes désirs, de tes rêves ! Tu as toute la soirée pour réfléchir à ton *Vision Board*, on en reparle ensemble demain soir pour notre dernière séance.

Marie repartit rapidement, sa feuille A3 et sa pile de magazines sous le bras. Elle avait souvent été sceptique des exercices de Zoé, mais celui-ci l'inspirait particulièrement. Mettre des mots et des images sur ses rêves ? Voilà une éternité qu'elle ne s'était plus autorisée à le faire. De quoi avait-elle vraiment envie pour l'avenir ? Comment imaginait-elle sa vie dans le futur, pour elle-même, et pas uniquement en tant que mère ?

Lorsqu'elle arriva dans sa chambre, elle laissa tomber ses affaires sur son lit et s'allongea à côté. Ses deux camarades n'étaient pas encore rentrées. Christiane était partie faire un tour à la piscine pour se détendre tandis que Jennifer terminait son coaching du jour. Marie prit une profonde inspiration puis, les yeux rivés au plafond, réfléchit.

Comment j'aimerais que ma vie soit ? se répéta-t-elle.

Après plusieurs minutes de réflexion, elle se redressa, s'assit en tailleur sur son lit et commença à dessiner.

Lorsque Christiane et Jennifer rentrèrent, une bonne heure plus tard, elle était en train de découper des images dans un magazine de beauté.

— Waouh, c'est atelier découpage ici ? blagua Jennifer. Dans une demi-heure on fait pâte à modeler et collier de nouilles ?

Marie éclata de rire avant d'expliquer son travail du jour. Lorsqu'elle eut terminé, Christiane proposa aux filles d'aller à la soirée loto animée par Manon et Victor.

— Il y a plein de choses à gagner ! assura-t-elle.

— Le loto c'est pas mon truc..., confessa Jennifer. Mais je vais quand même venir. J'en ai un peu marre de pleurer. J'ai besoin de m'aérer l'esprit, et je suis sûre qu'entendre ma petite mémé préférée crier « bingo ! » va m'y aider.

— Je ne relèverai même pas le « mémé »..., déclara Christiane, faussement outrée. Gamine va ! Je vais me battre contre toi ce soir et je vais gagner ! Tu verras ce qu'elle sait faire, « la vieille ». Le fer à friser et l'appareil à raclette seront pour moi !

— Merde, alors ! Les lots de tuerie ! Je suis dans la compet' à donf !! s'exclama Jennifer en pouffant. Et toi Marie, tu viens ?

— Non, je passe mon tour, allez-y sans moi.

— Et voilà qu'elle nous la joue encore survie..., râla Christiane.

— Non, assura Marie. Pas cette fois-ci. C'est juste que j'aimerais finir mon Vision Board. Et puis, j'ai promis d'être là au karaoké demain !

Christiane fit une moue peu convaincue.

— Son excuse du soir est valable, admit Jennifer. Mais dis-moi, pourquoi laisses-tu un gros rond vide au centre de ton poster ?

— Je dois coller une photo de moi mais je ne sais pas si j'en ai.

— Dans ton portefeuille peut-être ? suggéra Christiane.

— Ah oui, bonne idée !

Elle étala le contenu de son portefeuille sur son lit tel un trésor de pirates. Éparpillées ici et là, des cartes de fidélité, des tickets de bus, mais aussi des photos. De Jade, Baptiste, Léo… mais aucune d'elle. Et puis, tout à coup, bien cachée derrière un cliché réunissant ses trois enfants, elle la trouva. C'était un portrait d'elle datant d'une quinzaine d'années pris lors de son mariage. L'image n'était pas bien cadrée, un peu floue même, mais Marie y paraissait sublime, les yeux brillants et riant aux éclats.

— V'là la bombasse ! s'exclama Jennifer. Prends cette photo !

— Tu es rayonnante dessus, valida Christiane. Qu'est-ce que tu es belle quand tu ris…

— Arrêtez, vous allez me faire rougir…, répondit Marie. Je ne me souvenais même plus de cette photo. J'ai l'impression que ça fait des années que j'ai l'oubliée dans mon portefeuille.

— Un peu comme tu t'es oubliée depuis que tu es maman, non ? répliqua Jennifer.

— Peut-être… En tout cas, je la colle. Merci pour votre aide, les filles.

20

Samedi 20 février
10 h 10, salle de conférence

— Nous sommes tous des parents différents, déclara Angélique, néanmoins je pense que nous avons un objectif en commun : celui de prendre le plus de plaisir possible en famille. Et le bonheur en famille, ça se cultive ! Ce matin, nous allons essayer de réfléchir ensemble à des pistes pour y accéder plus facilement. Pour commencer, je vais vous proposer de regarder ces photos étalées sur le sol et d'en choisir une qui vous évoque un moment de bonheur partagé en famille.

Marie tourna autour de la centaine de clichés déposés sur le sol. Elle en ramassa plusieurs puis, après quelques minutes de réflexion, réussit à fixer son attention sur une seule. Il s'agissait d'un immense chêne vu d'en dessous. Les rayons du soleil perçaient à travers ses feuilles d'automne, et on devinait derrière ses branches clairsemées un ciel bleu pigmenté de taches blanches.

Lorsque chaque participant trouva sa photo, Angélique fit un tour de table pour en connaître les raisons. Christiane avait choisi l'image d'une mère portant un enfant dans ses bras.

— J'adore les câlins, se justifia la grand-mère. Je suis très tactile et je prends beaucoup mes petits-fils dans les bras. Il m'arrive aussi de dormir avec eux pendant la sieste. Je les observe, j'écoute leur souffle, je vois leur petit torse se bomber à chaque respiration et cela m'apaise. Je ne sais pas pourquoi, mais rien que de les regarder m'émeut et me remplit de joie.

— Un câlin est un formidable outil et un beau chemin vers le bonheur, apprécia Angélique. Il permet de lutter contre le mauvais stress et les tensions accumulées tout au long de la journée. Il nous permet de sécréter de l'ocytocine, appelée communément l'hormone du bonheur. Entouré de bras chaleureux, l'enfant, ou l'adulte, voit son rythme cardiaque ralentir et son cerveau émotionnel s'apaiser.

— Ça me donne encore plus envie d'en faire !

Le tour de table se poursuivit, et chaque parent prit le temps de détailler le moment familial heureux que lui rappelait la photo choisie. Marie clôtura le cercle avec son chêne.

— Je me rappelle le jour où je suis allée chercher mon aîné, Baptiste, chez la nourrice. Il devait avoir entre deux et trois ans. C'était une belle journée d'octobre. J'avais quitté mon travail plus tôt pour l'emmener en promenade. Nous étions allés dans un petit parc près de notre appartement de l'époque, où il y avait un grand verger. Pendant que nous marchions, Baptiste me racontait sa journée et moi la mienne. Nous nous sommes assis dans l'herbe pour déguster une pomme fraîchement cueillie. Je crois que c'est le meilleur fruit que j'ai jamais mangé ! Nous étions détendus, il faisait beau, le paysage était magnifique… Il y avait peu de visiteurs et nous nous sentions un peu seuls au monde. Même si Baptiste était petit, il se rappelle encore ce moment. Après, nous nous sommes allongés dans l'herbe et nous avons regardé les nuages dans le ciel. Alors que Baptiste a cru reconnaître un éléphant dans une baignoire, je reste persuadé d'avoir vu ma mère en train de se sécher les cheveux ! Nous avons tellement ri ce jour-là. C'était un bonheur vraiment… unique, s'émut Marie.

Angélique laissa les participants échanger entre eux sur leurs expériences pour prolonger le plaisir. Elle expliqua ensuite que se remémorer les souvenirs agréables du passé était un excellent moyen de se sentir heureux.

— Je vous suggère donc, reprit Angélique, de parler régulièrement de vos souvenirs en famille. Ce peut être par l'intermédiaire de photos ou bien de vidéos. L'idée n'est pas de sortir tous vos vieux albums mais juste, par exemple, de déterminer un thème, un événement ou un sujet précis. L'occasion sera donnée à chaque membre de votre famille de se rappeler une anecdote ou un détail en particulier. Plus vous réactiverez vos souvenirs de manière positive, plus ils resteront gravés dans votre mémoire comme de merveilleux instants de bonheur. On ne peut pas toujours être heureux, dit Angélique, néanmoins on peut essayer de travailler à son bonheur pour en faire un état d'esprit général. Le positif l'emporte sur le négatif pour peu qu'on s'y entraîne régulièrement. Se remémorer des souvenirs joyeux est un très bon exercice.

— Moi, proposa Christiane, je suis une folle de photos. J'ai installé un grand panneau de liège dans ma cuisine. Il est recouvert de photos de famille et j'en change régulièrement pour susciter l'intérêt. Ça rappelle instantanément des souvenirs. Ça m'aide aussi à faire travailler ma mémoire de vieille dame, plaisanta la grand-mère. Parfois, avec mes enfants et mon mari, on joue à celui qui trouvera en premier où a été prise la photo et quand.

Marie était plutôt du genre ordonnée, à ranger et trier ses photos par dates de vacances. Tous ses albums étaient classés sur une étagère de sa bibliothèque sans que personne ne prenne le temps de les consulter. *À bien y réfléchir, ils prennent la poussière plus qu'autre chose...*, pensa *Marie*. Qui sait, peut-être pourrait-elle se créer, elle aussi, un panneau de souvenirs vivants évolutif ?

Angélique invita le public à réfléchir à d'autres idées positives permettant de nouer du lien en famille. Trois propositions retinrent l'attention de Marie : les petits bonheurs du jour, les mots doux surprises et les réunions de famille.

C'est Fabrice qui suggéra les petits bonheurs du jour. Chaque soir, lors du dîner, il invitait sa femme et ses trois filles à raconter un moment heureux de leur journée. Ce pouvait être quelque chose de très simple, comme un encouragement de la maîtresse, le sourire d'un passant, la joie de découvrir un nouveau jeu ou le fait de mener un projet à terme. L'objectif était d'apprendre à apprécier les petits détails de la vie. Marie, ayant tendance à grossir ce qui n'allait pas, nota sur son cahier d'essayer une fois rentrée, au moins pour elle-même.

Les mots doux surprises étaient encore une proposition de Christiane. Lorsque ses enfants vivaient chez elle, il lui arrivait de leur laisser des messages, mais de façon originale. Elle pouvait écrire sur un miroir, coller un Post-it géant à la porte d'entrée ou glisser un message enroulé dans un paquet de céréales.

— Une fois, raconta la grand-mère, j'ai dessiné un énorme cœur avec un gros « Merde » écrit en dessous, sur le trottoir juste en face de chez nous, à la craie. C'était pour ma fille qui allait passer le bac.

— Voilà une bien jolie manière d'encourager ses enfants, salua Angélique. Ton idée me plaît beaucoup. Je te la pique !

La directrice présenta ensuite les réunions de famille comme un temps privilégié où tous les membres de la maison devaient être présents. Il s'agissait d'un rendez-vous régulier, fixé à l'avance en fonction des activités de chacun. Ce temps débutait toujours par un tour de célébrations où chacun remerciait l'autre pour une raison donnée. Ce rassemblement pouvait être l'occasion de discuter d'un problème familial, avec une recherche de solutions à la clef, ou bien de s'orienter autour d'un événement futur à organiser (une sortie familiale, des vacances...). Cela devait permettre à chacun de trouver sa place et de rester en lien avec le reste de la famille.

— Pour finir, déclara Angélique, j'aimerais que vous fermiez les yeux pour retourner en enfance...

— Ça y est, s'amusa Christiane à l'attention de Marie, elle veut encore qu'on aille rechercher notre enfant intérieur !

— Chut, répondit Marie tout bas. Concentre-toi un peu... tu es une vraie gamine !

Christiane gloussa. Angélique poursuivit sans s'en formaliser :

— J'aimerais que vous repensiez à un moment où vous vous sentiez vraiment bien, heureux et détendu en famille. Que faisiez-vous et avec qui étiez-vous ?

Après avoir laissé suffisamment de temps aux participants pour réfléchir, la directrice nota les premières réponses apportées sur son grand tableau blanc.

Mes souvenirs d'enfance heureux

Entre six et dix ans, j'allais déjeuner chez ma grand-mère tous les mercredis midi. Elle me cuisinait mon repas préféré (une sole et de la purée de pommes de terre). Après le repas, j'avais le droit de prendre deux bonbons. J'étais au paradis. (Léopold)

J'adorais cuisiner avec mère surtout quand j'avais le droit de lécher la casserole ! (Judith)

Je jouais au foot avec mon père tous les dimanches matin. Je voyais bien que je n'étais pas très doué, néanmoins mon père s'évertuait à me comparer à Platini, son héros d'enfance, et ça me donnait des ailes. (Victor)

Quand ma mère faisait le ménage, elle mettait la musique à fond et se déhanchait avec son balai en essayant de ressembler à Mick Jagger. Je la trouvais géniale, ma mère, et rien que le fait de la regarder me rendait heureux. (Fabrice)

— Finalement, constata Angélique, ce sont des souvenirs assez *ordinaires* que vous avez évoqués ici. Ils sont facilement réalisables pour peu qu'on en prenne le temps. Il s'agit essentiellement de moments de partage avec vos parents ou vos aïeuls. Ce bien précieux, ces souvenirs heureux qui vous ont aidés à vous épanouir, créez-en vous aussi avec vos enfants. Et rappelez-vous que les moments les plus simples sont souvent les plus heureux, conclut Angélique.

12 h 30
Salle informatique

Marie contacta Romain durant l'heure du déjeuner pour être certaine de pouvoir parler à toute la famille. Tout le monde semblait détendu. En les voyant ainsi réunis derrière l'écran à lui envoyer des bisous, Marie se sentit emplie d'une joie profonde. Ses enfants se portaient bien, et Léo n'avait pas eu de fuites urinaires depuis deux nuits. Devenu fanatique de mécanique, il passait ses journées chez Rose à bricoler des vieux moteurs dans son garage. Marie l'avait rarement vu aussi enthousiaste. Son petit garçon se métamorphosait. Sans elle. C'était peut-être cela dont il avait besoin finalement : de l'espace et du temps pour se (re)trouver. Comme elle.

17 heures
5e rendez-vous avec Zoé

Pour leur dernier rendez-vous, Zoé fut d'une ponctualité exemplaire. *Sans doute n'a-t-il plus besoin de me frustrer !* se dit Marie, amusée – et non sans fierté. Elle était impatiente de lui détailler son Vision Board. Elle avait travaillé dessus plus de trois heures durant, entourant son cliché d'un gros rond jaune duquel émergeaient d'immenses rayons lumineux. De part et d'autre de ces traits se mêlaient des photos de sa famille, des dessins et des images de magazines. On pouvait notamment reconnaître un grand chêne, une femme se faisant masser ou encore l'océan Indien. Marie avait découpé des drapeaux de pays européens en référence à ses envies de voyage. Il y avait également l'image d'une maison fleurie, nichée au cœur d'un petit bois, avec une porte d'entrée bleue restée entrouverte.

— Cette maison m'a tout de suite inspirée, commenta Marie. Je crois qu'elle correspond bien à mes attentes. J'aime mon chez-moi mais j'aimerais le rendre encore plus douillet. Un vrai petit cocon perdu dans les fleurs. J'adore jardiner. La porte ouverte signifie que j'ai aussi envie de m'ouvrir davantage aux autres. Pour ne plus rester enfermée uniquement dans mon rôle de maman. Comme tu le vois, j'ai aussi écrit des mots, ou des phrases, qui résonnaient en moi.

— Liberté, confiance, rire, rester passionnée, lâcher-prise, égoïsme bienveillant et... parfaire plutôt que faire, lut Zoé.

— J'avais pris quelques notes dans mon cahier, plaisanta Marie.

— Et ça, en haut, qu'est-ce que c'est ?

— C'est mon dessin de la famille Fritas.

— La famille Fritas ? répéta Zoé. Je ne connais pas...

— C'est une famille que j'ai inventée. Unie, bienveillante et ultra positive. Mme Fritas a trois enfants : Mini Fritas 1, Mini Fritas 2 et Mini Fritas 3. Sa devise est : « À toute complication, une solution ! »

— C'est amusant ! D'où t'est venue cette idée ?

— De Jade : à une époque, elle refusait de s'endormir sans avoir eu une nouvelle histoire. Comme je ne pouvais pas aller à la librairie ou à la bibliothèque tous les jours, je me suis dit que le mieux serait de lui en inventer.

L'expression de Zoé s'attendrit.

— Qu'est-ce qui t'a motivée à coller ce dessin sur ton Vision Board ?

— Honnêtement, je n'en sais rien, réfléchit Marie. Je l'avais dans mes affaires, Jade me l'a confié avant de partir. Elle voulait que je profite de la cure pour inventer de nouvelles aventures. Autant te dire que je n'en ai pas eu le temps ! Je suis tombée sur ce dessin hier et j'ai eu envie de l'insérer. J'ai laissé parler mon intuition.

— « La seule chose qui a de la valeur, c'est l'intuition. »

— Jean d'Ormesson ! s'exclama Marie.

— Non, Einstein.

— Ah mince, le retour du mathématicien ! Bon, et alors ?

— Et alors, quoi ? s'étonna Zoé.

— Eh bien... Que penses-tu de mon Vision Board ? questionna Marie. Je suis impatiente de connaître ton ressenti !

— Je suis content que tu l'aies terminé, déclara Zoé. Maintenant, j'espère que tu vas bien l'afficher chez toi pour ne pas perdre de vue tes objectifs.

— Mais…, reprit Marie. Tu ne l'analyses pas ?

— Non, Marie, répondit en souriant Zoé. Ce n'est pas mon rôle. C'est à toi de comprendre le sens profond de ton dessin. Maintenant, tu peux choisir de l'afficher dans ton bureau, si tu en as un, ou bien dans ta chambre. Tu peux aussi t'en faire un fond d'écran pour ton ordinateur ou ton téléphone portable. L'idée est que tu puisses le voir quotidiennement pour ne pas perdre de vue tes objectifs de vie.

Marie se sentit désarçonnée. Elle avait travaillé dur sur ce projet et Zoé ne trouvait rien d'autre à dire que… Soudain, elle eut un déclic.

— En fait… j'attendais encore des compliments pour mon travail bien fait.

Zoé hocha la tête, content qu'elle en ait pris conscience.

— Tu n'as pas fait ce travail pour moi, mais pour toi, Marie. Tu es ta meilleure alliée, ne l'oublie jamais. Tu n'as pas besoin des autres pour savoir quoi faire. Pendant ces quelques séances que nous avons passées ensemble, j'ai essayé de partager des outils que je pensais t'être utile. Maintenant, c'est à toi de jouer ! Tu as toutes les cartes en main pour mener la vie dont tu rêves.

Marie ne put s'empêcher de se sentir frustrée, même si elle comprenait l'objectif de Zoé. Elle réalisa qu'elle n'avait pas envie que la cure se termine si vite. Elle commençait à peine à se découvrir !

— Je te propose une ultime activité, ajouta alors Zoé.

Marie acquiesça aussitôt avec enthousiasme. Voilà qui lui permettrait de conclure ces entretiens un peu plus sereinement.

— J'aimerais que tu t'écrives une lettre, expliqua son coach. Pour être plus précis : je souhaiterais que tu rédiges une lettre à la Marie du futur.

— Pour le coup, ça ne me parle pas du tout…, lança Marie, dans un profond soupir. Tu peux m'en dire plus ?

— Tu vas t'écrire un courrier que tu me remettras ensuite. Je le posterai quand bon me semblera. Dans deux mois, six mois, un an… Je ne sais pas encore et je ne te le dirai pas. C'est une lettre que tu écris aujourd'hui pour te rappeler à l'ordre. Pour rappeler à la Marie du futur ce qui a changé pour toi cette semaine. Pour qu'elle ne l'oublie jamais. Tu peux aussi lui dire ce que tu aimerais qu'elle soit devenue.

— Je comprends mieux, déclara Marie, mais… Ça reste quand même compliqué comme exercice.

— Et tant mieux ! se réjouit Zoé. On apprend davantage en ne cédant pas à la facilité. Je vais te laisser prendre le temps nécessaire. Je te demande juste de la laisser sur mon bureau quand tu auras terminé.

— Tu t'en vas ? Du coup, on ne se revoit plus ? s'inquiéta Marie.

Zoé lui tendit un petit carton.

— Voici ma carte. Tu pourras me contacter si besoin. Et moi, je n'hésiterai pas à prendre de tes nouvelles.

— Tes métaphores et tes citations me manqueront.

— Merci, répondit Zoé, un sourire aux lèvres. Je t'en enverrai d'autres par mail si tu veux. Prends soin de toi, Marie.

— Oui, merci Zoé. Toi aussi.

Marie resta encore une heure dans le bureau pour terminer la rédaction de son courrier. Elle eut du mal à commencer mais, une fois lancée, plus rien ne put l'arrêter. Elle choisit de ne pas se relire, et inséra sa missive dans l'enveloppe rouge que Zoé lui avait confiée. Elle regarda le bureau avec une pointe de nostalgie, jetant un dernier coup d'œil à la bibliothèque pour revoir la boîte de jeu Villa Paletti. « Prendre soin de soi pour mieux prendre soin des autres » resterait sans nul doute son plus grand apprentissage à la cure.

21

Dimanche 21 février
8 h 40, salle du petit-déjeuner

— C'est notre dernière journée, soupira Christiane. C'est incroyable comme le temps est passé vite. J'ai l'impression d'être arrivée hier.

— Pareil, déclara Marie. Et dire que je pensais trouver le temps long !

— Et moi qui m'imaginais rester seule dans mon coin durant toute la cure, enchaîna Jennifer.

— On a bien fait de te débusquer ! affirma Christiane en donnant un coup de coude à sa voisine. On s'est quand même bien marrées, toutes les trois.

— Et on a aussi beaucoup pleuré ! constata Jennifer. Enfin… surtout moi. Je n'aurais jamais cru me confier à deux daronnes.

— Et moi je n'aurais jamais cru être contente de partager ma chambre avec deux parfaites inconnues, renchérit Marie. Comme quoi, c'est vrai : la vie est pleine d'imprévus qui méritent d'être vécus.

— Je suis bien d'accord, acquiesça Christiane. Et sinon, les jeunettes, c'est quoi votre programme pour aujourd'hui ? Farniente ou ateliers à gogo ?

— Un peu des deux en ce qui me concerne, répondit Marie. Je démarre fort avec une heure de piscine. J'enchaîne avec la dernière conférence d'Angélique sur les devoirs avant d'aller me détendre au spa.

— Moi, déclara Christiane, ce matin c'est cours de yoga et balade méditative.

— Encore ?! reprirent en chœur ses deux camarades.

— Je crois que je suis devenue accro..., admit Christiane en rougissant. Normalement j'avais un atelier sur le thème des contacts intergénérationnels à 10 heures, mais j'ai demandé à Marjorie de modifier mon planning. C'est mon dernier jour, j'ai bien le droit de me faire plaisir, non ?

— Complètement, assura Jennifer. De mon côté, je me suis aussi prévu une petite journée à la cool. Je dois voir ma coach avant de me faire masser par Samantha. Après le déjeuner, j'ai un atelier sur les jeunes parents. C'est tout. J'en profiterai pour aller buller un peu à la piscine dans l'après-midi. On essaie de se capter à ce moment-là si on n'arrive pas à déjeuner ensemble ?

— Sans souci ! lança Marie tout en sortant de table. Je file, Michaël déteste les retardataires. C'est deux longueurs en plus et des squats pour chaque minute de retard. C'est mon bourreau ici, je vous jure ! ironisa-t-elle.

10 h 30
Salle de conférence

Tout en s'étirant sur son siège, Marie bâilla. Comme toujours, sa séance avec Michaël l'avait achevée. Elle espérait disposer de suffisamment d'énergie pour suivre la conférence d'Angélique. Lorsque la directrice entra, elle se redressa instantanément sur son siège. Vu ses difficultés à gérer les devoirs avec Baptiste, elle était très pressée d'en savoir plus.

Angélique commença par afficher la liste des compétences de vie dressée lors de sa conférence du lundi.

— Vous vous souvenez de notre GPS éducatif ? demanda l'animatrice après avoir salué l'ensemble des participants.

— Oui ! répondirent en chœur les parents.

— Parfait, je laisse donc l'affiche pour que vous gardiez bien en tête vos objectifs éducatifs durant tout l'atelier.

La jeune femme prit quelques secondes de pause avant de continuer :

— Je voudrais vous donner les résultats d'un sondage américain réalisé il y a une dizaine d'années. Les sondeurs s'intéressaient à la relation qu'entretenaient les parents et les adolescents autour des attentes scolaires. Une première question a d'abord été posée aux adolescents, tous lycéens.

Angélique inscrivit sur le tableau blanc :

Qu'est-ce qui est le plus important pour vous ?

1. *Être populaire.*
2. *Avoir des amis.*
3. *Avoir des bonnes notes.*
4. *Être bien dans sa peau.*

— Les jeunes, continua l'animatrice, ont répondu en premier « Avoir des amis » et en second « Être populaire ». On le sait, à l'adolescence, le soutien et le regard de ses pairs sont indispensables. Les sondeurs ont ensuite interrogé les parents. Ils leur ont posé la même question ; qu'est-ce qui était le plus important, de leur point de vue, pour leur enfant ? La majorité a répondu « Être bien dans sa peau » et en second « Avoir des amis ».

Angélique marqua de nouveau un arrêt pour que les participants prennent le temps de bien écouter son histoire.

— Est-ce que ces réponses vous semblent cohérentes ?

La plupart des participants approuvèrent, Marie la première. Il paraissait logique que la priorité des parents soit l'épanouissement et le bonheur de leur enfant.

— Pour terminer, les créateurs de ce sondage ont demandé aux adolescents ce qu'ils croyaient que leurs parents avaient répondu à la question.

Angélique regarda les participants en silence pour leur permettre de réfléchir à la réponse. Marie, trop fatiguée pour penser, en profita pour fermer les yeux et somnoler discrètement.

— La plupart des enfants ont affirmé, sans l'ombre d'une hésitation, que leurs parents avaient dit... « Avoir des bonnes notes ».

Un brouhaha s'installa dans la salle. Les parents, étonnés, échangèrent à demi-voix sur cette histoire. Marie, un peu plus éveillée grâce à l'agitation ambiante, se mit à reconsidérer la question. *Qu'aurait répondu Baptiste s'il avait été interrogé ?* Il est vrai qu'elle travaillait beaucoup avec lui et que leurs échanges tournaient essentiellement autour de ses résultats scolaires, mais... la priorité restait évidemment que Baptiste soit bien dans sa peau. L'essentiel était qu'il trouve sa place au collège, et dans la société en général. *Quel intérêt d'avoir des bons résultats scolaires si c'est pour être malheureux par la suite ?*

Angélique attendit que les participants cessent de parler entre eux avant de poursuivre :

— Cette étude nous montre qu'il est important de rappeler à nos enfants pourquoi on insiste sur certains points, et surtout dans quel but. Ils nous entendent mais nous comprennent mal.

Notre attitude leur fait croire que les notes sont prioritaires sur leur bien-être. Les adolescents pensent que la seule chose qui compte vraiment pour nous, parents, ce sont leurs résultats scolaires. Ils estiment qu'ils seront plus aimés s'ils réussissent à l'école. Et ce n'est pas l'histoire d'un seul sondage, croyez-moi.

— Mais qu'est-ce qu'on peut faire ? objecta Vanessa, une jeune maman avec qui Marie avait déjà eu l'occasion d'échanger. C'est vrai que nous parlons beaucoup des notes à la maison. Mais, je n'ai pas fait d'études et j'ai à cœur que mon enfant en fasse.

— Pourquoi ? interrogea Angélique.

— Eh bien... Parce qu'en faisant des études il pourra plus facilement choisir un métier financièrement intéressant. Je n'ai pas envie qu'il compte ses sous comme je le fais à chaque fin de mois. Je pense que c'est important qu'il gagne bien sa vie, surtout dans notre société actuelle. Et puis, il aurait le choix de faire un métier qu'il aime.

— Cela te rassurerait ? questionna Angélique.

— Évidemment ! Le monde est difficile et ceux qui s'en sortent le mieux sont ceux qui ont le plus d'argent.

— Donc, pour toi, l'argent fait le bonheur ? suggéra Angélique.

— Non, pas forcément, mais... il y contribue beaucoup.

— As-tu parlé de tout ce que tu ressentais à ton fils ? demanda Angélique. As-tu déjà évoqué avec lui ta souffrance de ne pas avoir fait d'études ? Et ta peur pour son avenir professionnel ?

— Non… mais c'est une évidence, assura Vanessa.

— Non, certifia Angélique. C'est évident pour toi, mais pas pour lui. Nos enfants, et surtout les adolescents, s'arrêtent à ce qu'ils voient. Et tout ce que ton fils voit, c'est que les notes sont essentielles pour toi. Vous vous rappelez des neurones miroirs ?

Marie s'en souvenait bien. L'exercice avec le poing sous le menton l'avait marquée.

— On leur demande sans arrêt les notes qu'ils ont obtenues. On se fâche quand ils ne travaillent pas assez. On rouspète après eux pour les devoirs. Conclusion : ils sont persuadés qu'il n'y a que leurs résultats scolaires qui comptent à nos yeux.

C'est assez logique finalement, réfléchit Marie.

— Pour leur faire comprendre ce qui est réellement important pour vous, reprit Angélique, je crois qu'il faut d'abord que vous en ayez vous-même conscience.

Marie repensa au témoignage de Vanessa. Elle ne partageait pas son avis, car l'argent ne l'inquiétait pas plus que ça. Probablement parce qu'elle n'avait jamais connu de fins de mois difficiles. Romain et elle n'étaient pas spécialement riches, mais ils n'avaient jamais manqué de rien non plus. *Qu'est-ce qui compte vraiment pour moi dans le fait de réussir à l'école ?* s'interrogea Marie. Elle n'en savait absolument rien. En fait, elle ne s'était tout simplement jamais posé la question. Elle se mit à penser à Baptiste et à la relation qu'elle entretenait avec lui autour de ses résultats scolaires.

Au vu de son attitude, il pouvait aisément croire que seules ses bonnes notes comptaient. Ce qui pouvait expliquer son besoin de tricher. Pff... Ce n'était pas du tout le message que Marie souhaitait lui faire passer ! Le fait que Baptiste ait été diagnostiqué EIP[1] y était probablement pour quelque chose : son fils avait les capacités intellectuelles pour réussir, Romain et Marie le savaient et ne voulaient pas gâcher ce potentiel. Mais, finalement, dans quel but ? Baptiste était-il plus épanoui en travaillant plus ? Le bonheur se quantifiait-il en nombre d'années d'études réussies ? Au fond, qu'est-ce qui rendait son fils heureux ?

Il aimait jouer aux jeux vidéo, suivre certains YouTubeurs, et depuis peu, grâce à Rose, lire des mangas mais... après ? Marie n'en savait pas vraiment plus. Elle n'avait jamais pris le temps de discuter avec lui et de considérer ses envies et ses rêves. Marie passait déjà tellement de temps sur ses devoirs qu'elle était rarement disponible pour faire autre chose avec lui. Elle pensait agir au mieux en poussant son fils à exceller, mais là n'était peut-être pas l'essentiel. *Et si tout n'était qu'une histoire de jugement extérieur ?* songea tout à coup Marie. Elle

1. EIP : enfant intellectuellement précoce.

eut honte de se l'avouer mais, si elle sou
que Baptiste ait de bonnes notes, c'étai
tout pour paraître *une bonne mère* aux yeux de son entourage. Comme si le fait d'avoir un fils brillant, scolairement parlant, faisait d'elle une meilleure maman.

— Je crois que ce qui est important pour moi, assura Fabrice, c'est d'apprendre à mes filles que dans la vie on n'a rien sans rien. Si elles ont un rêve, un but, elles doivent se donner les moyens d'y arriver. Les bonnes notes me rassurent sur leur capacité à fournir des efforts.

— Tu sais, objecta Angélique, les enfants n'obtiennent pas toujours les résultats correspondants à leurs efforts. Certains travaillent très peu et survolent leur scolarité. À l'inverse, d'autres échouent après avoir pourtant beaucoup étudié. Si l'important pour toi est la quantité de travail fourni par tes filles, les notes ne devraient pas être ton seul baromètre.

Des éclats de voix se firent entendre ici et là dans la salle. Angélique laissa encore les parents échanger entre eux avant de reprendre :

— Je vous laisse méditer là-dessus. Ce sondage vous invite simplement à revoir votre relation à l'école. Maintenant, prenez le temps, à tête reposée, de faire le point sur ce qui compte vraiment pour vous. Après, je vous inviterai à en parler avec votre enfant pour être clair sur votre démarche. Votre attitude doit également être cohérente avec votre discours. N'oubliez pas que vos enfants croient plus facilement ce qu'ils voient que ce qu'ils entendent. Donc si vous promettez à votre enfant que le principal pour vous est son bien-être mais que la première chose que vous lui demandez en rentrant de l'école ce sont ses notes, il y a de fortes chances pour qu'il ne vous croie pas.

Du bon sens, toujours du bon sens, considéra Marie, désireuse de s'affranchir des diktats de la société pour aider ses enfants à s'épanouir pleinement à l'école.

16 h 30
Espace piscine

— On n'est pas bien là ? interrogea Jennifer avant de disparaître sous une montagne de bulles.

— Si, c'est sûr..., avoua Marie en se reposant contre un appuie-tête de la baignoire. Un petit bain bouillonnant, c'est tout ce qui me manquait... Après mon atelier sur les devoirs, je t'avoue que j'avais besoin de me détendre.

— C'était si relou que ça ? demanda Jennifer.

— En fait, j'ai été surprise par le contenu du cours, répondit Marie. Je pensais qu'Angélique allait nous donner des astuces autour des apprentissages. Je m'imaginais repartir avec des idées pour faire travailler Baptiste sans qu'il ronchonne ou pour apprendre plus vite une leçon d'italien...

— Et c'était pas ça ?

— Non, pas du tout. Angélique nous a proposé un véritable travail d'introspection pour être clairs avec nous-mêmes sur nos attentes scolaires vis-à-vis de nos enfants. Elle avait à cœur qu'on réfléchisse à ce qui était essentiel à nos yeux concernant l'école.

— Moi, je trouve ça plutôt cool. Vous êtes quand même super chiants, vous, les parents, avec les devoirs.

— Ah bon ?

— Carrément ! Mon père ne m'écoutait jamais, il voulait juste que je bosse à l'école, c'est tout ce qui comptait pour lui. N'oublie pas que je ne me suis pas présentée aux épreuves du bac juste pour le faire enrager.

— Ça me fait réfléchir, déclara Marie. Peut-être que moi aussi, d'une manière générale, je ne suis pas assez à l'écoute de mes enfants. Tu vois, cette année, j'ai inscrit Léo à des cours de judo et d'escrime. Je trouvais que ces activités étaient parfaites pour lui. Il est si sérieux et droit. Il ne m'a jamais contredit, et du coup j'en ai conclu que ça lui convenait. Mais peut-être qu'il déteste ces sports ? Cette semaine, j'ai appris qu'il se passionnait pour la mécanique. Je ne l'aurais jamais imaginé. Quant à Baptiste, jusqu'à la semaine dernière, je pensais qu'il détestait lire. Et là, Romain m'apprend qu'il dévore des mangas jour et nuit.

— Pour moi, les enfants, c'est comme des graines dont tu ne connaîtrais pas l'origine, déclara Jennifer. Tu les mets en terre, tu les arroses, tu en prends soin… et puis tu attends de voir ce que ça va donner. Tu ne peux pas savoir à l'avance quelle fleur va sortir. Tu auras peut-être en face de toi un coquelicot, une rose ou bien… un baobab ! Qui sait ?

— C'est super poétique.

— Bon…, reprit Jennifer en rougissant, rendons à César ce qui est à César : cette comparaison vient d'Angélique. Je l'ai lue dans son dernier bouquin.

— Même si ce n'est pas de toi, tu l'as très bien ressorti, affirma Marie. Ah, mince, fit-elle en regardant l'heure, faut que je te laisse, j'ai dit aux enfants que je les appelais sur l'heure du goûter.

— Tant pis pour toi ! s'exclama Jennifer. Tu ne verras pas le cours d'aquagym de Christiane. Et crois-moi, tu manques quelque chose. Elle souffre le martyre avec Marguerite ! Je suis pétée de rire !!!

— Sérieux ? Je croyais que Marguerite était centenaire, affirma Marie en sortant du jacuzzi.

— Elle l'est probablement, mais elle a une forme de ouf ! Christiane souffle comme un bœuf à chaque mouvement. Elle s'est bien gardée de nous le dire, mais j'ai tout vu hier.

Marie éclata de rire, mais s'éloigna sans regret. Entendre ses enfants lui ferait le plus grand bien.

19 h 15
Hall d'entrée

Pendant que ses deux amies terminaient de s'apprêter pour leur dernière soirée ensemble, Marie dégustait un jus de fruits survitaminé dans le salon du hall d'accueil. La discussion avec ses enfants avait été courte, mais réconfortante. Ils avaient hâte de la retrouver – et, même si elle appréciait vraiment cette cure, elle devait reconnaître que c'était réciproque. Malgré toute la fatigue qu'ils lui occasionnaient parfois, elle les aimait tellement, ses petits monstres !

Elle en était là de ses réflexions lorsqu'elle entendit la voix d'Angélique non loin de là. La directrice venait de s'asseoir près de Fabrice. Marie restait toujours perplexe face à sa dernière conférence. Même si sa réflexion poussée autour des notes était tout à fait pertinente, elle aurait tout de même aimé échanger autour des pratiques éducatives des participants liées aux devoirs et découvrir ainsi, peut-être, de nouvelles méthodes d'apprentissage. Lorsque Fabrice quitta la salle, laissant la directrice seule, Marie sauta donc sur l'occasion pour lui faire part de son désarroi.

— Excuse-moi, Angélique, j'aurais quelque chose à te demander, déclara Marie en s'approchant d'elle.

La directrice désigna le siège juste à côté d'elle avec un sourire bienveillant.

— Je t'en prie, assieds-toi.

— Merci. En fait... je voudrais savoir si tu n'aurais pas des techniques pour aider les enfants à mémoriser plus facilement.

Angélique regarda Marie, amusée. Fabrice venait de lui poser la même question.

— La conférence sur les devoirs t'a laissé sur ta faim, toi aussi ?

— Un peu, s'excusa Marie, gênée.

— C'est ma faute, admit la directrice, j'aurais dû être plus claire sur le contenu.

— Et du coup... Tu aurais une ou deux astuces à me donner, vite fait ?

— « Vite fait », non, mais je peux te conseiller deux guides qui contiennent pas mal de ressources. Quel que soit le profil de ton enfant et ses problématiques d'apprentissage, je suis certaine que l'un de ces deux ouvrages saura t'aider.

La directrice tendit un morceau de papier déchiré sur lequel elle inscrivit deux références de livres éducatifs.

* *Apprendre autrement avec la pédagogie positive*, Audrey Akoun et Isabelle Pailleau

* *Il ne veut pas faire ses devoirs !* Véronique Maciejak

— Je te remercie, déclara Marie. Je vais essayer d'y trouver mon bonheur. Mon fils aîné étant EIP, je me dis qu'il aurait peut-être besoin d'outils spécifiques.

— Les enfants à haut potentiel ont un fonctionnement cognitif différent, en effet. Ils ont ce qu'on appelle une pensée divergente, qui met en avant des associations d'idées et non pas une suite logique de mots. Ils sont ainsi souvent bien plus créatifs que les autres, même s'ils peuvent plus facilement s'embrouiller. Comme Einstein !

Marie éclata de rire.

— Décidément ! Toi aussi tu es fan d'Einstein ?

— Pas spécialement, répondit Angélique, c'est juste que c'est le surdoué le plus connu.

— C'est vrai, consentit Marie. Enfin, la coïncidence est tout de même amusante. Ces dernières semaines, j'ai entendu parler d'Einstein bien plus qu'en quarante ans.

— Les grands esprits… ! (Angélique réfléchit un moment.) Pour en revenir à ton fils, les cartes mentales, ou *mind-mapping* en anglais, pourraient l'aider. C'est un système de prise de notes avec des dessins, des couleurs et qui reflète le fonctionnement de la pensée divergente.

— Je te remercie, je me renseignerai sur le sujet. Après, je me dis aussi que Baptiste a un gros souci de motivation. Il faut qu'il se fasse violence.

Angélique hocha la tête.

— Les EIP, plus encore que les autres, ont besoin de donner un sens à leurs actes. Il faut développer chez lui une motivation autodéterminée.

— Euh… c'est-à-dire ?

— Il est nécessaire que ton fils… Comment s'appelle-t-il, déjà ?

— Baptiste.

Angélique sourit.

— Il est nécessaire que Baptiste trouve un lien direct entre ses devoirs et ses futurs projets, personnels ou professionnels. S'il a un but, l'achèvement de ses obligations représentera pour lui une étape importante pour atteindre plus facilement son objectif final. Il sera alors beaucoup plus enclin à travailler. Cette motivation est bien plus forte qu'une motivation contrôlée par des sources extérieures type récompenses/punitions.

— Comme le fait de lui supprimer son portable…, comprit Marie en rougissant.

— Voilà. Mais rassure-toi, on a tous fait ça ! Moi, j'ai été élevée au bâton et à la carotte. Je réussissais, j'avais un cadeau ; je ratais, j'étais privée de sortie. Ça a marché un temps mais sans que cela ait un vrai sens pour moi. Le jour où j'ai compris que pour intégrer l'école de commerce dont je rêvais il fallait que j'améliore mes notes en maths, eh bien je l'ai fait !

Marie soupira.

— Ça a l'air tellement simple quand tu en parles.

— J'avais trouvé *ma* motivation, ton fils doit trouver la sienne.

— En tout cas, je te remercie pour tes conseils et pour toutes tes conférences. C'était très utile.

— L'essentiel est que tu aies pu te reposer et repartir avec des outils qui te parlent.

— Oui, oui, complètement, maintenant y a plus qu'à ! (L'assurance de Marie se fissura un peu.) Même si j'avoue que j'ai peur de ne pas me souvenir de tout ça une fois prise dans mon quotidien… La théorie, c'est génial, mais la pratique ? Je ne suis pas sûre d'y arriver…

Angélique posa une main sur son bras.

— C'est très sain de l'anticiper : ça montre que tu es sur la bonne voie.

Elle réfléchit, sembla hésiter à ajouter quelque chose, puis poursuivit finalement :

— Après ma dépression, mon coach m'avait conseillé de tenir un journal intime de parent. Il voulait que j'y note mes réussites du jour pour me donner du courage dans les moments plus difficiles. Je le relis de temps en temps, ça me fait un bien fou. Je vois le chemin parcouru. Être parent, c'est un vrai job à plein temps qui s'apprend et s'entretient, notamment, par le biais d'encouragements.

1 h 15
Chambre Myosotis

— Marie, tu es une vraie *thug* ! s'exclama Jennifer en se laissant tomber sur son lit. Tu m'as achevée avec *Le Coup de soleil* de Richard Cocciante. Je me suis même pissée dessus tellement je riais. « *Mais… tu n'es pas là ! Et si je rêve, tant piiiiiiis !* » Tu avais tout ce qu'il fallait : tu chantais faux, trop fort, tu n'avais pas le bon tempo… et puis surtout tu y croyais à mort ! J'ai cru que Victor ne récupérerait jamais le micro.

— C'est juste que j'aime bien finir ce que je commence, se justifia Marie. La chanson n'était pas terminée.

— Victor voulait arrêter le massacre, se gaussa Christiane. Quoi qu'il en soit, tu as été la meilleure de nous trois, et de loin ! À côté, mon interprétation du *Petit Bonhomme en mousse* faisait pâle figure. Ce soir, tu nous as tous *éclatés* comme dirait la gamine !

— Non, Mamie, la reprit Jennifer. Je ne parle absolument pas comme ça. Je dirais plutôt qu'elle nous a *ambiancés de fou* et qu'elle est trop *swag* !

— Rappelle-moi de prendre un dictionnaire d'argot la prochaine fois que je te vois, soupira Christiane.

— Ce n'est pas de l'argot, c'est du langage « jeune », riposta fièrement Jennifer.

Les trois femmes éclatèrent de rire en s'allongeant toutes les trois côte à côte.

— Merci, les filles, reprit Marie, les yeux fixés au plafond. Merci de m'avoir poussée à vous suivre. J'ai beaucoup ri et ça m'a fait un bien fou. J'ai eu du mal à trouver ma place au début, et puis, après deux ou trois chansons…

— Et quelques verres de smoothie tomate-avocat ! coupa Christiane.

— On ne pouvait plus t'arrêter ! termina Jennifer.

— Ça doit être l'avocat qui m'a mis dans cet état-là, réfléchit Marie.

— Je crois plutôt que tu as été *vraie*, déclara Christiane. Tu nous as montré une autre facette de toi que tu n'osais pas dévoiler jusqu'à présent. Tu as *lâché prise*, quoi…

— Possible, concéda Marie, non sans fierté. Ça fait du bien en tout cas.

— Tu ne diras plus que le karaoké, c'est kitsch ? demanda Christiane.

— Plus jamais ! promit Marie.

Le silence s'installa entre elles, chaleureux. Elles se connaissaient depuis quelques jours à peine, mais toutes les émotions qu'elles avaient traversées les avaient rapprochées. Rose, Christiane, Jennifer… Trois femmes inattendues qui avaient illuminé sa vie par leur simple présence. Trois mères, comme elle, et pourtant si différentes.

— Les filles, reprit-elle, émue. Vous allez me manquer…

— Ah non, Mamounette, coupa Jennifer, tu ne vas pas nous la jouer version mélo… Sinon, je ne donne pas cher de ma peau. J'ai assez pleuré durant cette cure.

— OK, j'arrête avec la guimauve. C'est juste que je suis un peu nostalgique que tout se termine déjà et qu'on se quitte comme ça.

— J'ai une idée ! proposa Christiane, jamais en reste. Et si on se donnait rendez-vous dans quelque temps ? On pourrait se retrouver pour faire un bilan de nos vies. Voir si la cure a changé quelque chose dans notre quotidien.

— Un peu comme Patrick Bruel dans sa chanson *On s'était dit rendez-vous dans dix ans* ? chantonna Marie.

— Pitié Marie, s'il te plaît, ne chante plus, ironisa Jennifer. Un peu de répit pour mes oreilles.

— Oui, reprit Christiane sans relever. Si on se donnait rendez-vous, mais… avant dix ans, quand même. On pourrait se retrouver dans ma maison familiale, sur la presqu'île de Quiberon.

— Chouette, dans un an par exemple ? suggéra Jennifer.

— Vendu ! s'exclama Marie.

— Vendu aussi ! conclut Christiane, le sourire jusqu'aux oreilles et les yeux pétillants. Rendez-vous dans un an jour pour jour à Quiberon.

22

Mercredi 5 mai 2021

Cela fait maintenant plus de deux mois que j'ai quitté le Repos de Gaïa. Le lundi 22 février, j'étais rentrée motivée et sûre de moi. Je m'étais imaginé créer facilement une vie familiale harmonieuse et me dégager du temps pour moi.

Oui, mais voilà : la réalité m'a rattrapée et mon quotidien de maman débordée qui crie et punit est revenu aussi vite que mes bonnes résolutions étaient apparues.

Le changement prend du temps. Angélique l'a assez répété, et pourtant j'ai l'impression de l'avoir oublié une fois rentrée chez moi. C'est comme si j'avais voulu tout avoir, tout de suite, sans faire trop d'efforts. Je crois que j'ai péché par orgueil. Je pensais naïvement qu'en sachant ce qu'il fallait faire, les choses iraient naturellement. La semaine de mon retour, j'ai réussi à écouter Jade pleu-

rer, j'ai lâché prise sur un devoir de maths de Baptiste et j'ai repris l'idée du cahier des envies (top, d'ailleurs !). Je me suis dit que c'était bon, j'avais gagné. J'étais devenue la maman que je voulais être. La cure m'avait regonflée, j'allais bien, j'avais utilisé trois outils dont je me souvenais, pas besoin d'aller plus loin. La vie a repris son cours sans que je ne change rien à nos habitudes familiales profondes. Et puis… Et puis, je suis redevenue la maman débordée, fatiguée, qui fait tout et qui s'oublie.

Zoé m'a envoyé un mail la semaine dernière pour savoir comment j'allais. Je lui ai menti. Je lui ai répondu que tout se passait au mieux et que je prenais soin de moi. Je n'ai pas voulu avouer que j'étais presque revenue au point de départ. J'ai eu peur de le décevoir…

Juste après le mail de Zoé, je suis tombée sur un article de magazine qui a fait écho en moi. Un juste hasard qui n'en était probablement pas un. Les lecteurs y racontaient une problématique et un professionnel tentait de leur apporter des pistes de réflexion. Dans un témoignage, une jeune femme expliquait qu'elle connaissait les bienfaits du sport et d'une nourriture saine sur sa santé, et pourtant elle se désolait de manger toujours aussi gras et de ne pratiquer aucune activité physique. Elle n'arrivait pas à s'y mettre pour de bon. Elle m'a fait penser à moi. Moi qui savais ce qui était bon pour ma famille, pour moi, et qui n'étais même pas fichue de le mettre en place ! Un médecin lui a répondu que la clef de son problème résidait en deux mots : RIGUEUR et RÉPÉTITION. Les habitudes ont la dent dure... Pour que « faire du sport et bien manger » devienne naturel, il faut savoir être régulier dans ses pratiques. Et je crois que c'est pareil pour l'éducation ou pour le fait de prendre soin de soi. Au début, il s'agit de contraintes qu'on s'impose, puis, au bout d'un certain temps, généralement quelques semaines, ce qui nous apparaissait comme des obligations devient finalement des « bonnes » nouvelles habitudes. Notre corps et notre cerveau mettent du temps à accepter le changement, il faut les y aider avec de la RÉGULARITÉ. Et ça, je l'avais oublié.

Le mail de Zoé et cet article m'ont réveillée. Je me suis dit : STOP, j'en ai marre, aujourd'hui, je me prends VRAIMENT en main ! Le changement, même s'il prend du temps, commence donc MAINTENANT pour moi.

Du coup :

*— j'ai ressorti toutes mes notes prises au centre. Je vais tout relire et appliquer ce dont j'ai besoin, pas une fois de temps en temps, mais **régulièrement**.*

— Je viens d'afficher mon Vision Board bien en évidence au-dessus de mon lit et mon GPS éducatif en Post-it dans la cuisine.

— Je me suis calé mes petits exercices de cohérence cardiaque, un le matin, juste au réveil, et un le soir, juste avant de me coucher, **TOUS LES JOURS** *!*
— Vendredi, j'ai prévu d'organiser une réunion de famille. ***La première d'une longue série****. Je ne vais pas lâcher.*
— Ce soir, j'ai rendez-vous avec Les Galopins de Brinville, je compte bien parler à Sybille. Je termine l'année scolaire mais je ne rempile pas pour la prochaine. Je vais dire NON.
— Je viens de m'acheter un joli cahier que j'étrenne aujourd'hui, mon journal de réussites en tant que maman. Je vais m'obliger à y écrire un peu chaque jour pour m'encourager.
— Demain soir, j'accompagne Rose à son cours de yoga du rire et j'irai toutes les semaines. Je pense à moi, je prends soin de moi !

GO, GO, GO !!!
Quand la reine chante, les abeilles dansent !

Épilogue

Dimanche 20 février 2022
18 heures, Quiberon

Le vent soufflait en rafales, et l'on devinait au loin la mer s'agiter avec une houle impressionnante. Après plus de cinq heures de voyage, les jambes légèrement engourdies, Marie sortit de sa Clio. Ses roues s'étant enlisées dans la boue, elle dut se résoudre à laisser sa voiture sur le bas-côté pour continuer à pied. D'après son GPS, sa destination n'était plus qu'à six cents mètres. *Mais quelle idée de s'être donné rendez-vous ici en plein de mois de février !* jura-t-elle, les bottines toutes crottées. Remontant le col de son manteau, elle prit sa valise sous le bras avant de s'engager sur un sentier forestier. Christiane l'avait prévenue : sa maison était assez excentrée et en plein cœur d'un petit bois. Lorsque, après quelques minutes de marche, Marie aperçut une grande bâtisse blanche au loin, son moral remonta en flèche. Elle accéléra le pas pour arriver plus vite. Un volet claquait sur la façade de la maison. Marie prit le temps de le rattacher avant de s'essuyer les pieds sur le paillasson. Face à la porte d'entrée bleue, la jeune maman ferma les yeux quelques instants, calquant sa respiration sur l'image mentale d'une fleur de lotus qui s'ouvre et se referme.

Cela faisait un an, jour pour jour, qu'elle avait quitté le Repos de Gaïa.

Elle n'avait pas revu Christiane et Jennifer depuis. Les trois premières semaines les femmes s'étaient envoyé des SMS, échangé des photos, et… plus rien, ou si peu.

Et puis, la semaine dernière, un message. De Christiane. Une seule phrase avec une date, celle d'aujourd'hui, et une adresse à Quiberon. La jeune maman frappa à la porte.

— Marie ! s'exclama Christiane en lui ouvrant. Tu es toute trempée ! Entre vite et viens te réchauffer près du poêle. Jenny est déjà là.

En voyant ses deux amies l'accueillir à bras ouverts, Marie sentit l'émotion la submerger. Elle revécut instantanément sa cure comme un film en accéléré. Les rendez-vous avec Zoé, les cours de piscine avec Michaël, les conférences d'Angélique, l'atelier jeux, la soirée karaoké… Elle repensa aux confidences partagées avec ses deux camarades de chambre. Que ces femmes lui avaient manqué ! Sans dire un mot de plus, Jennifer et Christiane se jetèrent dans ses bras.

Leur étreinte s'éternisa. Le temps semblait comme suspendu… jusqu'à ce que Jennifer prenne la parole.

— Bon, les daronnes, c'est bien beau un *free hug*[1], mais vous allez finir par m'écraser !

— Ma gamine préférée, tu n'as pas changé, toi ! plaisanta Christiane en la serrant encore plus fort.

— Toi par contre, Mamie, un peu, assura Jennifer en fronçant les sourcils pour se donner l'air grave. T'as… une ride en plus au coin de l'œil !

— Mais qu'elle est vilaine, celle-là ! s'exclama Christiane en riant. Allez, Marie, enlève donc ton manteau et viens nous rejoindre au salon. L'apéro nous attend !

Lorsque Marie abaissa sa capuche pour accrocher sa parka, ses deux amies s'écrièrent en chœur :

— Tes cheveux !

— Ah oui, reconnut Marie. Je les ai raccourcis. Ça vous plaît ?

— Une coupe à la garçonne type rock'n'roll ! s'exclama Jennifer. Je valide carrément. Je trouve que ça met tes cheveux roux en valeur.

— Ça te rajeunit. Tu es rayonnante ! renchérit Christiane.

— J'en avais marre de mes cheveux longs qui s'emmêlaient tout le temps. J'ai eu envie de les couper, ça m'a pris…

1. *Free hug* : câlin gratuit.

— Comme une envie de péter, compléta Jennifer en gloussant.

— Euh… si tu veux, s'amusa Marie. Enfin bref, je suis allée chez le coiffeur et j'ai tout coupé. Ça m'a libérée ! J'aurais dû le faire il y a des années.

— Tout vient à point à qui sait attendre, déclara Christiane.

— Comme nos retrouvailles, ajouta Marie en souriant. Au fait, merci de nous accueillir.

— Tout le plaisir est pour moi, assura Christiane. Je nous ai préparé des petites choses à grignoter pour l'apéro, s'enthousiasma-t-elle. Posez vos fesses et servez-vous. On écoute mieux le ventre plein.

— T'es la meilleure ! affirma Jennifer.

— Et ce soir, pas de smoothies banane/courgette ou tomate/avocat. On va trinquer pour de vrai !

— À nous ! lancèrent les trois femmes en levant leurs verres de champagne.

Elles discutèrent encore un peu de tout et de rien, heureuses de se retrouver toutes les trois après si longtemps. Elles s'étaient à peine parlé cette année, et pourtant elles avaient l'impression de ne s'être jamais quittées – Marie s'attendait presque à voir Angélique et Zoé débarquer à leur tour.

Une fois les premiers fous rires passés, le ton se fit plus doux, plus sérieux, exactement comme à la cure. Christiane finit par demander :

— Alors, qu'est-ce qui vous est arrivé cette année ?

— Toi d'abord ! Privilège de l'âge..., la taquina Jennifer.

— Très bien, accepta Christiane, mais dans ce cas tu seras la suivante. Privilège de... la bêtise !

Après un nouveau fou rire, Christiane raconta tout ce qui s'était passé pour elle durant l'année écoulée. À son retour du Repos de Gaïa, elle avait convaincu son mari de suivre avec elle une formation autour de l'ennéagramme. Bernard avait découvert qu'il était 7 de sous-type *survie*. Les deux amants se retrouvaient dans leur peur de l'ennui, de la souffrance et de la mort, tout en gérant les choses de manières différentes. Christiane voulait réaliser au plus vite tous ses rêves tandis que Bernard préférait attendre, espérant secrètement que le temps n'ait pas d'emprise sur lui. Ce stage, qui s'était finalement révélé être une véritable thérapie de couple, les avait ressoudés tout en leur fournissant des clefs pour apaiser leurs angoisses. Ils s'occupaient toujours beaucoup de leurs petits-enfants, mais un peu moins qu'avant. Leurs désirs d'évasion n'attendaient plus les vacances scolaires. Ils s'organisaient maintenant de nombreuses escapades en amoureux. Christiane revenait ainsi tout juste d'un week-end dans le Sud-Est où Béber et elle avaient écumé les restaurants typiques de la région. Aïoli, fougasse, ratatouille, bouillabaisse, soupe au pistou, socca... n'avaient plus aucun secret pour leurs papilles. Bernard avait également entrepris d'accompagner davantage Christiane dans ses sorties de *sociale*. À l'inverse, sa femme avait appris à apprécier les soirées cocooning *survie* de son mari. Elle s'était même mise à jardiner en se créant un potager en carrés. Elle avait bon espoir de récolter ses premiers petits pois au printemps prochain.

— Finalement, cette cure, tu l'as faite pour te rapprocher de Béber ? demanda Jennifer, attendrie.

— Non, mais ça a marché quand même. À l'origine, je voulais prouver à ma fille que j'étais une bonne grand-mère.

— Et elle te confie toujours autant ses enfants ?

— Un peu moins, mais c'est à cause de nos voyages et pas de son manque de confiance. J'ai fait des efforts depuis la cure, et elle l'a vu.

— Et alors ? Arrives-tu enfin à tenir tête à Lorenzo et Lucas ? interrogea Marie.

— Oui... mais bon, pas toujours autant que je le voudrais non plus, hein, avoua Christiane, un peu honteuse. S'ils me font les yeux doux, je craque facilement. En revanche, quand j'ai *vraiment* décidé que c'était non, je m'y tiens, quitte à essuyer une colère ou des pleurs. Et puis, je fais aussi moins de choses à leur place. Ils m'aident également à réparer leurs bêtises. Angélique avait insisté là-dessus, pour soutenir les enfants dans leur autonomie et leur sens des responsabilités.

— Mais est-ce qu'ils continuent de boucher tes toilettes ? pouffa Jennifer.

— Non, justement. Ils m'ont aidée à nettoyer une fois, ça les a bien calmés ! Rien que d'y repenser, je suis morte de rire. Et puis, je planque aussi le PQ maintenant. Double protection.

— Tu es une vraie mamie *thug*, toi !

Marie sourit, impressionnée.

— On dirait que tu as trouvé tout ce dont tu avais besoin au Repos de Gaïa. C'est génial.

— Et bien plus encore ! renchérit Christiane. J'ai aussi découvert deux femmes en or. Allez, ma Jenny, c'est à toi maintenant.

Jennifer expliqua à ses amies que, ces derniers mois, elle s'était beaucoup investie au sein du Mouvement Colibris. Elle avait d'ailleurs le projet de participer à la création d'une ferme pédagogique, en plein cœur de l'Ardèche. Avec une dizaine d'autres volontaires, elle s'était engagée à construire un bâtiment écologique avec une agriculture vivrière associée. Le terrain avait été offert par un généreux mécène.

— Le chantier devrait démarrer au début du printemps, détailla Jennifer. Nous y resterons un an avec Jérôme. Après, on verra. Si ça nous plaît, on restera, sinon, on trouvera un autre objectif. Il a été super après mon retour de la cure : il m'a vraiment aidée à sortir la tête de l'eau. Depuis, on a décidé de suivre notre instinct. Et puis, ce projet colle avec les valeurs qu'on veut transmettre à Liam.

— Il a dû grandir, ce petit bout ! s'émut Christiane.

— Dix-huit mois. C'est un vrai petit gars avec un caractère déjà bien affirmé, et quel beau gosse ! Tout sa mère, quoi ! plaisanta Jennifer. Je te montrerai des photos Mamie, t'inquiète.

— Tu m'épates ! assura Marie. Et félicitations pour ton projet professionnel. C'est génial de te voir si enthousiaste.

— Ça vaut bien un deuxième verre de champagne, approuva Christiane en resservant ses amies. Trinquons à ton nouvel objectif de vie !

— Merci, les filles.

— Mais, dis-moi, demanda Christiane, pourquoi l'Ardèche ?

— En fait, je suis originaire de là-bas, concéda Jennifer. Ma mère y habite toujours.

La nouvelle les laissa bouche bée.

— Tu l'as revue ? demanda Marie.

— Non, mais… j'ai repris contact. Par courrier.

Jennifer baissa les yeux, soudain timide.

— Quand ? la relança doucement Christiane.

Jennifer déglutit, inspira profondément. Et finit par avouer :

— Il y a deux mois environ, au moment des fêtes de fin d'année. Après la cure, j'ai entamé une thérapie près de chez moi, à Lille. J'ai pu terminer mon travail de résilience avant d'en débuter un autre, sur le pardon.

— Et tu te sens prête à la revoir ? s'enquit Marie.

— Je pense… Le temps a fait son œuvre. Et puis, ma mère a répondu à ma lettre.

— Et alors ?

— Elle a avoué qu'elle n'avait pas su me donner l'amour que je méritais, et elle m'a même… demandé pardon, confessa Jennifer, les larmes aux yeux. Ses mots m'ont réchauffé le cœur, un truc de fou.

— Tu t'es sentie reconnue ? demanda Christiane avec une infinie tendresse.

— Oui, c'est le terme. Reconnue dans ma souffrance.

— Et ton père ? interrogea Marie.

— Il est mort il y a deux ans. Ma mère me l'a appris dans sa lettre. Comme j'avais complètement coupé les ponts, je n'en savais rien.

Marie posa une main sur celle de Jennifer, compatissante.

— Je suis désolée.

— De toute façon, je crois que nous n'aurions jamais pu nous comprendre, soupira-t-elle. Et puis, ma mère ne m'aurait sans doute jamais répondu s'il avait encore été là.

— J'espère que tu arriveras à renouer un lien avec elle, assura Christiane.

Jennifer opina.

— J'ai envie d'aller de l'avant. Pour moi, mais aussi pour Liam. Je veux qu'il connaisse sa grand-mère.

— À ce propos, comment ça va avec lui ?

Cette fois-ci, ses yeux se mirent à briller.

— Comme je vous l'avais écrit l'an dernier, j'ai pu me sortir de ce post-partum à la con assez rapidement après la cure. J'ai alors profité pleinement de mon fils. Et c'est marrant, mais… il est devenu beaucoup plus calme. Il semblait apaisé.

— Comme toi, convint Christiane. On dit souvent que les enfants sont de véritables éponges émotionnelles.

— « Quand la reine chante, les abeilles dansent », renchérit Marie.

— C'est probablement vrai, approuva Jennifer. Quoi qu'il en soit, je ne suis sans doute pas la meilleure des mamans, j'ai encore beaucoup à apprendre, mais je fais chaque jour de mon mieux. Je l'aime, ce petit bout, et je veux ce qu'il y a de plus beau pour lui. Vous savez ce que j'ai réussi à lui dire ce matin ? Je suis trop fière de moi sur ce coup-là !

— Vas-y, raconte ! s'exclamèrent en chœur Christiane et Marie.

— Il pleurait parce qu'il avait cassé son jouet. Je me suis approchée de lui en douceur et je lui ai dit : « Tu veux que Maman s'asseye près de toi pendant que tu pleures ? »

— Sérieusement ?! demanda Marie. C'est génial que tu aies réussi à faire ça !

— Bon, on s'enflamme pas trop non plus, hein. Au bout de cinq minutes j'en pouvais plus, mais… c'est un bon début. Je lui ai avoué que c'était compliqué pour moi d'écouter ses pleurs mais que je faisais ce que je pouvais.

— Ben franchement, bravo, Jenny ! s'exclama Marie.

La jeune maman sembla tout émue des compliments sincères de ses amies. Dans son regard, la fierté le disputait désormais à la volonté d'avancer.

— Et toi, mamoumette, à part cette coupe ultra sexy de la mort qui tue, comment tu vas, depuis un an ?

Marie avait imaginé ce moment bien des fois, elle avait déjà pensé à ce qu'elle allait raconter à ses amies. Cela n'empêcha pas l'émotion de se nicher dans sa gorge quand elle se retourna, et regarda le chemin qu'elle avait parcouru à travers leurs yeux.

— Mieux, répondit Marie. Mon retour à la maison, après la cure, a été génial. Je vous l'avais dit. Les enfants étaient heureux de me retrouver et aux petits soins. J'ai fêté mes quarante ans les pieds sous la table. Tout semblait parfait et j'étais sur mon petit nuage. Jusqu'au moment où…

— Jusqu'au moment où le quotidien t'a emportée ? devina Christiane.

— « Chassez le naturel, il revient au galop », comme on dit. Romain a de nouveau été submergé de travail, il n'était plus disponible, les enfants sont retournés à l'école et tout est redevenu comme avant.

— Mais… tu as repris le dessus, hein ? s'inquiéta Jennifer. Parce qu'on n'a pas eu beaucoup de nouvelles de toi…

— J'ai eu une bonne phase de coup de blues… C'est d'ailleurs pour ça que j'ai arrêté de vous écrire, avoua Marie en rougissant.

— Je suis désolée, répliqua Christiane. Si j'avais su… De mon côté, j'étais obnubilée par mon stage en ennéagramme et avec les petits à garder, le temps m'a manqué pour te rappeler.

— Idem, confessa Jennifer. J'étais impliquée dans ma thérapie et dans mon nouveau projet de vie. Je me la suis jouée assez égoïste.

— Et vous avez eu raison, les filles ! Ne vous en veuillez pas. Avant de prendre soin des autres, il faut *d'abord* savoir prendre soin de soi. Si j'ai retenu quelque chose de la cure, c'est bien ça !

Elles parurent soulagées, bien que toujours inquiètes pour leur amie.

— Dis-moi que tu as réussi à remonter la pente ! espéra Jennifer.

Marie la rassura aussitôt :

— Oui, en me donnant un gros coup de pied aux fesses ! Ça a été comme un déclic, un ras-le-bol de stagner. Je suis tombée sur un article qui m'a rappelé que le changement demandait de la discipline. J'ai décidé de me créer de vraies bonnes habitudes et de m'y tenir. Petit à petit, j'ai redistribué la donne. J'ai instauré un nouveau cadre familial pour que chacun trouve sa place, j'ai réservé des temps privilégiés pour apaiser les tensions dans la fratrie, j'ai délégué certaines de mes tâches aux enfants ou à

Romain, et je me suis enfin dégagé du temps pour moi.

— Je suis fière de toi, répondit Christiane, émue à son tour. Quel chemin depuis la cure ! Et ce temps, qu'en fais-tu ?

— Vous me croirez si vous voulez, mais je vais à la piscine une à deux fois par semaine.

— Mais non ! s'exclama Jennifer. Pourtant tu détestais ça avec Michaël ?

— Eh bien maintenant, j'adore. Je me défoule, je me surpasse, je me vide la tête et j'entretiens mon corps. Ce qui était une contrainte, voire une torture, est devenu un réel plaisir !

— C'est fou, ça... Et quoi d'autre encore ? demanda Christiane.

— J'ai toujours mon café hebdomadaire avec mon amie Rose, et je l'accompagne maintenant à ses cours de yoga du rire. Je m'organise une sortie avec ma sœur en tête-à-tête tous les mois. Je retrouve la complicité de notre enfance et ça me fait un bien fou. Ah, et puis, je fais du pole dance aussi !

— Pardon ?! manqua de s'étouffer Jennifer.

Marie ne put retenir un petit rire satisfait.

— Absolument. J'en fais avec Sybille, une autre maman de mon village. Je vous avais parlé d'elle, mais je ne sais pas si vous vous en souvenez : elle dirigeait une association dont je faisais partie.

— Mais oui ! s'exclama Christiane. Je me souviens de notre atelier CNV où tu t'étais entraînée à lui dire non.

— Eh bien, le jour où je suis allée la voir pour lui dire que je manquais de temps et que je me désengageais, elle a eu comme une révélation. Elle m'a avoué que pour elle aussi c'était trop, et qu'elle avait besoin de se détendre. À cette époque, sa fille lui donnait du fil à retordre et ça n'allait pas bien avec son mari. J'étais venue l'affronter, lui dire non, et je suis finalement repartie avec elle. Elle a donné sa démission à l'association le jour même, et on s'est inscrite à un cours de pole dance à la place ! Histoire d'apprendre à lâcher prise et à s'affranchir du regard des autres. Je la pensais sûre d'elle et à l'aise dans ses baskets... Finalement, elle était aussi paumée que moi.

— Du pole dance... Je suis résolument fan de toi, affirma Jennifer. Et je suis certaine que ton mari aussi.

— Il y a eu des hauts et des bas avec lui, mais nous avons trouvé notre rythme de croisière, assura Marie. Après son mail pendant la cure, je pensais que ce serait facile... Je crois que j'ai été trop optimiste, et lui aussi. Il a fallu qu'on prenne nos marques.

Marie grignota quelques cacahuètes avant de reprendre :

— Nous avons repris le temps de nous parler. Pour maintenir le cap, on s'organise des soirées sans enfants.

— C'est vrai que c'est important, concéda Christiane. Ne serait-ce que pour discuter sans se faire couper la parole...

— Et pour ne pas oublier qu'avant d'être parents, nous étions deux amoureux.

— Et vous faites quoi du coup ? interrogea Jennifer, curieuse. Un truc un peu *fun* ?

Le regard de Marie se mit à pétiller.

— C'est la surprise. Un tour sur deux, nous organisons la soirée sans en parler à l'autre. Ce peut être un resto, un cinéma, une balade nocturne… Peu importe. L'idée, c'est que ce ne soit pas toujours le même qui gère. Ces soirs-là, c'est Baptiste qui garde la maison. Il a énormément mûri ces derniers mois.

Marie avait longuement discuté avec lui. Elle avait lâché du lest sur les cours, Romain aussi. Ils lui avaient expliqué que c'était à lui de réfléchir à ce qui comptait vraiment pour lui et qu'eux, de leur côté, seraient toujours là pour le soutenir. Au départ, Baptiste s'était complètement laissé aller. Il passait d'une maman hyper rigoureuse et stricte à une maman hyper relax. Un juste équilibre aurait certainement été préférable pour débuter. Il ne bossait plus du tout à la maison et ses notes s'en ressentaient. Romain avait commencé à voir rouge. Combien de fois avait-elle eu envie de lui dire : « Bon, allez, on arrête les bêtises maintenant, donne-moi ton agenda, je te fais bosser, ta moyenne va remonter » ? Mais elle avait tenu bon.

— Comment tu as fait ? demanda Christiane. Je ne crois pas que j'aurais pu…

— J'ai repensé au GPS éducatif dont nous avait parlé Angélique et à ce que je voulais vraiment pour mes enfants. Baptiste a fini par comprendre que c'était son intérêt à lui de travailler, pas le mien. Désormais, il a de vraies envies et se donne les moyens d'y arriver. Il veut devenir mangaka.

— Mangaquoi ? répéta Christiane.

— On a perdu Mamie, là ! pouffa Jennifer. Un mangaka est un auteur de mangas, et un manga est…

— Oui, je sais qu'est un manga tout de même, assura Christiane. Je te remercie. Je suis vieille, mais pas sénile. Ce sont des B.D. qui se lisent à l'envers.

— En effet, s'amusa Marie. Baptiste continue de les dévorer. Il s'entraîne comme un fou pour apprendre à dessiner ses personnages préférés. Le mois dernier, je lui ai déniché un concours de nouvelles pour ados organisé par une maison d'édition que je connais. Du coup, nous sommes à fond ! Il écrit son histoire, et je corrige certaines incohérences. Je lui apprends à réfléchir à son intrigue principale, aux péripéties annexes. Je l'entraîne à argumenter, justifier, étoffer des détails… On y passe beaucoup de temps, c'est notre temps privilégié à nous.

— C'est chouette, cette nouvelle relation que vous avez nouée, admira Jennifer.

— Et l'effet collatéral positif, c'est qu'il cartonne en français maintenant ! En revanche, il est bon dernier en italien. Il n'a pas envie de perdre du temps à étudier une matière qu'il est persuadé de ne pas exploiter plus tard. J'ai décidé de lui faire confiance. Surtout qu'il prend aussi des cours de japonais, quatre heures chaque samedi. Dommage que l'étude de cette langue ne soit pas proposée au collège.

— Ah ouais, la vache, il fait le truc à fond ! s'extasia Jennifer.

— Oui, répondit Marie en souriant. Il fallait juste qu'il s'écoute, ou… que je l'écoute… Je ne sais pas trop. Quoi qu'il en soit il s'est trouvé et je n'échangerai pour rien au monde le lien qui nous unit à présent.

— Et Léo ? demanda Christiane.

— Il va très bien, et plus de pipis au lit ! Je crois que notre séparation y est pour beaucoup. Inconsciemment, il cherchait à être le garçon parfait pour me satisfaire, moi la grande prêtresse du contrôle et des choses bien faites. J'ai montré mes limites et il a compris qu'il avait le droit, lui aussi, d'avoir les siennes. Je ne le complimente plus autant, je l'encourage, maintenant. Sans stress, plus de pipis ! Il est un peu plus rebelle qu'avant, mais tant mieux ! Il est lui-même.

— Et la mécanique ? questionna Christiane

— Il a intégré l'association de Rose à temps plein. Plus de judo, plus d'escrime : juste de la mécanique. Son rêve serait d'avoir un jour son propre garage. Je n'aurais jamais cru qu'il veuille un jour devenir mécanicien ! Comme quoi…

— Les enfants sont pleins de surprises ! s'émerveilla Jennifer. Et ta puce, comment va-t-elle ?

— Jade grandit bien. Le premier mois où j'ai changé les règles a été difficile pour elle. Et puis, elle a pris ses marques. Grâce à sa routine du matin, elle est devenue autonome et ça la rend très fière. Je lui ai acheté un *timer*, elle gère super bien son temps maintenant. Après, elle a eu un peu de mal à accepter que je m'occupe de moi. Mais, très vite, elle y a vu son intérêt. Elle a remarqué que lorsque je faisais quelque chose pour moi, seule, j'étais une maman plus rigolote en rentrant à la maison.

Jour après jour, Marie avait changé pleins de petits trucs, ici et là. Elle avait créé de nouvelles habitudes pour ressouder sa famille : le soir, les portables étaient interdits dès 19 heures. Pas de téléphone autorisé pendant les sorties en famille non plus. Elle avait pris cette idée de la cure, où elle avait retrouvé le plaisir de discuter ensemble autour d'une table sans interférences.

— Je devrais peut-être proposer cette règle pour nos réunions de famille, réfléchit Christiane. Lorenzo et Lucas y seront habitués dès leur enfance. Quand ils auront l'âge d'avoir un portable, cette consigne sera facile à suivre.

— Moi aussi je t'ai piqué une idée : celle des photos souvenirs !

— Tu t'es créé un mur de liège rempli de photos ? demanda Christiane, pas peu fière.

— Oui… dans mes toilettes ! confirma Marie. Comme ça, ça occupe si le temps est un peu long. Un autre truc sympa : les réunions de famille. J'en organise tous les vendredis soir.

Pour l'occasion, Romain cuisine. Ce n'est vraiment pas terrible, culinairement parlant, mais je tiens le coup ! Je me dis qu'avec le temps il va finir par s'améliorer.

— Oui, et puis, si tu recommences à tout faire à sa place, réfléchit Christiane, tu vas encore finir épuisée. Les choses sont peut-être moins parfaites sans toi, mais l'essentiel est qu'elles soient faites !

— Exactement, admit Marie. Néanmoins... c'est dur d'avoir à supporter ces essais improbables. Vous auriez tenté, vous, de mélanger du chorizo avec des bananes cuites ?

— Tiens le coup, assura Jennifer, tiens le coup ! C'est peut-être un avant-gardiste !

— C'est vrai ! répondit Marie en riant aux éclats. Je résisterai donc. Nos réunions familiales en valent la peine !

Elles avaient même permis de résoudre le problème de la télé. Les enfants avaient proposé d'instaurer un planning avec un chef de la télécommande attitré. Marie espérait que cette idée tienne dans le temps... Sinon, ils achèteraient un second écran. Ils avaient pu aussi redistribuer les tâches ménagères de la semaine, histoire que ça tourne et que ce ne soient pas toujours les mêmes qui s'occupent des W.-C. et de la poubelle.

— Et tous tes enfants participent ? s'étonna Christiane.

— Oui, tous ! Évidemment, j'adapte les corvées en fonction de leurs capacités. Le premier mois a été difficile, il fallait que je les rappelle à l'ordre tout le temps... J'ai failli abandonner. Mais maintenant, tout roule et nous affichons notre planning hebdomadaire dans la cuisine. Chacun sait ce qu'il a à faire, il y a très peu de ratés.

Marie était fière d'en être arrivée là, surtout après des débuts aussi chaotiques. Elle avait réussi à retrouver du temps pour elle tout en se retrouvant, elle. Ces derniers temps, elle avait même un nouvel objectif : revenir à l'écriture. Aider Baptiste avec son concours lui avait fait réaliser à quel point l'exercice lui avait manqué.

— J'aimerais écrire un livre autour du thème de la parentalité, révéla-t-elle à ses amies. Je voudrais traiter de ma propre expérience de maman en intégrant également les témoignages d'autres parents. Au début, je me disais que je n'étais pas légitime, mais... justement, si, je le suis. Et puis, c'est ce qui m'a plu chez Angélique, elle parlait de son vécu, de choses concrètes et pas uniquement de grandes théories. Ça m'inspire.

— Ça me semble une super idée, assura Christiane. Tu auras de nombreux lecteurs, moi la première.

— Je te remercie, répondit en souriant Marie. J'ai rendez-vous la semaine prochaine avec mon ancien éditeur. Je voudrais lui présenter des nouveaux projets, je verrai si ça peut l'intéresser... Sinon, j'irai voir ailleurs.

— *Des* projets ? releva Jennifer. Ça veut dire que tu en as d'autres ?

— Oui, avoua timidement Marie. J'aimerais bien créer une collection de livres pour enfants autour de la famille Fritas. Toujours dans la perspective de parler d'éducation positive. J'ai inventé beaucoup d'histoires ces derniers temps, Jade m'en réclame sans cesse de nouvelles. Je m'entraîne également pour les illustrations. Un truc simple, mais un peu *fun*.

— La classe ! s'extasia Jennifer. Et tu penses pouvoir tout concilier avec ta vie de maman ?

— Complètement puisque je n'aurai pas besoin de me déplacer, ou très peu. Je pourrai travailler en journée tout en gérant les sorties d'école. Et puis, maintenant, les enfants vont à la cantine, ça me change la vie. Ça me dégage du temps perso... et du temps pro.

— Tu as l'air d'avoir trouvé un bon équilibre, constata Jennifer. Je suis tellement heureuse pour toi.

— Je m'y essaie, en tout cas, répondit Marie en souriant. Je lâche prise, mais... je ne lâche rien sur mes objectifs. Je réfléchis aussi à créer un groupe de soutien entre parents dans mon village. Je me dis que ça peut être utile pour s'encourager au quotidien.

Les trois femmes se regardèrent avec émotion, heureuses du chemin qu'elles avaient parcouru. Il y avait eu des hauts et des bas ; il y en aurait certainement encore, mais elles se relèveraient.

— Rho là là, mince ! s'écria soudain Christiane. Il est déjà 21 heures passées ! J'ai réservé une table chez Jean Louis, un petit troquet sans prétention qui fait aussi…

— Karaoké ?!! s'exclamèrent en chœur Marie et Jennifer.

— Comment vous avez deviné ? Allez, debout ! Pause pipi et on y va ! ordonna gentiment Christiane. Je vous emmène dans mon 4 × 4 braver cette pluie diluvienne.

— Euh, à ce propos, répondit Jennifer en se levant, l'année prochaine on peut se donner rendez-vous ailleurs ? C'est bien beau chez toi, Christiane, mais en février il pleut comme vache qui pisse et on se caille les miches, comme disent les vieux !

— Rhô, ce langage, jeune fille ! s'exclama Christiane en levant les yeux au ciel. Et non, nous, *les vieux*, ne parlons pas comme ça ! Notre langage est bien plus châtié.

Marie interrompit leur énième joute verbale.

— Les filles, est-ce que je pourrais vous lire quelque chose avant qu'on y aille ? C'est rapide, promis.

— Bien sûr. (Christiane se rassit et lui adressa une œillade curieuse. Marie sortit un papier de son sac à main.) Qu'est-ce que c'est ?

— Une lettre à moi-même. C'est un texte que je m'étais écrit durant la cure. J'avais remis ce courrier à Zoé, qui devait me le renvoyer… quand il le voudrait. J'ai finalement reçu ce courrier ce matin, raconta Marie, émue, en sortant une enveloppe rouge de son sac. Je ne l'ai pas encore ouvert : j'aimerais le faire avec vous. Je ne pense pas que ce soit un hasard si je l'ai reçue aujourd'hui.

Les trois femmes se rapprochèrent, plus soudées que jamais. Ensemble, elles partagèrent un silence bienveillant, empreint de toutes leurs épreuves et de leur amitié. Puis, la voix de Marie s'éleva dans la pièce :

Rochefort-les-Bains
20 février 2020

Ma petite Marie,

Zoé m'a demandé de t'écrire une lettre pour te rappeler à l'ordre. J'imagine qu'il craint que tu oublies ses (bons ! ☺) conseils une fois la cure terminée.

Durant mon séjour, j'ai retenu quatre choses principales que je tiens à te redire :

1. *Toujours se recentrer sur l'essentiel. Pourquoi je dis ça ? Pourquoi j'agis ainsi ? Pose-toi la question : qu'est-ce qui compte vraiment pour toi, là, maintenant ?*
2. *Apprendre à lâcher prise. La perfection n'existe pas. (Même si tu as du mal à le reconnaître, je sais, je te connais !) Il faut savoir hiérarchiser ses priorités, se battre pour ce qui compte vraiment*

et... lâcher sur le reste. J'espère que tu y arrives de mieux en mieux. Pour t'entraîner, essaie de ne pas faire ton lit un matin ! Ce sera déjà un bon début et tu verras qu'au fond, ce n'est pas si important.

3. *Prendre soin de soi (sans culpabiliser). L'égoïsme bienveillant... Quand la reine chante, les abeilles dansent. Souviens-toi de l'image de la maison qui s'écroule si les fondations sont fragilisées...*
4. *La vie est imprévisible et c'est très bien comme ça. Elle peut mettre sur ta route des gens formidables. Garde toujours les yeux ouverts, Marie, pour ne pas passer à côté de ça. Christiane et Jennifer sont deux femmes en or qui peuvent te porter très haut. Elles ont écouté tes peines, tes doutes et partagé tes joies. Ne les oublie pas... Même si le temps passe vite, que ta vie se remplit, que le quotidien te préoccupe... Elles sont précieuses et font partie de ce qui est essentiel, comme Maëva. Prends du temps avec elles parce qu'au fond, c'est ce qui compte vraiment.*

Ma petite Marie, j'aimerais que tu sois épanouie, passionnée et consciente de la chance que tu as !

Chaque jour est une page nouvelle qui s'offre à toi. Profites-en dès maintenant, car tu ne sais pas quand le livre se refermera. À toi d'écrire la vie que tu veux. Personne d'autre ne le fera à ta place.

J'aimerais que tu profites vraiment de tes enfants, et pas seulement entre deux machines ou un repas à surveiller. Fabrique-toi, fabrique-leur de beaux souvenirs et des rituels heureux ! Le temps passe si vite…

J'aimerais que tu ries plus, Marie. Tu es si belle quand tu ris ! Regarde la photo de ton Vision Board si tu en doutes.

J'aimerais que tu prennes soin de toi, et pas qu'un peu.

Ne te laisse plus happer par le quotidien.

Ne laisse pas non plus le regard des autres te dicter ta conduite. Oublie les jugements, les qu'en-dira-t-on, les codes… Utilise ton intuition, ton bon sens. N'écoute que toi, tu restes ta meilleure alliée. Tu ne pourras jamais plaire à tout le monde, c'est un fait : alors autant te plaire à toi !

Et Marie… n'aie pas peur de rater, de te tromper, de tomber. Seul celui qui ne tente rien échoue.

N'attends pas que les orages passent et apprends à danser sous la pluie !

Les étoiles brillent plus fort quand on y croit vraiment…

Ta Marie

P.-S. : n'oublie pas d'aller à des soirées karaoké de temps en temps ! Le karaoké, c'est pas kitsch, c'est swag *!*

P.-S. bis : prends un chat ! Je sais que tu as peur des poils laissés partout, des griffes sur ton canapé et tout ça, mais STOP. Lâche prise sur la propreté et la maison parfaite. Ce sera fun, *un chat, pour toi et les enfants. La* ronron thérapie, *c'est bon pour le moral paraît-il.*

P.-S. ter : et appelle-le Einstein (le chat !).

P.-S. ter bis : n'oublie jamais que tu es formidable. Tu es toi et… c'est parfait comme ça.

P.-S. ter ter : je t'aime…

Mon cahier de vie

Apprenez à chanter
pour que les autres dansent autour de vous !

Activité n° 1

Le GPS éducatif

« Le courage est la première des qualités humaines, car elle garantit toutes les autres. »

Aristote

Dressez une liste de dix qualités que vous aimeriez que votre enfant nourrisse au cours du temps.

Si vous n'avez pas d'enfant, vous pouvez penser aux compétences que vous aimeriez retrouver chez votre partenaire amoureux ou au sein de votre entourage proche.

Quelles sont les valeurs essentielles à vos yeux ?

Il s'agit de réfléchir en termes de savoir-faire et de savoir-être au travers d'adjectifs qualificatifs.

<u>Exemples</u> : altruiste, persévérant, déterminé, patient, honnête, optimiste, extraverti, curieux, vaillant, aimable, joyeux, enthousiaste, médiateur, sociable, créatif, indépendant...

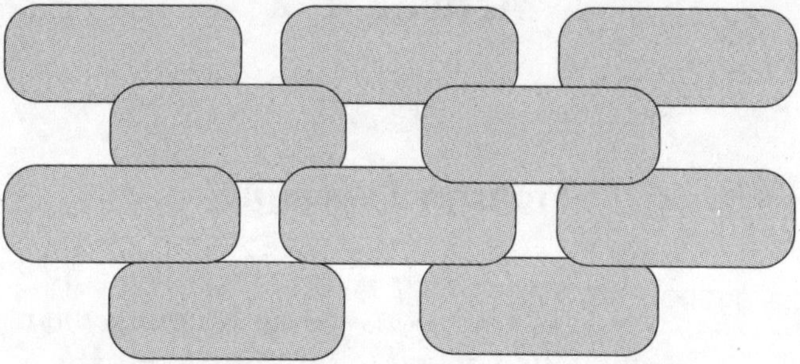

Gardez cette liste dans un coin de votre tête comme un itinéraire à suivre sur votre chemin de vie.

Posez-vous régulièrement la question suivante : en lui parlant comme je le fais (à mon enfant/mon partenaire/mon ami) ou en agissant ainsi, suis-je réellement en train de l'aider à développer ou à renforcer ces compétences de vie qui me semblent essentielles ?

Activité n° 2

Montrer l'exemple

« Soyez vous-même le changement
que vous voudriez voir dans le monde. »

Gandhi

Écrivez dans le tableau ci-dessous les dix compétences que vous avez choisies dans l'activité précédente. Réfléchissez à une ou plusieurs idées d'actions vous permettant de les mettre en avant dans votre vie. Montrez l'exemple à vos enfants pour qu'ils vous imitent plus facilement.

Exemple : Compétence de vie : l'altruisme.
Je peux montrer l'exemple en… : donnant de mon temps pour une association qui me tient à cœur.

Compétences de vie	Je peux montrer l'exemple en…

Compétences de vie	Je peux montrer l'exemple en…

Activité n° 3

Survie, tête-à-tête ou *social* ?

« Sortir de sa zone de confort,
c'est être acteur de sa vie.
Y rester, c'est en être spectateur. »

Nanan-akassimandou

L'ennéagramme est un système d'étude de la personnalité fondé sur neuf comportements classiques observés dans la nature humaine. Les sous-types sont les comportements instinctifs de ces neuf bases. Trois profils ont été identifiés : ***survie, tête-à-tête*** **et** ***social***. L'un de ces sous-types prédomine en chacun de nous. Le connaître nous permet de mieux comprendre notre fonctionnement, notre rapport aux autres, mais aussi nos peurs.

À votre avis, quel est votre sous-type dominant ?

Survie, tête-à-tête ou *social* ?

Pour tenter de trouver la réponse, répondez aux questions suivantes en choisissant la proposition qui vous semble la plus adaptée.

1. Vous arrivez dans une fête où vous ne connaissez personne. Quelle est votre première réaction ?

a. Fuir !

b. Vous vous laissez un temps d'observation avant de vous rapprocher d'une personne seule qui semble, comme vous, un peu perdue.

c. Vous arrivez avec votre plus beau sourire et vous vous dirigez spontanément vers le premier invité avenant que vous rencontrez.

2. Vous êtes au travail, c'est la pause déjeuner. Comment préférez-vous occuper votre temps libre ?

a. En allant vous acheter un sandwich pour vous balader seul dans le parc voisin.

b. En déjeunant avec un ami pour parler de vos états d'âme.

c. En rejoignant vos collègues à la pizzeria du coin.

3. C'est dimanche. Alors que vous êtes tranquillement chez vous, vos meilleurs amis, Franck et Virginie, vous appellent. Ils proposent de passer vous voir. Comment réagissez-vous ?

a. Merde ! La maison est en désordre et je n'ai rien à leur offrir à manger.

b. Super, mais... j'aurais préféré que Virginie ou Franck vienne seul pour discuter plus posément.
c. Génial ! On va passer un bon moment.

4. Vous avez un petit coup de mou... Qu'est-ce qui pourrait vous aider à vous remonter le moral ?
a. Une bonne glace, un plaid et votre film préféré.
b. Un dîner avec votre meilleur ami.
c. Une fête avec tous vos proches.

5. Quels sont vos principaux sujets de discussion ?
a. Les enfants, la vie quotidienne, le travail.
b. Vos rêves, vos projets personnels, vos ambitions, vos peines, vos espoirs.
c. La politique, les actualités nationales, la vie associative de votre ville.

6. C'est votre anniversaire. Quelle serait la plus belle surprise que pourrait vous préparer votre amoureux ?
a. Un dîner romantique qu'il vous aurait mitonné sur une table joliment décorée.
b. Peu importe pourvu qu'il ait pensé à vous et que vous passiez une soirée en tête-à-tête.
c. Une fête surprise avec toute votre famille et vos meilleurs amis.

7. Vous venez de terminer une formation professionnelle de deux jours.

a. Vous avez échangé avec plusieurs personnes sympathiques mais vous savez pertinemment que vous n'en recontacterez aucune.

b. Vous avez récupéré le mail d'un autre stagiaire avec qui vous allez garder contact, c'est certain.

c. Vous avez collecté les cartes de visite de tous les participants. Vous n'hésiterez pas à les solliciter ultérieurement si besoin.

8. Vous baignoire fuit légèrement, que faites-vous ?

a. Vous essayez de réparer la fuite vous-même.

b. Vous appelez le plombier.

c. Vous contactez Gérard, le copain de la nièce de Victor, votre cousin par alliance, dont vous avez fait connaissance la veille lors d'une soirée. Il est plombier, ça tombe à pic.

Vous avez répondu un maximum de réponses a ?
Vous seriez plutôt de profil dominant *survie*.
Vous avez répondu un maximum de réponses b ?

Vous seriez plutôt de profil dominant *tête-à-tête*.
Vous avez répondu un maximum de réponse c ?
Vous seriez plutôt de profil dominant *social*.
Il n'y a pas de bon ou de moins bon profil.
L'idée est de s'ouvrir un maximum à l'ensemble des trois sous-types pour un meilleur équilibre de vie. Si l'un des trois profils est réellement prédominant chez vous, n'hésitez pas à sortir de votre zone de confort en pratiquant des activités davantage liées aux deux autres sous-types. Vous vous ouvrirez un peu plus au monde extérieur et, finalement, un peu plus à vous-même.

Activités type *survie* : préparer un bon repas pour sa famille, créer son potager, faire un sudoku, passer une soirée au calme chez soi, jouer avec ses enfants, aller seul au restaurant, décorer son intérieur, bricoler, méditer, se promener…

Activités type *tête-à-tête* : aller au restaurant en amoureux ou avec son meilleur ami, lire, jouer à des jeux de développement personnel, faire une partie de tennis, se confier à un proche, inviter un voisin à boire un café…

Activités type *social* : organiser une fête (minimum huit personnes !), pratiquer un sport collectif, aller à une conférence, se rendre à un concert, faire un pique-nique en groupe, adhérer à une association, faire partie d'un club, se rendre à un mariage, danser en discothèque…

Activité n° 4

Hiérarchiser ses priorités

« Vous ne trouverez jamais
le temps de rien. Si vous voulez
du temps, vous devez vous le créer. »

Charles Buxton

Notez dans le tableau ci-dessous l'ensemble des activités contraignantes que vous vous imposez chaque semaine. Il peut s'agir de tâches ménagères, administratives, de travail scolaire, de sorties… L'objectif est de recenser tout ce qui vous ennuie et vous prend du temps au quotidien. Précisez en face de chaque activité la durée hebdomadaire approximative que vous accordez à cette contrainte.

Mes contraintes	Temps estimé par semaine

Mes contraintes	Temps estimé par semaine

Une fois le tableau complété, posez-vous les questions suivantes :

- Où est-ce que je perds le plus de temps ?
- Cette activité est-elle vraiment indispensable ? Pour mon bien-être, ou pour celui de mes proches ?
- Quelles sont les contraintes que je peux supprimer ?
- Quelles sont les activités que je juge indispensables ? Pourquoi ?
- Puis-je déléguer certaines tâches ? Si oui, comment ou à qui ?

Activité n° 5

Mon réservoir d'énergie

« *On fait mieux lorsque l'on se sent mieux.* »

Jane Nelsen

Notez dans le réservoir de la page suivante dix activités qui vous ressourcent. Il s'agit essentiellement de passe-temps simples et facilement réalisables (boire du thé, écouter de la musique classique, prendre un bain, appeler un ami, lire...).

Inscrivez entre un et trois loisirs plus onéreux ou plus difficiles à mettre en place (aller au cinéma, dîner au restaurant, sortir au théâtre, partir en voyage...).

Ces activités sont votre carburant !

Programmez-vous chaque semaine ces petits moments de plaisir comme des rendez-vous prioritaires sur votre agenda. Pour les loisirs plus coûteux, voyez comment vous pouvez vous organiser sur une année pour en profiter (un restaurant/mois, une sortie au cinéma/semaine... ?).

Plus vos journées seront chargées, plus vous aurez besoin d'énergie pour faire face aux défis du quotidien. Pensez donc à remplir

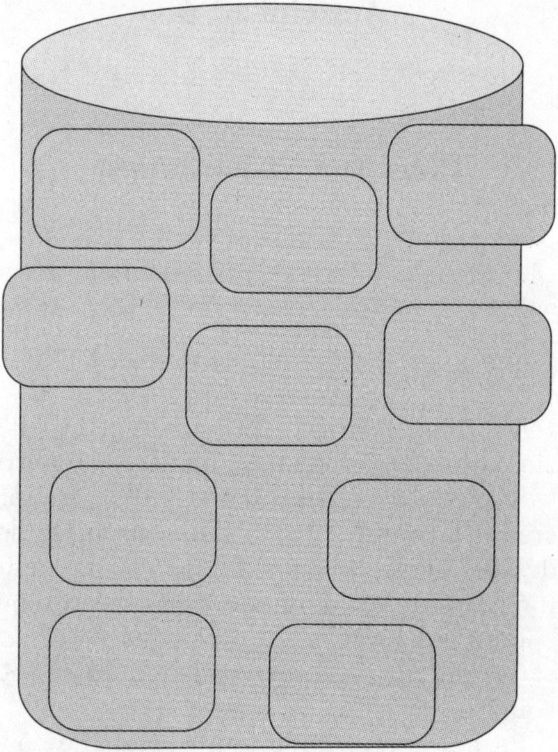

suffisamment votre réservoir avant d'attaquer une semaine difficile.

Vous n'attendez pas que votre voiture tombe en panne d'essence pour vous rendre à la station-service ?

N'attendez donc pas d'être épuisé pour prendre soin de vous !

Activité n° 6

Créer son Vision Board

« Fais de ta vie un rêve,
et d'un rêve, une réalité. »

Antoine de Saint-Exupéry

Afin de garder à l'esprit vos objectifs de vie, vous pouvez réaliser un Vision Board (= tableau de rêves). Il s'agit d'un poster créatif fabriqué à partir d'un ensemble de dessins et de collages. L'idée est d'y définir vos attentes de la vie, vos objectifs ou encore vos rêves.

Comment aimeriez-vous que votre vie soit ?

Prenez une grande feuille blanche cartonnée (minimum de taille A3) en format paysage et collez en son centre une photo de vous qui vous plaît. Puis, tout autour, dessinez, découpez des images de magazine, collez des photos, notez une citation, écrivez un mot-clé… qui définissent vos envies du futur. Mettez de la couleur pour rendre votre poster le plus attractif possible. Une fois votre Vision Board terminé, accrochez-le bien en évidence, chez vous ou au travail (dans votre bureau, dans votre chambre, comme fond d'écran d'ordinateur, etc.). Il sera ainsi plus facile pour votre esprit de s'imprégner de vos rêves afin de les transformer en véritable projet de vie.

Activité n° 7

L'être à moi-même

« Nous savons ce que nous sommes,
mais nous ne savons pas
ce que nous pourrions être. »

William Shakespeare

Prenez le temps d'écrire une lettre à la personne que vous aimeriez être d'ici quelques mois, un an, deux ans... Il s'agit d'un courrier pour vous rappeler vos objectifs de vie, vos rêves, vos espoirs, vos envies... Une lettre pour vous souvenir de ne jamais oublier ce qui compte vraiment pour vous. Vous pouvez aussi noter les engagements que vous aimeriez respecter, ou bien le chemin idéal que vous souhaiteriez emprunter. Encouragez-vous, soutenez-vous... Laissez aussi votre intuition parler. Écrivez en une seule fois, sans vous relire. Quand vous aurez terminé, glissez cette lettre dans une enveloppe en y notant votre adresse. Demandez à une personne de votre entourage de garder précieusement ce courrier pour vous, puis de choisir, d'ici quelque temps, quand le poster.

Cette lettre sera un bon moyen de vérifier si vous êtes là où vous vouliez être. Ne vous êtes-vous pas perdu en chemin ?

Il n'est jamais trop tard pour devenir une meilleure version de soi-même.

Sur la route de Marie…

1. Les notes de Marie

2. Les mantras de Marie

3. Les jeux de Marie

Villa Paletti, Zoch.
Dobble, Asmodee.
Gagne ton papa, Gigamic.
Le « jeu du sac ».
Celestia, Blam !
Color Addict, La Ducale.
Dixit, Asmodee.
Strike, Ravensburger.
Zenda, Placote.
Story Cubes, Asmodee.
Perlipapotte, Dg-Exodif.

Bibliographie

ADOLESCENT

E. Jensen Frances et Nutt Amy Ellis, *Le Cerveau adolescent,* JC Lattès, 2016.

Faber Adèle et Mazlish Élaine, *Parler pour que les ados écoutent, écouter pour que les ados parlent,* Éditions du Phare, 2014.

Nelsen Jane et Lott Lynn, adaptation de Sabaté Béatrice, *La Discipline positive pour les adolescents,* Marabout, 2019.

Revol Olivier Dr., *J'ai un ado mais je me soigne,* J'ai Lu, 2013.

Sax Léonard Dr., *Pourquoi les garçons perdent pied et les filles se mettent en danger*, Marabout, 2015.

COMMUNICATION NON VIOLENTE

D'Ansembourg Thomas, Nouailhat (illustrations), *Cessez d'être gentil, soyez vrai !*, Les Éditions de l'Homme, 2014.

Rosenberg Marshall, *Les mots sont des fenêtres (ou bien ce sont des murs)*, La Découverte, 2004.

Rosenberg Marshall, *Élever nos enfants avec bienveillance*, Jouvence, 2007.

Rust Séréna, *Quand la girafe danse avec le chacal*, Jouvence, 2008.

DEVELOPPEMENT DE L'ENFANT

Gueguen Catherine, *Pour une enfance heureuse*, Robert Laffont, 2014.

Siegel Daniel J. et Payne Bryson Tina, *Le Cerveau de votre enfant*, Les Arènes, 2015.

Mishel Walter, *Le Test du marshmallow*, JC Lattès, 2015.

DEVOIRS

Akoun Audrey et Pailleau Isabelle, *Apprendre autrement avec la pédagogie positive*, Eyrolles, 2013.

Maciejak Véronique, *1,2,3, les devoirs ne sont plus un cauchemar*, Eyrolles, 2022.

ÉDUCATION POSITIVE

DUMONTEIL-KREMER Catherine, *Élever son enfant autrement*, La Plage, 2009.

FILLIOZAT Isabelle, *J'ai tout essayé* ! Marabout, 2011.

FILLIOZAT Isabelle, *Il me cherche*, Marabout, 2019.

MACIEJAK Véronique, *Il me pousse à bout*, Eyrolles, 2015.

MACIEJAK Véronique, *1,2,3, je me mets à l'éducation positive*, Eyrolles, 2017.

NELSEN Jane, adaptation de SABATE Béatrice, *La Discipline positive*, Marabout, 2019.

NELSEN Jane, ERWIN Cheryl, DUFFY Roslyn Anne DELZER, adaptation de SABATE Béatrice et MARTIN Armelle, *La Discipline positive de 3 à 6 ans*, Editions du Toucan, 2020.

NELSEN Jane, ERWIN Cheryl, DELZER Carol, *La Discipline positive pour les parents solo*, Marabout, 2021.

E.I.P (Enfant Intellectuellement Précoce)

REVOL Olivier Dr., POULIN Roberta, PERRODIN Doris, *100 idées+ pour accompagner les enfants à haut potentiel*, Tom Pousse, 2021.

REYNAUD Alexandra, *Les tribulations d'un petit zèbre*, Eyrolles, 2016.

STANJLEWICZ et SEBIRE Gabrielle, *Avec lui c'est compliqué*, Eyrolles, 2018.

SIAUD-FACCHIN Jeanne, L'enfant surdouée, Odile Jacob, 2012.

ÉMOTIONS

David Susan Dr, *L'agilité émotionnelle*, J'ai Lu, 2016.

Filliozat Isabelle, *Au cœur des émotions de l'enfant*, JC Lattès, 1999.

Solter Aletha, *Pleurs et colères des enfants et des bébés,* Jouvence, 1999.

Tisseron Serge, *Vérité et mensonges de nos émotions,* Le Livre de Poche, 2011.

ENFANT INTERIEUR

Bradshaw John, *Retrouver l'enfant en soi*, Les Éditions de l'Homme, 2004.

Miller Alice, *Ta vie sauvée enfin,* Flammarion, 2008.

Nabati Moussa, *Guérir son enfant intérieur,* Le Livre de Poche, 2008.

JEUX

Cohen Laurence Dr, *Qui veut jouer avec moi ?* Marabout, 2015.

Deru Pascal, *Le jeu vous va si bien*, Le Souffle d'Or, 2006.

Dumonteil-Kremer Catherine, *Jouons ensemble autrement*, La Plage, 2007.

Mot de l'autrice

Le Repos de Gaïa n'existe pas mais des groupes de paroles entre adultes et des formations pour apprendre à mieux communiquer : oui !

Si vous avez apprécié les conférences et ateliers auxquels Marie a participé et que vous souhaitez suivre son chemin, voici quelques contacts[1].

Formation en CNV
www.cnvformations.fr

L'AFFCNV, l'Association Française des Formateurs en Communication NonViolente propose un ensemble de stage destinés aux adultes. Des sessions de découverte ou conférences vous permettent de vous sensibiliser

1. La liste n'est pas exhaustive. Je ne parle ici que des formations que j'ai moi-même suivies et/ou pour lesquelles j'ai été formée à l'animation.

à la CNV. Si vous souhaitez vous impliquer davantage dans la démarche le module de base (6 jours) est fait pour vous. Une fois ce stage terminé vous disposerez des pré requis nécessaires pour vous inscrire à une session d'approfondissement. Vous pourrez ainsi développer votre expertise et améliorer votre compétence dans un domaine qui vous tient à cœur (dire et entendre un non, les croyances limitantes, la gestion de la colère...).

Formation en Discipline positive
www.disciplinepositive.fr

La discipline positive est une méthode éducative basée sur l'encouragement selon les théories du psychothérapeute Alfred Adler, fondateur de la psychologie individuelle. Elle a à cœur de comprendre l'intention de l'enfant afin de répondre au mieux à ses besoins. Les Américaines Jane Nelsen et Lynn Loot, toutes deux psychopédagogues, ont rendu l'outil accessible à tous en proposant des ateliers extrêmement concrets pour les parents et les enseignants. En France les formateurs de l'ADPF, l'Association de Discipline Positive France, dispensent des stages en petit groupe lors de 7 ateliers de 2 h. Ces formations sont pratiques avec de nombreuses activités physiques ou jeux de rôle tels que ceux proposés dans les conférences d'Angélique. Vous y parlerez de punitions, d'encouragement, de conflits, de besoins, de temps d'échange en famille… Chaque atelier se clôture par un problème concret (exemples : *mes enfants se disputent tous les jours, ma fille n'est motivée pour rien…*) et une recherche de solutions en groupe.

Il s'agit, selon moi, de la formation la plus « outillante ».

Formation en parentalité créative
www.parentalitecreative.com

Catherine Dumonteil Kremer, éducatrice Montessori, auteure de nombreux ouvrages liés à la parentalité et fervente défenseuse des droits de l'enfant depuis plus de 20 ans a créé un cycle ouvert aux parents (et grands-parents !) intitulé *Vivre et grandir ensemble.* Ce stage composé de 8 séances de 2 h 30 est animé par des accompagnants ou coachs parentaux formés par Catherine Dumonteil-Kremer elle-même. Vous y trouverez de nombreux temps de co-écoute, des réflexions de groupe et des activités ludiques (jeux, dessins, vision board…). L'objectif de cette formation est de repenser à votre éducation et d'imaginer celle que vous aimeriez offrir à votre enfant. Vous y parlez alimentation, gestion des émotions, besoins, écoute empathique, jeux…

Il s'agit, selon moi, de la formation la plus introspective. Elle vous aidera à renouer avec l'enfant intérieur qui vit en vous.

E.I.P (Enfant Intellectuellement Précoce)
www.anpeip.org
www.afep.com

Si, comme Marie, vous avez un enfant E.I.P et que vous vous sentez parfois dépassé, n'hésitez pas à prendre contact avec **l'ANPEIP**, l'Association Nationale pour les Enfants Intellectuellement Précoces, ou **l'AFEP**, l'Association Française pour les Enfants Précoces. Elles proposent régulièrement des conférences, des formations, des rencontres ou des groupes de parole. Elles pourront également vous diriger, selon vos problématiques, vers des professionnels adaptés.

*
* *

Éduquer un enfant est un véritable défi et sans doute la mission la plus complexe qu'il soit donné à un être humain. Un proverbe africain assure qu' « il faut tout un village pour élever un enfant ». Je le crois aisément.
Le soutien entre pairs est, selon moi, essentiel.

Prenez soin de vous.

Véronique Maciejak

Composition et mise en pages
Nord Compo à Villeneuve-d'Ascq

Imprimé en France par CPI Brodard & Taupin
en mars 2022
Dépôt légal : mai 2022
N° d'impression : 3047477

Cet ouvrage est imprimé sur du papier bouffant
Novel 56 g, papier issu de forêts gérées durablement.